台灣諸君、
盡情享受吧！

鯨頭鸛之王

クジラアタマの王様

伊坂幸太郎 著

李彥樺 譯

目錄

總導讀

奇想・天才・傳說

張筱森

雖然是篇談論伊坂幸太郎的文章，不過請先讓我稍微離題談一下二〇〇六年的第一百三十四屆直木獎。這屆的大事當然是東野圭吾在五度鎩羽而歸之後，終於以《嫌疑犯X的獻身》獲獎；可說是了卻他一樁心願，也替其出道二十年錦上添花一番。東野連續五度提名五度落選的事蹟，讓日本大眾文壇和讀者之間開始悄悄地流傳著一個聽來有點辛酸的名詞「東野圭吾路線」，意指不斷被提名、不斷落選，然後過了該得直木獎年紀的作家。而東野總算在第六次的提名擺脫了這個看似不太名譽，不過差一步就會變成傳說的不幸陰影。但是在東野終於獲獎的這樣可喜可賀的事實背後，其實也存在著一名極爲有力的「東野圭吾路線」候選人，那就是本文主角——伊坂幸太郎。

伊坂幸太郎，一九七一年出生於千葉，畢業於位在仙台的東北大學法學部。小學時和一般小孩一樣閱讀各式各樣的兒童讀物，年紀稍長之後開始看當時流行的國產娛樂小說，如：都築道夫、夢枕獏、平井正和等人的作品，高中時因爲看了島田莊司的《北方夕鶴2／3殺人》後，成了島田書迷。而在高中時，因爲一本名爲《何謂繪畫》的美術評論集，啓發伊坂認爲能使用想像力生存是件非常幸福的事情，而小說恰好可以一人獨立從頭開始，自己應該也辦得到；因此他決定在進入大學之後開始創作，再加上喜愛島田的作品，便選擇了寫推理小說。進入大學之後則開始閱讀純文學，尤其喜愛諾貝爾文學獎得主大江健三郎的作品。

也因爲他將對運用想像力的憧憬著力於小說創作上，於是各項具有想像力的元素都漂浮在其作品中，如法國藝術電影、音樂、繪畫、建築設計等等，使得讀者在閱讀推理小說的同時，也彷彿看了一場交織著奇異幻境寓言、生命哲思與青春況味的文藝表演。

巧妙地融合脫離現實生活的特殊經歷以及不可思議的冒險活動，一向是伊坂作品的創作主軸，這種奇妙組合，正是伊坂風靡了無數熱愛文學藝術的青年讀者的重要原因。

這樣的他，在一九九六年曾經以《礙眼的壞蛋們》獲得山多利推理小說大獎佳作，不過一直要到二〇〇〇年以《奧杜邦的祈禱》獲得第五屆新潮推理小說俱樂部獎後，才正式踏上文壇。奇特的故事風格、明朗輕快的筆觸，讓他迅速獲得評論家和讀者的熱烈歡迎，不光是在年度推理小說排行榜上大有斬獲。二〇〇三年以《家鴨與野鴨的投幣式置物櫃》拿下吉川英治文學新人獎，二〇〇四年則以《死神的精確度》獲得日本推理作家協會短篇部門獎，更在二〇〇三到二〇〇六年間以《重力小丑》、《孩子們》、《死神的精確度》、《沙漠》四度獲得直木獎提名，可以看出日本文壇對他的期待和重視。

伊坂到二〇〇六年爲止總共發表了八部長篇、四部短篇連作集和一篇短篇愛情小說。因爲喜歡島田，而決定創作推理小說的伊坂，打從一出道就以推理小說新人獎得獎作《奧杜邦的祈禱》獲得各方注意；然而《奧杜邦的祈禱》卻長得一點都不像讀者們所熟悉的推理小說模樣。伊坂曾經說過，「寫作的時候，我並不喜歡描寫眞實的現實生活，而是想寫十分荒唐無稽的故事。」《奧杜邦的祈禱》正是這樣特殊，有著前所未有的奇特設定的一部作品。一個因爲一時無聊跑去搶便利商店的年輕人伊藤，意外來到一座和日本本土隔絕一百五十年的孤島，孤島上有個會說話、會預言未來的稻草人優午。優午告訴伊藤，自己已經等了他一百五十年，而伊藤這個外來者將會帶來島上的人所欠缺的東西。留下這般謎樣話語之後，優午就死了，而且還是身首異處、死得相當悽慘。這短短幾句描寫，就能夠看出伊坂作品最顯而易見的特殊之處：「嶄新的發想」，我想很難有讀者在看了這樣奇異至極的開頭，而不繼續往下翻去，畢竟「會講話的稻草人謀殺案」實在太過特殊。而這種異想天開、奇特的發想，就成了伊坂作品中一個非常重要而且難以模仿的特色，在他往後的作品當中都可以看到這樣的特色，以死神爲主角的

《死神的精確度》便是個好例子。

然而空有奇特的發想，沒有優秀的寫作能力也無法讓伊坂獲得現在的地位。第二作《Lush Life》便是讓讀者更認識伊坂深厚筆力的作品，畫家、小偷、失業者、學生、神、心理諮商師等等眾多人物各自在五個故事線中登場、彼此的人生互相交錯。如何將這五條線各自寫得精采絕倫，而在彼此交錯時又不落入混亂龐雜的境地，最後將所有故事線收束於一個點上。伊坂在敘事文脈構成上展現了高超的操控能力，就像不斷地在本作出現的艾雪的畫一般地令人目眩神迷。複雜的敘事方式中包含著精巧縝密的伏線，並且前後呼應，而此極爲高明的寫作方式，在第四作《重力小丑》、第五作《家鴨與野鴨的投幣式置物櫃》中也明顯可見。

筆者和大部分的台灣讀者一樣對伊坂最早的認識來自於《重力小丑》一作，對於本作中那幾乎只能以毫無章法來形容、或者可說是某種文字遊戲的章節名稱印象深刻。但在閱讀了伊坂的其他作品之後，便能夠理解日本文藝評論家吉野仁所指出的伊坂作品的一種極爲另類的魅力來源——「將毫無關聯的事物組合在一起」，像是「鴨子」和「投幣式置物櫃」明明是毫無關聯的東西，卻成了小說。或是書名爲《蚱蜢》內容卻是殺手的故事，這樣的奇妙組合讓伊坂的作品乍看書名就能吸引讀者的目光一探究竟。而更引人注意的是，這樣看似胡鬧的作法，也散見於每部作品的內容和登場人物的言行之中。

在《家鴨與野鴨的投幣式置物櫃》中，主角的鄰居甫一登場就邀他一起去搶書店，而目標僅僅是一本《廣辭苑》!?在《重力小丑》中，春劈頭就叫哥哥泉水一起去揍人。然而在這些登場人物的異常行動，或是令人不由得笑出聲來的詞句背後，其實隱藏著各種人性的黑暗面。《奧杜邦的祈禱》中，仙台的惡劣警察城山毫無理由的殘虐行徑、《重力小丑》中的強暴事件、《魔王》中甚至讓這樣的黑暗面以法西斯主義的樣貌出現。伊坂總以十分明朗、輕快並且淡薄的筆觸，描寫人生很多時候總會碰上的毫無來由的暴力。如此高度的反差，點出了一個伊坂作品世界中的重要價值觀——在面對突如其來的暴力時，該如何自處?該怎麼找出最不會令自己後悔的生存方式?

如果將毫無理由的暴力推到最極致，莫過於「死亡」了，只要是人，難免一死，那麼人類該怎麼和終將來臨的死亡相處?從《奧杜邦的祈禱》中的稻草人謀殺案起，這個問題意識就一直在伊坂作品的底層流動，筆者想隨著此次伊坂作品集出版，讀者在全部讀過一遍之後，應該也都能得出屬於自己的答案。

而在熟讀伊坂作品之後，讀者便會發現伊坂習慣讓他筆下所有人物產生關聯，先出現的人物一定會在之後的作品登場。像是深受台灣讀者喜愛的《重力小丑》兩兄弟，也會在之後的某部作品中出現，這樣的驚喜也十足地展現了伊坂旺盛的服務精神。

在文章開頭提到伊坂是極有力「東野圭吾路線」候選人，如實地反應出日本讀者和評論家對於伊坂遲遲不能獲獎的難以理解。但是筆者忍不住想，就這樣成爲直木獎史上的傳說，似乎無損於伊坂的成就。畢竟就像日本推理天后宮部美幸說的：「伊坂幸太郎是天才，他將會改變日本文學的面貌。」做爲一名讀者，能夠和一位不斷替我們帶來全新小說的天才作家相遇，就是一種十足的幸福。

作者介紹

張筱森，推理小說愛好者，推理文學研究會（MLR）成員。結束了日本囤積推理小說的留學生涯後，回到台灣繼續囤積。

3715
693

Chapter 1

棉花糖與刺蝟

電視畫面上的鳥吸引了我的目光。巨大的頭部和巨大的鳥喙，看起來簡直像是漫畫裡的角色。牠將頭轉向一旁，身體一動也不動。那似乎是在動物園裡拍攝的影像，女播報員對著鏡頭說：「鯨頭鸛正安安靜靜地待在那裡。這種鳥的英文名稱是『shoebill』，意思是牠有一個像靴子一樣的大鳥喙。」

那鳥喙看起來確實有點像皮靴。而且是一只大皮靴，占據了整個頭部的大部分面積。

「那張臉眞是古怪。」妻子坐在沙發上說著，一邊輕撫腹部。我們的孩子下個月就要出生了，我卻依然毫無眞實感。

「好像在笑呢。」畫面中鯨頭鸛的大嘴如果從側面看，嘴角似乎微微上揚，簡直就像是臉上隨時帶著充滿自信的微笑。「散發出一種大人物的氛圍。」

宛如在幕後掌控一切的老大哥。

「下次的新商品就做這個如何？」妻子指著電視提議道。

「新商品？做這個？」

「例如鯨頭鸛餅乾之類的，大鳥喙的部分就塗上巧克力。」

「這我可不敢，難保不會有人抗議『鯨頭鸛太可憐了』。」

「無尾熊造型的餅乾那麼有名，怎麼沒人說可憐？」

「可憐與不可憐之間，其實沒有什麼邏輯可言。」

「聽你說得感慨萬千。」妻子笑著問：「你們宣傳部也要負責處理客訴問題？」

「客服中心是宣傳部底下的單位，而且直到去年爲止，我也是那個單位的一員。聆聽消費者的寶貴意見，在學習與成長中度過每一天。」

新聞話題之所以能夠成爲新聞話題，並不在於重要性和危險性，而是在於能不能煽動大多數人的感情。感覺不舒服就是不舒服，不需要任何理由。當然，這種心情我也不是不能體會。有些動物殺來吃會被視爲天經地義的事情，有些動物殺來吃會引起公憤。有些公眾人物搞婚外情會獲得原諒，有些公眾人物搞婚外情會被當成破壞世間和諧秩序的大惡棍。比起重要的外交問題，大家更關心的可能是一隻鼯鼠在空中滑翔的姿勢怎會那麼古怪。這甚至無關媒體操控或資訊誤導，大家只是太過坦然接納自己的感情而已。

如果客訴的理由是「味道變了」或「份量太少」，還可以理解。但有些消費者抱怨的重點，卻是「討厭外盒的顏色」、「商品名很像舊情人的暱稱」，或是「實在太好吃，害我忍不住吃太多，導致身材走樣」。甚至還有消費者非常認真地在電話另一頭問：「我現在正要開始吃，請問吃起來是什麼味道？」

「幸好你調單位了。」妻子說道。

「雖然調單位，還是在宣傳部裡，誰知道什麼時候會被調回去。」

「噢……」

「不是我自誇，我應付客訴的能力在主管的眼裡可是一等一。」

妻子似乎以爲我在開玩笑，其實我說得非常認眞。

「岸，你是我的得力戰將，眞希望你一直待在這裡。」調職的命令一公布，牧場課長便對我這麼說。我爲了掩飾心中的不好意思，應了一句：「『得力戰將』這種形容，簡直像要跟消費者打仗。」課長笑道：「不愧是岸，這句話應得眞好。讓你一直在這裡處理客訴問題，實在是大材小用了。當然，如果你想回來，隨時可以跟我說。」

就在電視畫面切換的前一秒，那隻鯨頭鸛的側臉忽然給我一種奇妙的感覺，我不由得發出一聲輕呼。

「怎麼了？」妻子問。

「我見過這隻鳥。」

「見過？你指的是在電視上嗎？」

「我似乎在其他地方見過。這種感覺就像是與公司的櫃檯人員，在毫不相關的地方偶遇。」

「啊，我懂。就像突然看見常在健身房碰上的人穿著西裝，會一時認不出是誰。」

「對，就是那種感覺。」

當然，鯨頭鸛並沒有穿著西裝，也沒有穿著運動服。

我瞇起雙眼，凝視著電視畫面。鯨頭鸛那小小的眼珠，不斷刺激著我的記憶。我到底是在什麼時候看過牠？小時候在動物園裡嗎？

「鯨頭鸛不動如山的模樣眞是嚇人。」

電視中傳來了說話聲。仔細一瞧，畫面已轉回攝影棚內，特別來賓聊起剛剛播放的影像內容。

「搞不好這種鳥就算嚇一跳，也不會動彈。如果能夠拍到一隻鯨頭鸛動了一下，另一隻鯨頭鸛看了嚇得跳起來的情景，想必十分有意思。」主持人停頓片刻，突然說：「聖，像你這樣每天跳舞的人，如果要你和鯨頭鸛一樣完全不動，一定很痛苦吧？」

小澤聖是連我也知道的當紅舞蹈團體的成員。跟其他成員比起來，他的長相略帶稚氣，體格看起來纖瘦卻頗爲結實，跳起舞充滿力與美。加上高學歷和教養良好的言行，令高中女生爲之瘋狂。

光是他出現在畫面上，電視的亮度就彷彿提升了幾分。

「我們公司本來想請小澤聖拍新商品的廣告，卻被拒絕了。」我說道。

「他眞小氣，連這點忙也不肯幫。」妻子以開玩笑的口吻回應。

「是啊，費盡千辛萬苦卻換來一場空。」

「費盡千辛萬苦？什麼意思？」妻子問。

我還沒拿定主意該說還是不說，一張嘴已滔滔不絕地吐出來龍去脈。去交涉這件事的是宣傳部負責新商品的組長，是個育有一子媽媽。

「如果是男性，似乎很少會強調『育有一子』？」

我心裡想著「那也不見得」，接著說：「總之，主管再三強調務必延攬小澤拍新商品的廣告，她爲此挖空了心思。」

「新商品是什麼？」

「棉花糖。」

「啊，我知道。那個我很愛吃。」

「我也是。但那種東西不是人人都愛，所以在公司裡也被當成……呃，該怎麼形容呢？燙手山芋？問題兒童？情人眼裡的西施？」

「評價相當兩極化？」

「我們公司高層那些人，基本上滿腦子只想著要飛黃騰達而已。」我以自嘲的口吻說道。雖然只是開玩笑，但玩笑中也帶了幾分眞實。「只要是有可能搞砸的工作，他們的態度通常都很消極。」

「眞是聰明。」

「不是聰明，是有點小聰明。總之，他們最討厭負責這種幾乎不可能熱銷的新商品。」

「所以就推給那名組長？」

妻子實在敏銳。「嗯，那名組長非常盡責，努力想達成使命，但小澤聖畢竟是當紅明星，有接不完的廣告工作，而且聽說經紀公司提出嚴苛的條件，連一向呼風喚雨的廣告製作公司也不敢拍胸脯打包票。最後不出所料，請小澤聖拍廣告的案子沒能談成。」

「小澤聖，我對你太失望了。」妻子指著電視畫面說道。當然，她只是在說笑。

「結果新商品賣得好不好？」

「差強人意。沒有大賣，也沒讓公司虧錢。」

「那名組長的努力不算獲得了回報，對吧？至少不到讓那些膽小的高層主管跌破眼鏡的程度。」

「是啊。」

有一天下班後，我看見那名組長在走廊角落打電話。多半是公司必須加班，她正在向孩子說明吧。她雖然一臉無奈，卻還是耐心安撫孩子，那副景象不禁讓人爲她的處境感到擔憂。其他主管們陸陸續續從她的身旁通過，有些人還拿著手機搜尋等等要去喝酒的店，不禁讓人聯想到「人善得人欺」、「能者多勞」之類的諺語。

「我們公司的內部文化有些古怪。」

「豈止是內部文化，連名片也挺怪的。」

「這我承認。」

我們公司建議員工在名片上寫一些與工作無關的瑣事，當成與初次見面的對象閒談的話題。例如「興趣是滑雪」或「擅長塔羅牌占卜」之類。至於我自己，寫的則是我的生日與某知名公眾人物一樣。但名片本來就是舊時代的產物，加上公開與工作無關的私生活資訊會引發一些麻煩，近來有越來越多人主張應該廢除這種規定。

電視上映出小澤聖的臉部特寫。柔軟的頭髮、深邃的雙眼皮、高挺的鼻梁、尖尖的下巴……即使是身爲男人的我，也不得不承認他相當有魅力。

「都是這傢伙的錯。」

「聽說小澤聖本人很喜歡零食，常吃我們公司的商品。組長到經紀公司說明新商品的時候，他看起來也十分興奮。」

不管本人再怎麼有意願，沒拿到廣告合約就沒有任何意義……高層主管多半會在背後這麼說吧。不，恐怕不是背後，而是當著所有人的面。

「如果眞的那麼喜歡，怎麼不趁上節目的時候宣傳一下你們的零食？」

「別傻了，以他的身分怎麼可能做那種事？」

我這句話才剛說完，「那種事」就發生了。

電視螢幕中的小澤聖露出潔白的美麗牙齒說：「放假的日子，我可是幾乎一動也不動，就像鯨頭鸛一樣。我會一直坐在沙發上吃零食，尤其是最近我迷上用棉花糖包著的那個零食，簡直是欲罷不能。」

「噢，那個的確好吃，棉花糖的軟度恰到好處。」主持人應道，小澤聖又笑著說：「根本是零食界的超級新星。」

妻子指著電視，整個人僵住了。半晌，她才轉頭看著我說：「那個零食……」

我點點頭，感覺自己的五官有如凍結在臉上。「是我們公司的新商品。」

就算節目的贊助廠商中沒有零食製造商，這樣的發言能夠不被剪掉還是相當稀奇。

雖然剛剛的對話中並未具體指出製造商和商品名稱，但要猜出成爲熱門話題的零食一點也不難。

「幹得好！」妻子高舉拳頭，彷彿看見喜歡的選手射門進球。

隔天早上我一起床，便看見智慧型手機裡多了不少訊息。傳訊息給我的人，包含在學時期的朋友、經常光顧的酒吧老闆，以及剛進公司時的研修期間照顧過我的便利商店店長。訊息的內容都大同小異：「小澤聖在電視節目上說的那個零食，是你們公司的商品吧？」

吃早飯時，妻子見我啃著麵包，一邊緊盯手機，忍不住問：「怎麼了嗎？」或許是大腹便便的關係，妻子的動作有點遲鈍，再加上她的個子不高，我不禁擔心她會失去平衡，像球一樣在地板上翻滾。「你爲什麼露出賊兮兮的笑容？」她接著又問。

「就是昨天電視上那件事。」我告訴妻子。聽了我的說明後，妻子瞇著眼睛說：「我對小澤聖刮目相看了。」

走進公司一瞧，整間辦公室似乎瀰漫著一股雀躍的氛圍。當然，這只是我的主觀感受。打開電腦，一看電子信箱，有好幾封同業朋友寄來的信。信件標題大多有著「昨天的電視節目」、「小澤聖」之類的關鍵字，內容多是半開玩笑地表示「好羨慕」。

我不由得心想，電視節目的威力眞是可怕，小澤聖的影響力眞是驚人。當然，不見得電視上介紹的商品都會暢銷，這次只能說是恰好符合期待。

開始辦公之前，我決定先去上個廁所，沒想到走到電梯附近，剛好看到負責新商品的組長從電梯裡跑出來。

「恭喜啊。」我朝她說道。她氣喘吁吁地回答：「謝謝，孩子突然說不想上學，鬧了好一陣子，我費不少工夫才安撫成功，幸好沒有遲到。」

「我指的不是這個，是昨天的電視節目。」

「昨天的電視節目？」

看來，她並不知道小澤聖在電視上推薦我們公司的新商品，我趕緊向她說明原委。帶給他人喜悅，自己也會感到喜悅。雖然我不敢肯定自己有沒有資格傳達這個好消息，但實在無法忍著不說。

組長愣了一會，才一臉狐疑地問：「他爲什麼要說這種話？」

「一定是感受到妳的誠意了。」我略顯誇張地應道。「我相信這件事會帶來很大的回響。」

「這得問問業務單位才會知道。」她的臉上終於綻放笑容。「不過，這是大家同心協力的成果，並不是我一個人的功勞。」

「除了那些抱怨新商品難吃得要命的部長之外。」

組長噗哧一笑，留下一句「岸，你說話眞毒」，便快步走向她的座位。

我在原地待了一會，聽見宣傳部響起一陣掌聲。到底誰才是最努力的人，顯然每個職員都心知肚明。若說是正義得到伸張，或許有些誇大其詞，但至少讓人鬆了口氣。

「這件事眞是不得了，我們太幸運了。業務單位的同仁說，他們今天接到許多訂單和詢問電話。」部長龍心大悅，嗓門比平常更大，腰桿打得也比平常更直了。「我一直認爲這個商品只要得到一點推力，馬上就會大賣，果然不出所料。」

此時腦袋裡浮現「眞厚臉皮」這句話的人，絕不只有我。眞想知道組長是什麼表情，可惜從我的座位只能瞧見她的背影。

「看來，我們公司差不多可以在大樓外面裝一台大電視了。」部長說道。

「大電視」這個字眼給人一種俗氣的感覺，說穿了就是裝設在大樓外牆上的大型螢幕看板。近年在大樓外牆裝設螢幕並不稀奇，但在創立公司的第一代社長的時代，「裝設大電視」似乎是企業成功的象徵。因此，「在公司大樓裝大電視」是公司主管長年來激勵員工的慣用台詞。

如今，我們公司已是大規模的零食製造商，擁有數千名員工，許多員工應該都抱持著「早就有資格裝大電視」的想法。但公司遲遲沒付諸行動，有些主管明白表示這是爲了保留「裝大電視」的激勵之語。

「不過，人家說好事多磨，我們還是得小心可能會產生變數。」部長如此提醒眾人。

當時的我，做夢也沒想到眞的會發生變數。而且，那個變數就發生在我的面前。

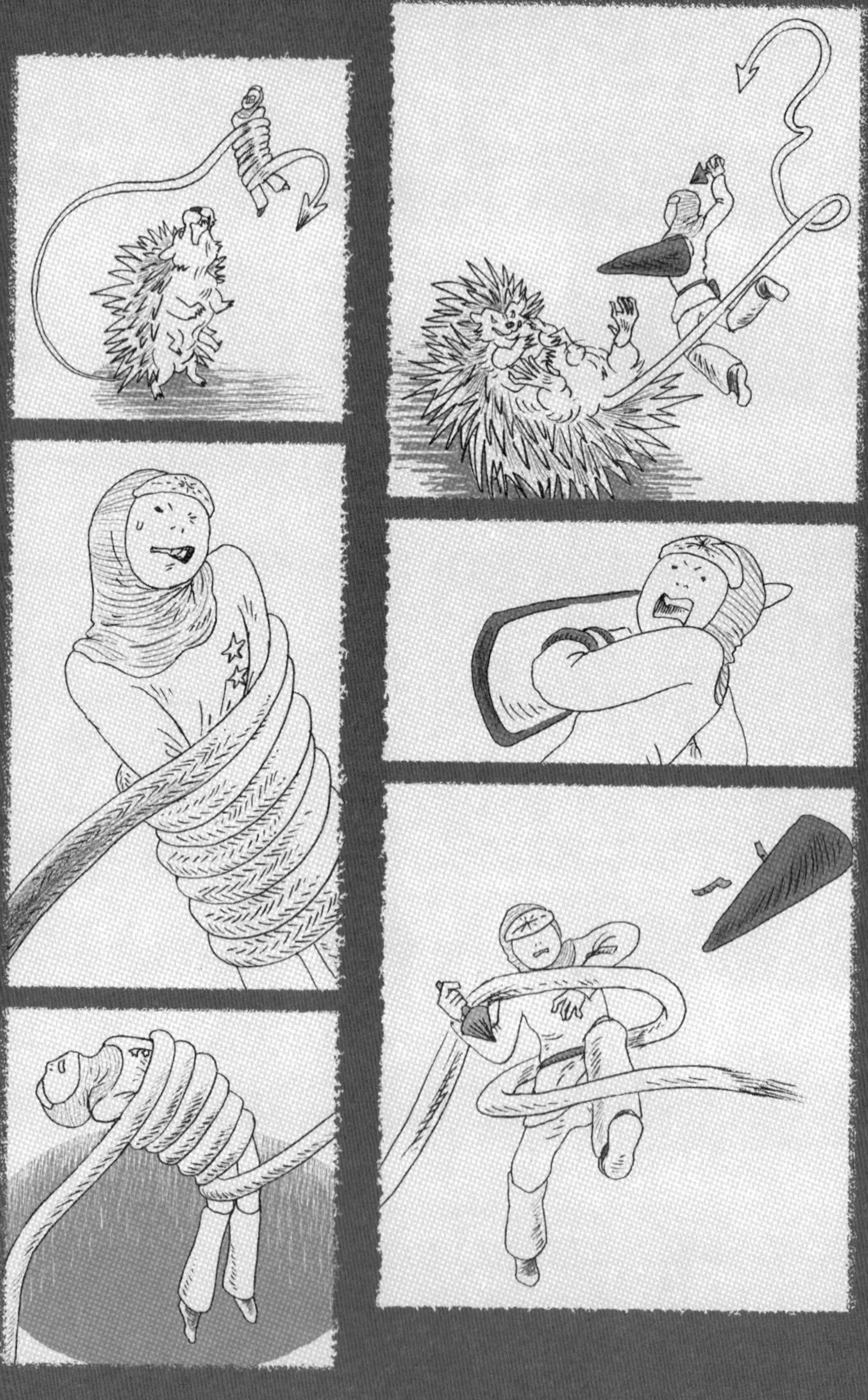

那一天，我一大早起來就有種奇妙的感覺。我拉開棉被坐起，腦袋浮現的第一個念頭是「這是哪裡」。或許是睡昏頭了吧。不知爲何，起身的瞬間，胃竟緊張得隱隱作痛。

明明才剛起床，我卻像是在警戒著什麼。

「你一直在呻吟呢。」妻子憂心忡忡地說：「你平常很少會這樣，還好嗎？」

「我在呻吟？」完全沒有印象。

「我有點擔心，想把你叫起來，卻怎麼也叫不醒。」

腳下驀然感受到一股寒意，身體彷彿正從高處墜落。不，這不是墜落，是被吸入另一個世界。被吸入另一個世界？那是什麼意思？我的腦海裡有一道聲音提出質疑。

就像被捲入一團高速旋轉的渦流中。

高速旋轉？渦流？連我也不明白自己怎會想到這些字眼。

「是不是突然想起不愉快的回憶？」妻子問。

「說起不愉快的回憶，大概只有上小學的時候曾遭欺負，還有……。」

「父母離婚？」妻子接過話。

「嗯。」

結婚前的交往時期，我跟妻子聊了許多幼年、童年和青春期的往事，例如小時候遭受欺負、大學畢業旅行遭遇火災等等，因此這些她都很清楚。

一到公司，部長馬上把我叫了過去。

原本以爲部長是要交代新的宣傳企劃案，沒想到一踏進會議室，竟看見牧場課長坐在部長的身邊，我心裡頓時有股不好的預感。

牧場課長是處理客訴問題的老手，多年來每天聽消費者抱怨及提出不合理的要求，卻總是能保持心平氣和，讓人聯想到悠然恬靜的牧場景象。在公司的所有主管裡，他是少數值得尊敬的一位，但今天這個局面，除了要將我調回客服中心之外，我實在想不到第二種可能性。

「岸，你的表情看起來可眞是開心呢。」牧場課長笑道。

「不……你誤會了……」

「岸，你確實應該感到開心。」部長的嗓音比平常更加宏亮，我不由得全身一震。

「呃……」

「牧場課長需要你的幫助。」

我霎時眼前一黑，內心充滿沮喪。果然要調我回客服中心？好不容易爬出洞窟，又要被拖回去了？

「你放心，只是暫時的。」牧場課長似乎明白我的震驚。

「原本接你工作的鮫岡，因故無法繼續工作。」

「鮫岡哥怎麼了？」

鮫岡比我早進公司一年，不僅體格壯碩，而且思緒敏捷，再加上十足的行動力及高明的話術，是頂尖的業務員。但在我調離客服中心的同時，他被調入客服中心，承接我的工作。

進行工作交接的時候，鮫岡聽完我的說明，滿不在乎地吐出一句「反正處理客訴就是拚命道歉，沒什麼大不了」。聽他這麼說，我有點不安，但每個人都有自己的工作方式，何況鮫岡的年紀比我大，輪不到我教他什麼。

「鮫岡從前天就沒有來公司。」部長皺眉說道。

「是感冒了嗎？」

「他投降了。」

「投降？」

「每次遇到不知道該怎麼處理的事情，他就會撒手不管。」

「工作可以撒手不管？」

「當然得有人接手他的工作。」

「那也不能推到我的頭上……」

「岸，受他人需要是一件很棒的事情。牧場課長特定指名你呢。」

「抱歉，我只能靠你了。」有張大餅臉的牧場課長雙手合十。

我沒有其他選擇，只能再次確認：「我只是暫時幫忙，對吧？」

「當然。」部長點點頭，「不過，如果表現得好，代打也可升格為正式選手。剩下的部分，交給你們去談吧。」接著，部長便起身離開會議室。

「鮫岡哥到底遇上什麼事？」我問牧場課長。

「你先聽聽這段錄音。」牧場課長操作起手邊的電腦。

一會之後，電腦播放起一段對話。我一聽，立刻就知道這是客服電話的錄音。客服人員與每一位「尊貴的消費者」進行電話交談時，都會全程錄音。名義上是爲了「提升今後的服務品質」，但說穿了，其實是爲了避免「說過什麼話」的爭議，以及監督客服人員的應對方式。

錄音檔中傳來女性的話聲：「我剛剛說過了，你們的商品裡有圖釘！我兒子的嘴被刺傷了！吃棉花糖的時候吃到圖釘，你知道有多嚇人嗎？」

棉花糖？圖釘？

「眞的非常抱歉。」

道歉的人應該是鮫岡吧。我暗叫不妙，他道歉的時候完全沒有投入感情。面對消費者的抱怨，最重要的是誠心誠意不斷道歉，而且必須投入大量感情，就算有點誇張也沒關係。至於具體的說明或解釋，則是後來的事。

不出所料，對方大發雷霆地說：「我不需要這種敷衍的道歉。你們打算怎麼處理這個問題？我要你們馬上說個清楚。這年頭像這樣的問題如果不以誠懇的態度盡快處理，我保證你們會吃不完兜著走。」

這句話倒也沒錯，我不禁想聽聽鮫岡會如何應對。他剛剛那毫無誠意的道歉，讓我十分不安。果然，他無奈地應著「好的、好的」，甚至聽見他偷偷咂嘴的聲音。

這很糟糕。

可說是最典型的錯誤應對方式。如果「錯誤應對」也能賣錢，這保證是品質最好的商品。眼前的牧場課長應該早已聽過錄音的內容。此時他臉上的表情，簡直像是發現學生給社會大眾添了麻煩的老師。

「這是什麼時候的錄音檔？」

「三天前。這位女性消費者在前一天也曾打來，從那時就是鮫岡負責應對。」

算起來，差不多是在「小澤聖效應」引發新商品熱銷的數天後。

聽到錄音內容出現關鍵字「棉花糖」我就心裡有底，果然她聲稱「有圖釘」的便是這項新商品。

「只不過是造成一些話題，讓商品賣到缺貨，你們就得意忘形了嗎？」女性消費者酸溜溜地說，鮫岡回答：「即使眞的如您所說，商品裡混入圖釘，如今在市面上販賣的這款商品，也是在引起話題之前就從工廠製造出來了。」

「你不相信我說的話嗎？」

「我的意思是，即使工廠在製造過程中不小心混入圖釘，那也是在商品引發熱潮、銷售一空之前的事。」

「所以你想表達什麼？商品裡有圖釘沒什麼大不了？」

情況越來越糟糕。

抱怨的消費者聽了「合理的解釋」之後感到滿意的例子少之又少。絕大部分的消費者聽過解釋，都會變得更加情緒化，一口咬定「你們想找藉口」、「你們瞧不起消費者」或是「你們完全沒在反省」。

「我告訴你，要是繼續擺出這種態度，保證你會後悔。我本來不打算刁難，只是希望你們拿出誠意解決問題而已。我的孩子受了傷，你明白嗎？」

「好的、好的。」鮫岡再次給出非常糟糕的回應。

就在這時，牧場課長停止播放，無奈地說：「鮫岡最近總是一副疲累的模樣。不過，這也怪不得他，畢竟商品突然賣得那麼好……」

「啊，因爲小澤聖那件事嗎？」或許稱他爲小澤聖「大神」也不爲過。

由於口味特殊，喜歡的人會很喜歡。像這樣的商品，只要能夠打響知名度，會比其他商品更容易熱銷。

龐大的庫存以太快的速度被市場吸收，意味著消費者的數量遠遠超過原本的預期，隨之而來的客訴問題當然也會大幅增加。接觸商品的人變多了，各種難以預料的古怪要求也會紛紛出現。就算商品本身沒有問題，「買不到」也會成爲大問題。

「鮫岡突然變得忙碌，應該累積不少壓力吧。」

「而且他要是都這麼跟消費者應對，搞不好會把事情鬧大，變得更加棘手。」

不，不是搞不好。

多半是已鬧大，才會找上我當代打吧。

「等等，代打只在有得分機會的時候上場。」

情況危急才找我來收拾善後，或許形容成救援投手比較貼切。

牧場課長接下來的說明，正是我最不想聽見的狀況。

鮫岡過度疲勞，表現出失禮態度之後，那名女性消費者轉而利用各種社群軟體大肆宣揚這件事。雖然是採匿名的方式，但某個具有影響力的人物剛好又拿來討論，於是瞬間擴散開來。

最近非常流行的那個零食，居然有人吃到圖釘！製造商的回應態度非常惡劣，似乎認爲只要商品賣得好就是贏家，完全不把消費者放在眼裡！

類似的批評聲浪，在網路上吵得沸沸揚揚。

「這是昨天晚上發生的事情。」

如今這個年代，一件事情可能過了一夜就會傳遍網路世界。在我睡覺的期間，我們公司已在網路上引發大火。

「甚至傳出謠言，說什麼小澤聖的發言也是我們故意安排的。」

「不過……商品裡怎會有圖釘？」

「這我也不清楚。」

「如果眞的混進圖釘，一定是工廠的問題。」

「目前公司正在積極派人深入調查。」

要證明商品裡絕對不可能有圖釘，比證明商品裡有圖釘困難得多。畢竟沒有任何方法，可百分之百防止商品中混入異物。

「現在該怎麼辦？」

我指著筆記型電腦上的網路搜尋畫面問道。在我的眼裡，那就像是讓我們步上毀滅之途的可怕咒語，或是將我們拖入地獄深淵的惡鬼之壺。更可怕的是，它還在電腦裡不斷繁殖著。

一想到就頭皮發麻，我一點也不想跟這件事情扯上關係，但眼前唯一的活路，就是解決問題。

「雖然有點倉促，但上頭決定今晚召開臨時記者會。」

「咦，記者會？」我不禁愣了一下。網路上的批評聲浪畢竟只發生在虛擬世界，就算什麼都不做，過一陣子也會恢復平靜……這種想法已過時。如今這個年代，過度輕視網路的力量往往會導致事態加速惡化，蒙受更大的損害。唯有盡速進行妥善的處理，才能讓損害降至最低。這樣的觀念雖然沒錯，但畢竟有些操之過急了。「這件事在網路上引起騷動不到半天，現在就召開記者會，會不會太快？目前爲止，除了這位女性消費者之外，並沒有其他消費者提出商品裡有圖釘的指控，不是嗎？」

如果是出現多起案例，或許立即召開記者還有些道理。

我轉頭望向筆電，忍不住想像起許多小惡鬼互相勾肩搭背、大肆喧嘩的畫面。

「今天一大早，公司內部召開會議，高層主管都很緊張。」牧場課長苦笑道。

我們公司雖然有著「歷史悠久」的優點，卻也背負著思想傳統保守的問題。尤其是董事級的主管，大多對網路既不關心也不感興趣。

「他們對網路不熟悉，所以非常恐懼。」

在這樣的心理狀態下，他們強烈要求在事情鬧大之前解決問題，最好召開記者會。簡單來說，就是類似恐懼造成的恐慌現象。

「岸，我明白你的想法。你擔心這麼快召開記者會反而會引起注意，導致事態一發不可收拾，對吧？」

「我想到前年的流感事件……儘管情況完全不同。」

「噢……」牧場課長皺起眉頭，顯然記憶猶新。

那一年，歐美地區爆發新型流感，感染人數不斷增加。起初，日本人隔岸觀火，內心大概只有「外國人眞可憐」之類的想法。隨著重症患者與日俱增，世界衛生組織（ＷＨＯ）提出強烈警告，陸續出現死亡案例之後，日本國內也瀰漫著一股緊張感。

日本政府著手加強機場的檢疫工作，擺出不容一隻病毒通過的陣容。當然，病毒適不適合以一隻、兩隻來數，又是另一回事。ＷＨＯ打一開始就對機場的檢疫工作能發揮多少效果抱持懷疑的態度，發言人還帶著哭笑不得的口氣，發表「我們會持續觀察日本的狀況」之類的聲明。就在這時，東京都內某私立高中率團到加拿大旅行，導致學生感染新型流感。

爲什麼偏偏在這個節骨眼到外國旅行！

整個日本社會霎時湧起一片撻伐聲浪。當時的我雖然還不至於爲此感到憤怒，但也有著「何必在這種時候出國」的想法。

最後，校長召開記者會，向社會大眾說明原委並道歉。那場記者會上，許多記者假借提問的名義，將校長罵得狗血淋頭。

「那幾乎可歸爲一種群眾恐慌現象了。」

「而且治療流感的藥物還……」

「這我就不記得了。藥物怎麼了嗎？」

「政府儲存藥物的倉庫發生火災，都燒毀了。」

我一聽，旋即想了起來。在那場新型流感騷動中，還發生一起儲備藥物遭焚毀的意外。原本社會上就處於緊張兮兮的狀態，大量寶貴藥物付之一炬的消息一傳出，大眾再也無法保持冷靜。

「經過那起火災，民眾對那所高中的批判排山倒海般湧來，終於釀成悲劇。」牧場課長的口氣充滿同情。

校長承受巨大的輿論壓力，身心俱疲，跌落地下鐵的月台，失去寶貴的生命。

「之後，新型流感仍經由各種途徑在日本蔓延開來，而且症狀其實與傳統的流感沒有太大的差別。」

不巧在大家最敏感、最恐懼的時期受到注目，校長才會面臨那麼大的譴責聲浪，最後甚至賠上性命。

「聽到要召開記者會，我不禁想到當年的狀況。」

「不過，今天的記者會是要宣布因爲商品意外熱銷，公司決定暫時停止生產。」

「啊，是嗎？」

「說出主旨之後，才解釋我們接到商品內混有異物的消息，所以決定重新檢查生產過程。」

原來如此。如果是這樣的立場，就不像是恐懼網路騷動引發的過度反應，而是爲了謹慎處理問題的周到安排。

「如果是這樣的做法，聽起來還行。」我有些事不關己地應道。「那你希望我怎麼做？」

其實我想問的是「要怎麼做，你才能放我一馬」。

「岸，我想請你幫忙擬定記者會的發言方針。」牧場課長的眼角堆滿皺紋，露出彌勒佛般的笑容。

「發言方針？」

「召開記者會是宣傳部的工作，我們客服中心得負責寫出記者會上的注意事項。但公司幾乎沒有召開記者會的經驗，不知該如何是好。岸，當初你在我們部門裡有非常優秀的表現，大家都很信賴你。因此，我希望能夠藉助你的智慧，度過這次的難關。」

聽到牧場課長的讚美，我確實有些開心，不由得露出靦腆的笑容。另一方面，我也知道絕不能掉以輕心。先灌迷湯再提出強人所難的要求，是相當常見的話術。

「如同我剛剛說的，今天的記者會……」

「啊，請等一下……牧場課長，是今天？」

「我不是說了嗎？今天就要召開記者會。」

「我的意思是，今天才開始準備？今天的記者會，今天才要準備？」

聽了我這句有如繞口令的話，牧場課長露出溫柔的微笑。

「突然拜託你這個工作，我很抱歉。不過你放心，你不必擬出回答記者提問的整篇底稿，只要寫出一些最好說什麼、最好別說什麼之類的注意事項就行了。」

如果是這種程度的工作，應該不至於太難吧……我知道這樣的想法實在太天眞，但身爲小小的員工，打一開始我就沒有拒絕的權利。

客服中心依然只有六人，與我離開時一樣。大家都半開玩笑地對我說「你回來了」，但畢竟事態緊急，沒時間閒話家常。我立刻借了一張無人使用的辦公桌，打開筆電著手工作。

首先，我找出從前製作的檔案。

檔案的內容，是處理客訴問題的基本原則，有些來自他人的經驗談，有些是書中的知識，有些則是參加企業顧問舉辦的研修時學到的技巧。調離客服中心的時候，我抱著絕不再回來的心情，一度打算刪除這個檔案。如今，我不禁慶幸當初沒那麼衝動。

處理客訴問題的第一個重點，是耐心聆聽，不要企圖反駁對方，並保持低姿態，不斷道歉。但如果對方要求下跪道歉或提出不合理的要求，絕不能答應。除了基本原則之外，檔案裡還記載著付出慘痛代價得到的教訓，例如「只是一味道歉，消費者會得寸進尺」。

有的人會藉由攻擊從頭到尾都不還手的人來發洩情緒。遇到這樣的消費者，再怎麼道歉，對方也不會停止言語攻擊。這種情況下，必須適度反擊。當然，對方一定會氣呼呼地指責「你們犯了錯還敢這麼囂張」，要冷靜堅毅地應對，比方說：「對於我們的疏失，誠心向您道歉，但您剛剛的論點恕我無法接受。」

反擊必定會有風險，然而，面對單純想發洩情緒的人，誠懇道歉同樣得背負風險。這種時候，表現出「不會任對方爲所欲爲」的態度往往反倒能順利解決問題。

看完檔案，我不禁感嘆自己以前實在很努力。

當初我還在客服中心的時候，從未遇過必須召開記者會的情況。如同牧場課長所說，我們公司幾乎沒有召開記者會的經驗。如此龐大而且歷史悠久的企業，居然沒有處理相關問題的經驗，只能說非常幸運。

但也因爲這個緣故，我寫下的注意事項並非根據以往的親身經驗，而是根據網路上的商業網站、書籍，以及企業顧問教導的技巧。

諸如鞠躬的角度、時間、面對記者說話時該看著哪裡等等，我逐一條列出來。

還有一個重點，就是必須徹底拋開「我們也是受害者」之類的想法。

如果內心深處有著「我們也很慘」或「搞不好我們是冤枉的」念頭，一定會顯露在言行舉止上。

寫了幾項，我猶豫一下，決定再加上一項。

——根據個人的觀感，我認爲盡量使用自然的話語，才能表現出誠懇的態度。

像「深感遺憾」、「全力改善」、「妥善處理」之類的慣用句，會給人一種打官腔、敷衍了事的印象。此外，很多人會堅持「不能隨便道歉」，其實站在一般社會大眾的角度來看，老老實實地道歉才能留下好印象。就算事後證實己方並沒有錯，先道歉也不會損失什麼。

我好不容易擠出一篇道歉記者會的注意事項，在下午兩點交到牧場課長的手上。

牧場課長問了幾個問題，最後向我道謝：「眞是太好了，你幫了我大忙。」或許這就是牧場課長的高明之處吧，總是能夠讓人心甘情願爲他工作。

「不過，感覺情況越來越糟糕，不是嗎？」我應道。早上與牧場課長交談之後，我不時上網觀察輿論的發展。不知該高興還是難過，果然對公司的批判聲浪高漲。許多人主張結合民眾的力量，共同對抗不肖廠商。當初我認爲召開記者會言之過早，但此刻不得不承認或許是誤判，也不禁感謝我們有一群膽小的常務董事。

正因懷著這樣的危機意識，傍晚以資料說明人員的身分出席記者會前的內部會議時，我驚訝地發現每個準備要出席記者會的人都一派悠哉，似乎一點也不緊張。

或許是小澤聖效應造成商品熱銷的現象，讓中階主管們都過於樂觀了。

待所有人都看過目記者會主要的目的，也就是宣布「商品將暫停生產」的資料後，牧場課長站了起來，拿著事先分發的資料說：「接下來是關於圖釘的部分……」沒想到，宣傳部長突然冒出一句「反正一定是網路謠言」，我心中的不安瞬間膨脹。

「不，眼下這個時代，寧可過於謹慎，也不能掉以輕心。」牧場課長回道。

不知是因爲反駁了部長的意見，還是「時代」這個字眼被解讀成「你們都是跟不上時代的老人」，部長的臉色一沉。

部長雖然沒有正面駁斥牧場課長的論點，卻對他所發的資料露出不屑一顧的態度。

「今天早上開會的時候，常務董事們嚇得彷彿天要塌下來了。」部長笑著說：「畢竟在那些人眼裡，網路是非常陌生的東西。」

我暗暗想著「你也不見得瞭解網路的可怕」，但當然沒說出口。

「總之，照著這上頭寫的說就行了，對吧？」另一人問。至於到底是誰，我已不是那麼在意。

「如果可以的話，我希望親自在記者會上說明這個部分。」牧場課長表示。

「不用那麼麻煩吧。」宣傳部長冷冷地說：「牧場課長，你太愛出風頭了。」

我們公司的社長一職，前兩任是由創立者及他的兒子擔任，後來的幾任改爲從高階主管中遴選。因此基本上，任何一名員工都有可能坐上社長的寶座。宣傳部長顯然也是以當上社長爲目標，不僅拚命想立下功蹟，而且毫不隱藏敵對意識。

我的心裡有股不好的預感，而且非常強烈。

會議就在這樣的氣氛下結束了。眾人紛紛走出會議室，回到自己的單位。我追上牧場課長，試著表達擔憂：「眞的沒問題嗎？」

「放心吧。」牧場課長一臉不放心地說：「我再三提醒他們，無論如何必須遵守你整理出的那些原則。」他的嘴上這麼說，口氣卻彷彿在說服自己。「或許過程會不如預期般順利，至少不會演變成最壞的情況。」

「記者會演變成最壞的情況。」我在公司的走廊上打電話給妻子。「簡直糟透了。」

「我知道。」

妻子知道事態有多糟糕，並不是夫妻之間心有靈犀一點通，而是看見電視新聞。

「怎會搞成這樣？」她問。

「原因很多。」

記者會的狀況慘烈到我已不想追究原因。

第一個失敗，也是最大的失敗，就是負責在記者會上發言的宣傳部長居然忘了帶資料。事後我才得知，部長誤把牧場課長交給他的資料當成另一份文件，放進櫃子裡。更扯的是，陪同出席的人也都沒帶資料。

當然，如果這種程度的失敗，還有辦法補救，只要向我或牧場課長使個眼色就行了。我們在會場的角落待命，便是爲了應付突發狀況。就算部長沒有使眼色，流露些微困擾的表情，我們就會立刻上前協助，一點也不困難。

是什麼讓不困難的事情，變得困難重重？

自尊心。

打一開始，宣傳部長就對召開記者會興趣缺缺，認爲「這點小事有什麼好大驚小怪」，抱持著「上頭叫我開我就開，這樣總行了吧」的消極態度。

搞不好他一直覺得要化解這點危機是輕而易舉的事情，暗自嘀咕著「我可是參加過辯論社，你們別太小看我」。

但召開道歉記者會的重點，在於放下身段全心全意地道歉，而不是散發出想憑三寸不爛之舌把大家唬得一愣一愣的氣焰。再加上他忘了帶資料，手邊沒有具體資訊，每件事情都交代得模糊不清。

宣傳部長能夠以這種心態混到今天的地位，只能說他的人生相當幸運，我們公司也相當幸運，才能一路走來風平浪靜。

起初，記者其實對商品混入異物的報告不太感興趣，但一發現宣傳部長試圖推卸責任，他們隨即加強攻擊的力道，提出各種質疑。

部長招架不住，顯得有些手足無措。手足無措的局面不在部長的預期中，這種狀況刺傷了部長的自尊心。沒錯，部長的自尊心再度成爲我們的頭號大敵。他乾脆使出死鴨子嘴硬的招數。

如果這是一場拳擊比賽，教練大概已扔出毛巾。但這不是拳擊比賽，所以牧場課長趕上前去想要解圍。

但部長按捺不住，突然吐出一句：

「工廠的生產過程中，怎麼可能跑進圖釘？不可能，絕對不可能。」

我暗叫不妙。

我在注意事項裡寫得清清楚楚，不管是在調查階段，還是在調查結果出爐之後，都應該避免使用「百分之百沒問題」、「絕對不可能」之類斷定的字眼。品管制度再怎麼完善，也不可能將商品混入異物的風險降至零。說得越篤定，一旦事後遭到推翻，造成的傷害越大。不論任何時候，最好能留下轉圜的餘地，不要把話說死。

部長顯然是一時衝動，記者沉默片刻，接著便出現一如預期的反應。

絕對不可能嗎？你的意思是，混入圖釘的指控是含血噴人？如果事後發現是貴公司的疏失，你要怎麼負責？

記者紛紛丟出類似的話，當然用字遣詞稍微文雅一點。

記者會的現場登時鬧哄哄，吵成一團。

「這件事接下來要怎麼解決？」電話另一頭的妻子憂心忡忡地問。一想到她肚子裡的孩子可能也在擔憂，我不禁心頭一沉。

「不知道，但我今天恐怕得加班。不，大概會睡在公司。」

網路上的批判聲浪遠比白天激烈。不曉得有多少人眞的是基於正義感而口誅筆伐，但瞎起鬨的人肯定不在少數。總之，我們公司轉眼間成了過街老鼠。

操之過急的記者會，帶來反效果。

「明天能不能請你搭早上第一班電車來公司？」三十分鐘前，牧場課長一臉歉意地對我這麼說。

一到明天早上的上班時間，原本只存在於網路上的各種批判、不滿和負面情緒，都會化爲現實的聲浪，一股腦地湧進辦公室。公司的信箱早已收到大量抗議信。明天除了會有接不完的抗議電話之外，還得應付新聞媒體的採訪與追問。爲了收拾種種亂象，牧場課長希望我盡早到公司預做準備。

「今天我會睡在公司，得花時間仔細研擬對策才行。」

「眞是不好意思。」

「牧場課長，你也辛苦了。」

妻子接著又問，搞砸記者會的那個人後來怎麼了？

「回家了。」我苦笑道。雖然知道自己搞砸了事情，但宣傳部長多半還沒察覺事態有多嚴重，大概只有「在記者會上丟了臉」之類的想法。牧場課長要向他說明狀況及強調研擬對策的必要性，但他連聽也不想聽，只說頭很痛，便匆匆離開。

妻子聽了之後無奈地嘆口氣，對我說：「你別太勉強自己，要補充睡眠喔。」

我一抬頭，發現嘴角正滴著口水，趕緊伸手抹去。往左右張望，才驚覺我所在的位置不是自己的家，而是公司的會議室。眼前擺著筆記型電腦和智慧型手機，昨晚多半是不小心趴在桌上睡著了。

我高舉雙手，伸了個懶腰。

光是「在公司迎接清晨的到來」這一點，就足以證實「昨晚那些事情並不是在做夢」，但我還是忍不住抱著「如果只是場噩夢不知該有多好」的想法。

我戰戰兢兢地敲打鍵盤，開啓新聞網站，登時看到我們公司的名稱出現在好幾個地方，同時伴隨著「惱羞成怒」、「不知悔改」、「惡質企業」之類的字眼。除了發起拒買運動之外，還陸續有人提出「如何降低惡質企業的企業價値」的點子。這種眾志成城的團結精神，若是平常可能會讓我相當感動，但一想到對方攻擊的對象是自己任職的公司，我的內心就有無盡的恐懼。

我深吸一口氣，緩緩吐出。這種時候更要保持冷靜。

「岸，辛苦了，眞的對你很抱歉。」轉頭一看，牧場課長就站在身後。「對不起，我不小心睡著了。」我說道。

「多少還是要補充睡眠，我也是剛剛才醒來。」

從那粗糙的皮膚和充血的雙眼，看得出他肯定完全沒有闔眼。會議室的桌上，擺著一份份影印的資料，那是牧場課長與我熬夜研擬出來的應對方針。

「只剩下兩個半小時，我剛剛向上頭請求支援，上頭說會派大約五個人來幫忙。」

「得分成電話應對組和電子郵件應對組才行。」

我朝手機瞥了一眼，發現母親傳來訊息。公司出了事，她非常擔心，本來想幫我照顧快臨盆的妻子，但最近父親閃到腰，沒辦法留他一個人在家裡。父親與母親其實曾一度離婚，在我成年之後不知為何又復合，如今在一起生活。

我回訊要她好好照顧腰痛的父親，不必為我的事掛心。

隨著一分一秒接近上班時間，我忽然有種站在懸崖邊的錯覺。

接下來會發生什麼事，我一無所知，只曉得無數的敵人正從大海另一頭攻來。那是一批配備大量炸彈的轟炸機。

我什麼也聽不見，眼前只有一片遼闊美麗的蔚藍天空。敵人眞的會出現嗎？我不禁感到懷疑。當然，我明白自己不過是在逃避心中的恐懼。

敵機正在接近，這是毋庸置疑的事情。

「不必露出那麼可怕的表情。」牧場課長說道。

我回過神，彷彿待在懸崖上警戒敵機的意識也回到辦公室。

我低頭望向昨晚熬夜製作的資料。雖然以釘書機釘起，但分量其實並不多。放在最前面的內容，就是接電話的應對方針。

經過昨晚的記者會，會打電話來抗議的人，可能是爲了打抱不平，也可能是爲了發洩日常生活中的鬱悶情緒。當然，其中可能也包含因爲喜歡我們的商品，而感到遺憾的消費者。不論對方的心態爲何，我們唯一應該做的就是道歉。誠心誠意道歉，不要找任何藉口推託。

我將想到的注意事項一一寫下，與牧場課長討論之後，改變一些項目的優先順序，甚至製作了流程圖。

至於電子郵件方面，我預想不同的來信內容，寫出幾封回覆的草稿。用字遣詞盡量白話自然，避免看起來像是罐頭文章。

我走進廁所刷牙。昨晚決定睡在公司之後，我到便利商店買了晚餐和牙刷。鏡子裡的自己顯得十分憔悴。

回到座位時，牧場課長說：「看看電視吧。」我愣了一下，心想這種時候怎麼還有心情看電視。下一秒，我才想起應該要看一下生活資訊節目，確認有沒有最新消息。

客服中心裡沒有電視機，但有螢幕。只要連接筆電，就能看電視節目。

清晨的生活資訊節目正在播報氣象。

我以爲會聽到斥責我們公司的言論，一看到節目畫面，不由得鬆了口氣。

就像戰戰兢兢站在懸崖上，注視著遠方飛來的黑影，仔細一瞧發現是一群鳥兒，清脆的鳴叫聲舒緩了緊繃的情緒。內心的緊張感頓時消失，壓力減輕不少。

「廣告過後，將爲您回顧昨天發生的新聞。」節目主持人忽然說道。

形同趁我鬆懈時，給我狠狠一擊。

畫面上出現昨晚的記者會影像。宣傳部長一副蠻橫不講理的耍賴態度，標題打出我們公司的名稱，以及「荒唐！惱羞成怒的道歉記者會」等詞句。以進廣告前的內容預告而言，確實頗有讓人留在電視機前的吸引力，我不禁感到佩服。

廣告結束，回到節目。

果然不出所料，宣傳部長那句「工廠的生產過程中，怎麼可能混進圖釘？不可能，絕對不可能」在節目中反覆播放，宛如成了偉人的名言，例如「民有、民治、民享」或是「少壯不努力，老大徒傷悲」之類。

幾個特別來賓以各種換湯不換藥的言詞，大肆抨擊宣傳部長的發言。「怎麼可以從一開始就認定消費者說謊」、「虧他們是老字號的廠商」、「或許正是因爲太老了吧」、「對消費者毫無感激之心」、「他們生產的可是孩子們吃的零食」、「吃到圖釘的孩子恐怕會留下心理創傷」、「該做好的事情沒做好，商品再熱銷也沒用」……每一句都踐踏著我們公司的名聲。

宣傳部長在鏡頭前情緒激動的影像不斷重複播放，彷彿背後有觀眾一直在喊「安可」。

我不禁產生一種錯覺，眼前有一隻張牙舞爪的刺蝟，想以全身的尖刺攻擊我們。

「有必要做到這種程度嗎？」牧場課長開口。

「這種程度是指……？」

「我能明白大家的不滿，但有必要像公審一樣，不斷播放宣傳部長的影像嗎？」牧場課長並非在抱怨，只是提出一個單純的疑問。「就算部長的態度不好，畢竟是有家庭的人。他有父母、有子女……」

「就算他一時情緒失控說出那樣的話，也情有可原。」我應道。當然，他無視我們的建議，又太過低估局勢，落得這個下場，確實讓人很想罵一句「活該」。但仔細想想，換成是我，在那樣的記者會上，我也沒有自信保持冷靜。我倒是十分好奇，在節目中大放厥詞的那些特別來賓，面臨同樣的狀況時，眞的有辦法維持最佳的態度嗎？

「如果部長的子女因此在學校遭到欺負，不曉得這些人會不會感到同情？」

我的腦海浮現上小學時，遭好幾名同學欺負的回憶。那種毫無理由的戲弄，眞的讓人很難受。

「或許他們會認爲事不關己吧。」

畫面中的特別來賓繼續口沫橫飛地指責我們公司的行徑有多荒腔走板。

當然，如果商品裡眞的混有圖釘，是非常大的疏失。

這是絕對無法原諒的事情，而且部長在記者會上的態度確實非常糟糕，但我仍不禁心生疑問。我們犯的錯，是否嚴重到必須遭受如此嚴厲的制裁？

牧場課長彷彿看穿我的心思，在進入上班時間的前十分鐘，客服中心的職員及來自其他單位的支援人員大約聚集九成的時候，他忽然宏亮地喊了一聲「大家聽我說」，彷彿在舉行臨時的朝會。向大家打招呼之後，他語重心長地說：「請暫時拋開被害意識。我知道大家都不好受，不明白爲什麼我們公司要遭受這樣的對待。這是很正常的想法，但我希望大家暫時放下。」

我整理出的注意事項裡，也提到這一點。一旦懷抱「我也是受害者」的想法，必定會顯露在態度上。

「現在發下我和岸一起製作的應對指南。」

有一半的人鬆了口氣，似乎認爲「幸好有應對指南可以參考」，另一半的人露出絕望的表情，似乎認爲「現在哪有時間背什麼應對指南」。

我接著大聲說：「應對指南的內容並不多，我先向大家說一下重點。」

客服中心只有一半是正式職員，其他是來自人才派遣公司的約聘職員，男女比例大致相同。此刻，我的心情就像是長官對一群即將上戰場的士兵們精神喊話。

而且是最不可靠的長官，畢竟我自己也沒有上過戰場。

快到九點的前一刻，牧場課長又說：「或許大家會遭受針對個人的言語辱罵，希望大家不要放在心上，大家的人格並不會因爲那些辱罵受損。雖然態度要謙卑，但不要把對方說的話太過當眞。」

九點一到，首先迎來的是一瞬間的鴉雀無聲。

由於太過安靜，我不禁幻想著根本沒有滿天飛來的敵機，一切都是我們杞人憂天。

下一瞬間，電話響起。

站在懸崖上戒備的我，終於看見空中的第一架敵機。

該來的終於還是來了。

不過是一眨眼的工夫，我體會到什麼叫風雲變色。

電話鈴聲此起彼落，彷彿有無數的敵機淹沒了整片天空。

接電話的交談聲從四面八方傳來，所有同仁都對著電話另一頭的人低頭道歉。

我茫然注視著眼前的景象，彷彿看著一群人在敵機的轟炸中不停逃竄。

「岸哥！」

一聲呼喊將我拉回現實。一名坐在辦公室後方的女同事舉起手。

我快步走過去。「對方堅持要找主管聽電話。」女同事告訴我。雖然不是主管，但我立刻接過話筒。還沒報上姓名，話筒中已傳來刺耳的怒罵聲。

下午兩點半，我才終於喘了第一口氣。從接起第一通電話到現在，既像是三十分鐘那麼短，又像是一星期那麼長。我感覺口乾舌燥，明明途中補充過好幾次水分，但我連自己到底喝下什麼也不記得了。

我抬頭張望，尋找牧場課長的身影。不久，我在辦公室另一邊發現他，只見他將話筒貼在耳邊，不停低頭道歉。

其他同事在做的事情也大同小異。整間辦公室遭受轟炸，爲了救助負傷同袍而東奔西跑的我，早已滿身瘡痍，卻沒辦法停下腳步休息。

牧場課長放下話筒，恰好與我四目相交。

課長顯然已精疲力竭。他看著我，大概也有相同的想法吧。他聳聳肩，露出疲軟無力的微笑，舉步走來。

「對了，聽說公司又出一個紕漏。」

我感覺自己的五官瞬間扭曲。一個紕漏就夠麻煩了，又來一個？簡直是屋漏偏逢連夜雨。

「怎麼回事？」我問。

「原本不是說新商品賣到嚴重缺貨嗎？但倉庫的人仔細一查，發現其實有不少庫存。」

什麼？

「聽說是裝錯紙箱。」

簡單來說，就是不小心把新商品裝進寫著其他商品名稱的紙箱裡，因此沒算出正確的庫存數量。

「怎會犯這麼粗心的錯誤？」

「聽起來很愚蠢，對吧？但畢竟裝錯之後，不會有人特地打開箱子檢查。」

至少這不是什麼必須向社會大眾道歉的疏失，我著實鬆了口氣。牧場課長提起這件事，似乎只是想找個話題來聊，排遣煩悶的心情。

六點的下班時間一到，外人的電話就沒辦法再打進公司。對方聽見「本日營業時間已結束」的罐頭語音，可能會氣得直跺腳，但如果不設下一些限制，我們恐怕永遠都離不開公司。

不過，雖然下班了，我們也不是說一聲「祝大家有個美好的夜晚」，便從容優雅地離開公司。

每個同事都累得無法動彈，只能仰望天花板維持著粗重的呼吸，分不清是在嘆息還是喘氣。

「我知道大家都很累，但我們得趁現在彙整今天發生的狀況，研擬明天的因應對策。」牧場課長說道。

沒有任何人提出抗議或口出惡言，也沒有任何人主張想先回家。然而，那單純是因爲大家連說這種話的力氣也沒有了。

課長宣布休息十五分鐘後，到會議室集合。於是我來到走廊上，想打電話向妻子告知目前的狀況。

「岸哥！」

背後忽然傳來呼喚聲。轉頭一看，是一個比我晚進公司的宣傳部同事。

「岸哥，公司門口來了電視台記者！」

電視台會派人前來採訪，也是預期的事態之一。因此，我們早已提醒所有同事，不要接受任何記者的採訪。

眞是一波未平，一波又起。空中的敵機好不容易消失，沒想到海灘上又發生戰鬥。

我的心中充滿不祥的預感，立刻拔腿奔向樓梯。在這種節骨眼，沒有閒工夫慢慢等電梯。

我氣喘吁吁地衝到門外，左右張望，發現電視台記者的人數比預料中少，不禁大大鬆了一口氣。但我隨即看見記者拿麥克風對著一個人，正是在記者會上惱羞成怒的宣傳部長，登時又倒抽一口涼氣。

我幾乎不敢相信自己的眼睛。明明昨天才出了那麼大的糗，他怎麼還會想接近記者？腦中充滿不知該說是憤怒還是錯愕的情緒，一回過神，我已朝著記者奔去。

「抱歉，請不要私下對我們公司的同仁進行採訪。」我湊向記者群。

攝影師突然將鏡頭轉向我，我反射性地高舉雙手，擺出「求你不要開槍」的動作。

「你是宣傳部的人嗎？」手持麥克風的記者問我。

我下意識地想遞出名片，才發現剛剛出來得太匆促，身上根本沒帶名片。「請你們不要採訪。」我再次重申道。

「貴公司造成消費者的恐慌，怎麼可以默不作聲？」

「我們並沒有默不作聲。」我一面應著，一面輕推部長，朝他低語：「請不要回答任何問題。」沒想到部長竟撥開我的手，表示：「等等，我想把話說清楚。」

攝影師再度轉動攝影機。

鏡頭在我與部長之間來來回回，彷彿在恫嚇我們。

「昨天在記者會上，確實是我失言，但我希望你們不要一再播放那個片段。」部長對著麥克風說道。

部長，我不是不能體會你的心情，但你的做法非常糟糕。

我在心裡吶喊著。

你這麼做，等於落入他們的圈套。

他們的圈套？誰的圈套？我忍不住反問自己。電視台的圈套？這個世界的圈套？

「這句話是什麼意思？你對消費者沒有一絲歉意嗎？」

記者抓住話柄，便緊咬不放。

「抱歉，今天的採訪就到這裡。」我努力拉走部長，心情就像在江戶城內的松廊（註）上大喊：「這是城內，請三思！」

「等等！要是一直逃避，社會大眾絕對不會原諒你們！」

背後傳來記者的聲音。

逃避？

這個字眼激起了我的情緒。

明明一直在奮勇作戰，爲什麼說我逃避？

下一秒，作戰這個字眼又將我拉回現實。

我重新打起精神，強硬地反駁：

「這不是逃避。」

見原本保持低姿態的我突然說出這種強硬的話，記者不由得愣了一下，旋即將麥克風湊過來：「既然不是逃避，請好好交代清楚。」

「我們會透過正式管道表達公司的立場。」

「我想問的是你個人的意見。身爲公司的員工，以及身爲社會的一分子，你有什麼看法？」

註：日本著名古典戲劇作品《忠臣藏》中，淺野內匠頭在此處拔刀砍傷吉良上野介，因而遭命令切腹自殺。

我根本沒有必要回答。此時最明智的做法，就是隨口敷衍，迅速離開現場。

理性明明這麼告訴我，但我就是無法直接轉身離去。

如果轉身逃離眼前的現實，現實可能會撲上來咬我一口。

於是，我對著麥克風說：

「目前我們正在釐清真相，所以沒辦法針對個別的提問給予答覆。」

舉著麥克風的男記者瞪著雙眼，撐大鼻孔，顯得十分亢奮。

「喂，岸！你偷偷把老師的點名簿拿來給我！別囉嗦，拿來就對了，我要在上頭惡作劇！」

我想起從前有個少年惡狠狠地這麼說。那是小學的同班同學，對我如此下令的時候，他身旁跟著好幾名同學。置身在安全的優勢地位，似乎帶給他無比的快感，他興奮得幾乎要失去理智，彷彿隨時會流下口水。後來老師追究起這件事，只有我遭到責罵，這一點讓那個少年更是開心得手舞足蹈。

當時，我不想承認自己遭受欺負，不斷說服自己「他們並不是在欺負我」。事後回想，他們對我抱持的敵意非常明顯。

沒想到，我還記得這麼久以前的事情。我不禁有些佩服自己的記憶力。

「我們已竭盡所能避免商品中混入異物，但不論品管再怎麼嚴謹，也不可能百分之百保證沒有疏失。」

「這是在推卸責任吧？」

「我只是實話實說。」

「從這句話聽來，以後貴公司的商品仍有可能混入圖釘？」

「我沒有那個意思。這樣挑人語病，我認爲很不好。」我的語氣堅定到連自己也感到驚訝。我認爲很不好。或許聽起來像是小孩子的口氣，益發激起對方的嗜虐心理。

「什麼很不好？請不要岔開話題。」

我瞥了身旁的部長一眼，向他暗示「請趁現在離開」。繼續和對方糾纏下去，對部長沒有任何好處。

部長似乎明白我的意思，默默轉身離去。

「請等一下！你們又想逃走？」記者反射性地說道。

「請不要再用『逃走』這種字眼。」我忍不住反駁。明知最好別再發言，卻無法制止自己開口。

「明明就是要逃走。」

「詢問員工的個人意見，無法解決任何問題。如果立場調換過來，電視台內部爆發醜聞，你們願意對著鏡頭發表個人意見嗎？」

「當然啊。」畢竟是假設性的狀況，記者氣定神閒。「難道貴公司一點都不覺得愧對受害者？在長期花錢購買你們商品的消費者眼中，這是背叛的行徑。」

「我不認爲敝公司做過任何背叛消費者的行徑。」

「你的意思是，商品裡有圖釘是空穴來風的謠言？」

「我從來沒說過這種話。」

「還是，你想強調這不是貴公司的錯？」

「我也沒說過那種話。總之，目前仍在釐清眞相的階段。」

我的心情越來越浮躁。或許累積了整天的疲勞也是原因之一吧。我多想像鮫岡一樣大喊「投降」，結束眼前的一切。這樣的渴望逐漸蔓延全身。

「若事後證實敝公司沒有任何疏失，你又要如何負責？」

我忍不住說道。我有種錯覺，彷彿自己坐在車子裡，前方有一面牆，而我的腳卻放開煞車，奮力踩下油門。

記者似乎沒料到我會這麼說，先是愣了一下，接著湊近反問：「你在威脅我嗎？」

「我沒有威脅你的意思，只是認爲換成是我，不會擺出這麼強硬的態度。明明眞相尚未釐清，爲什麼你要窮追猛打？我再問一次，若事後證明敝公司並沒有錯，你要怎麼負責？」

記者的臉上堆滿笑容，我很清楚他在笑什麼。我剛剛說的這段話，如果在電視上播放，肯定會引起軒然大波。我們公司會更加成爲眾矢之的，社會大眾恐怕早就在等這一刻。記者笑得合不攏嘴，是以爲拍到好東西。

這下該怎麼辦？我暗暗嘆了口氣。孩子才剛要出生，怎會捅下這麼大的婁子？我不禁想對妻子雙手合十道歉。此刻我的處境，就像是比賽中受到對手挑釁，忍不住動了粗，即將遭裁判逐出場外。

「岸！」就在這時，牧場課長從後頭奔了過來。他晃動著圓滾滾的身體，使盡全力跑到我的面前。

「對不起……」我向牧場課長道歉。他八成找我找了很久，而且我知道自己闖了禍。對不起，課長，我要退場了。

「請問你也是這家公司的員工嗎？」記者立刻將麥克風轉向牧場課長，表情彷彿在說「又出現一隻獵物」。

牧場課長對眼前的麥克風和攝影機完全視而不見，他拍拍我的肩膀說：「好消息，事情有所變化。」

「咦？」

我錯愕地抬起頭。一臉福相的牧場課長笑逐顏開，「我剛剛接到消息。」

「什麼消息？」

「原來是一場烏龍。」

「咦？」一時之間，我不明白「烏龍」是什麼意思。

「我們的商品裡根本沒混入圖釘。是孩子把家中的圖釘放進嘴裡，孩子的母親卻怪到我們商品上。」

什麼意思？我反應不過來，只能猛眨眼。半晌，我終於理解狀況，朝尷尬僵立的記者，酸溜溜地問：「現在，你打算怎麼負責？」

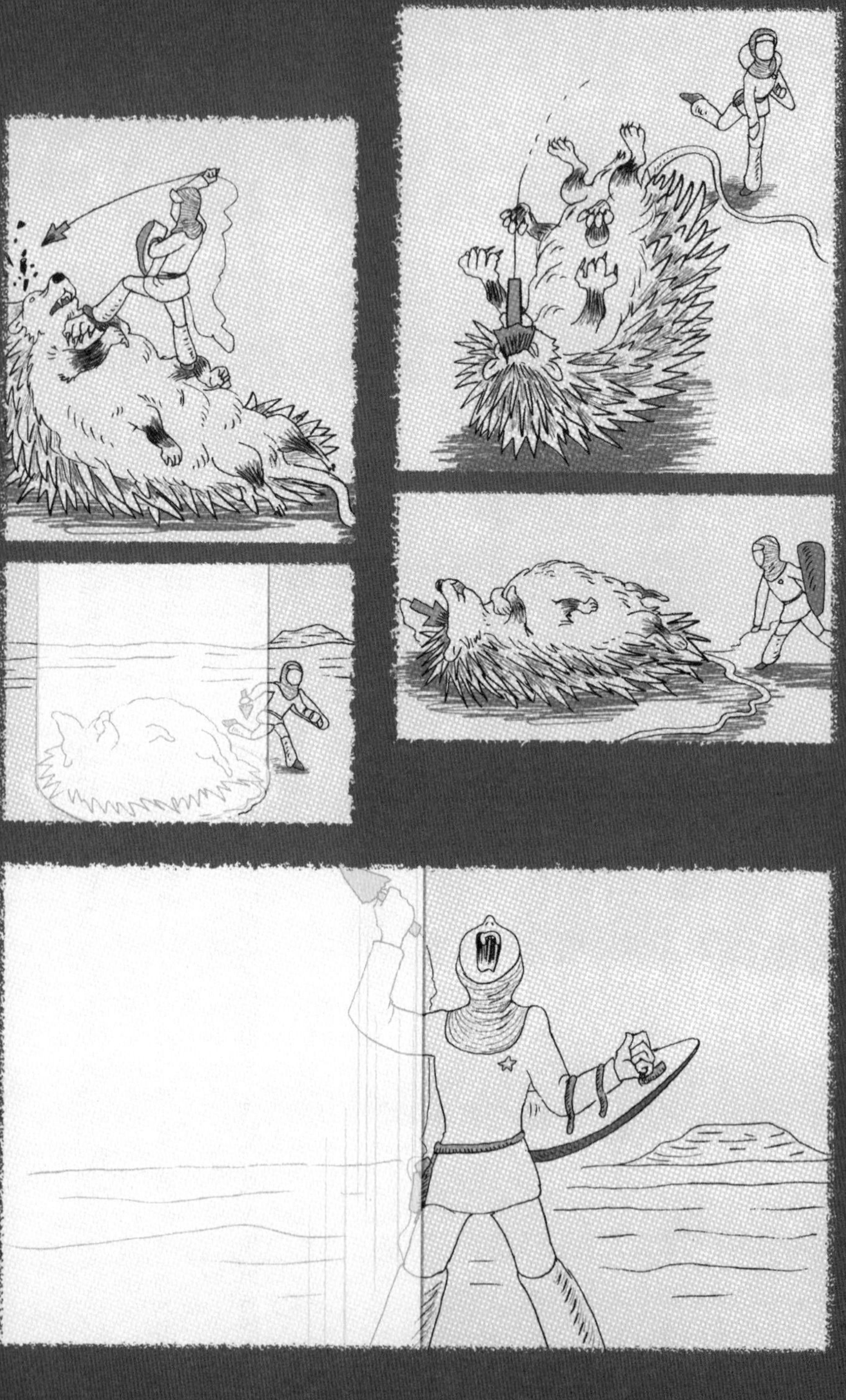

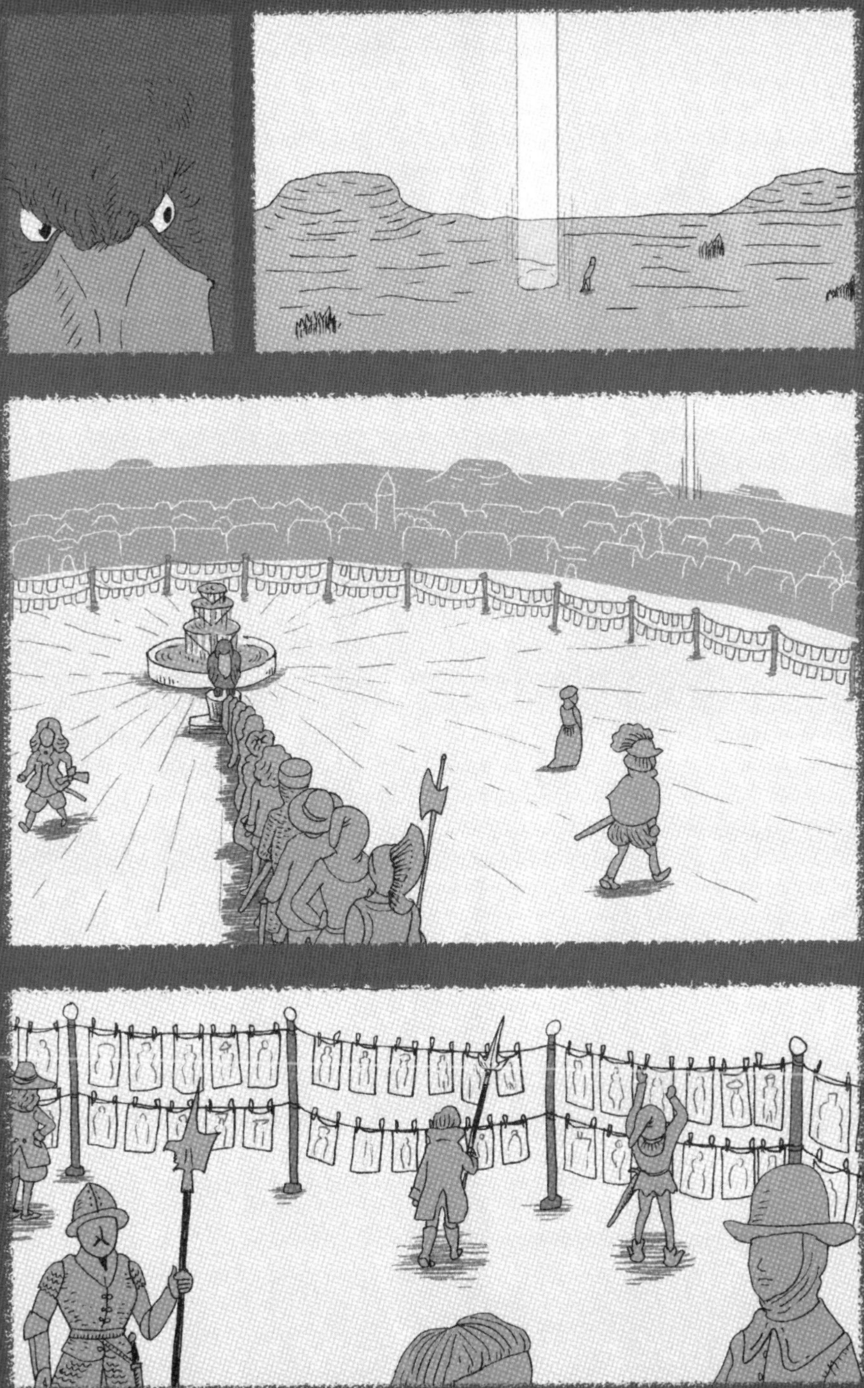

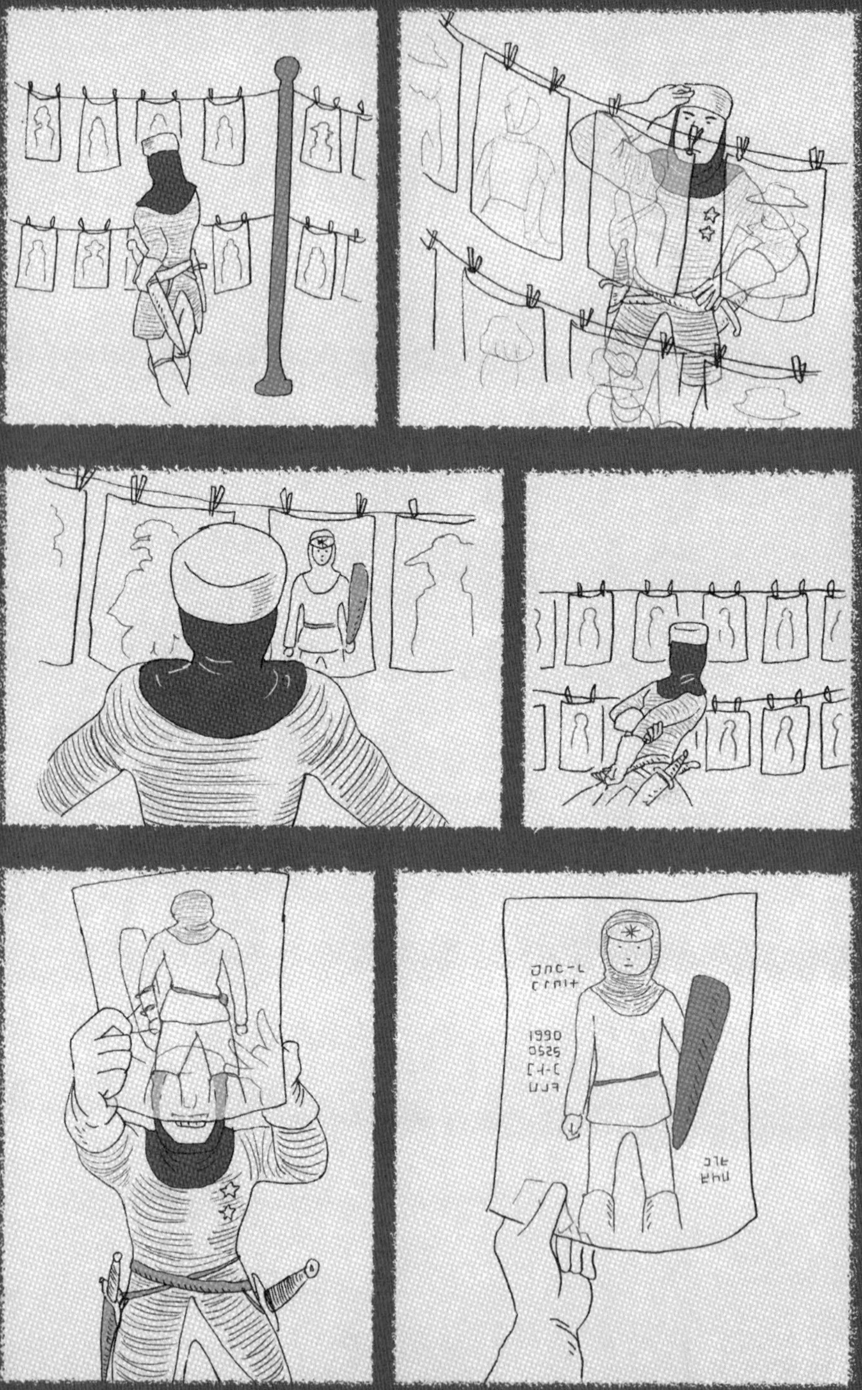
1990
0525

Chapter 2

政治家與雷

我一看電子郵件的內容，心中旋即湧起一抹不安，因爲上頭的署名是「池野內征爾」。

大約一個月之前，正是這個人物向我們一邊道歉，一邊遞出名片。由於他是東京都議會的議員，當時我不禁暗想，身爲需要選民的支持與投票的人物，名字又長又難念十分不利吧。

見面的地點，是在我們公司的董事辦公室內。像我這樣的基層職員，平常根本沒有什麼機會進入那種地方，因此有些坐立難安，但牧場課長告訴我：「岸，你在這件事情上爲公司盡心盡力，完全有接受道歉的權利，不必覺得尷尬。」

給你們添了麻煩，眞的非常抱歉……

池野內征爾說著，以完美的角度鞠躬，我不禁懷疑議員之間也會傳閱道歉的注意事項。

「我的妻子也深深反省了。」

「尊夫人爲什麼要做這種事？」

原來棉花糖裡有圖釘的指控，竟是議員妻子捏造的謠言，眞相是孩子將家中的圖釘放進嘴裡。母親發現之後，由於太慌張，加上自尊心作祟，不想受住在一起的婆婆責罵，便將過錯推給桌上的零食。那就是我們公司的新商品。「圖釘是從那包零食裡跑出來的！零食裡居然混進這種東西！我和孩子都是受害者啊，媽媽！」做母親的如此向婆婆解釋。更糟糕的是，婆婆完全不相信，打一開始就認定媳婦說謊。做母親的騎虎難下，爲了強調自己沒有說謊，只好打電話到零食製造商的客服中心抱怨。

「因爲壓力太大，妻子的精神狀況不太穩定。」議員說道。

「精神狀況不太穩定？爲了這種莫名其妙的理由，你知道我們蒙受多大的損失嗎？」坐在有「董事席」之稱的皮椅上的宣傳部長，忽然起身走到池野內議員的面前，氣呼呼地說：「別的不提，我爲此在電視上丟光了臉，兒子在學校遭到取笑，得了上學恐懼症。爲了你的家務事，我被害慘了。」

「實在非常抱歉。」池野內議員再度深深鞠躬。他大約四十五歲，以議員而言算是相當年輕，個性也十分直爽。

「這不是道歉就能解決的事情。」

「部長，具體求償的部分，我們會透過法務組進行協調。」牧場課長在一旁打起圓場。「何況，部長雖然是受害者，但經過這件事，在公司內部的人望也上升了。」

原本我以爲部長會大罵「你在胡言亂語什麼」。畢竟在公司內部人望上升云云，根本沒辦法確認。沒想到，部長的臉上竟漾起溫柔的笑容，靦腆地說：「眞的嗎？」

「畢竟部長在記者會上，毫無畏懼地表達出對自家公司的信心。」牧場課長繼續刻意吹捧。當初在記者會上，宣傳部長說了一句「工廠的生產過程中，怎麼可能混進圖釘？不可能，絕對不可能」。雖然明顯是自暴自棄的說詞，但如果單看字面上的意義，倒有點像是相信公司的清白，爲公司的榮譽據理力爭。自從眞相曝光，部長每次跟客戶見面，都會大言不慚地聲稱「我早就知道公司絕對沒有疏失」。因此，若從名譽毀損的角度來看，部長其實早已獲得賠償。至於部長的兒子，在學校是有名的調皮鬼，不是會輕易受到欺負的乖乖牌，所以絲毫不用擔心。

池野內征爾與我們公司之間達成什麼協議，並未對外公布。只是，經過這場風波，池野內征爾頻頻在談話性節目上露臉，不斷向我們公司道歉。類似的畫面看多了，我不禁有些同情他。發生這樣的事情，他的家庭不會產生問題嗎？對他來說，這也是一次相當大的困境吧。不論遭受何種言詞攻擊，他都維持著誠懇道歉的態度，讓人不由得心生好感。

原來天底下有像他這樣的好議員。既然會感到驚訝，或許意味著我心裡對議員的偏見頗深吧。

他保護了捏造圖釘事件的妻子，把責任全部攬在自己身上，並向蒙受損害的我們公司，及感到不安的廣大民眾不斷低頭道歉。

當然有不少媒體大肆撻伐，要求他辭去議員職務以示負責。但他能夠獲得地方選民的支持，主要是有著樂於助人、待人恭謙等優點，加上他誠懇道歉的態度，贏得許多民眾的讚賞。

「不知他是天性善良，還是擅長博取他人的好感。」妻子一下看著電視，一下又讀起姓名學的相關書籍。

「我也不清楚，但不論是哪一邊，都算是位優秀的議員。」

「總覺得這個人心術不正。」

「是嗎？」

妻子和我到底誰看人的眼光比較準，我也說不上來。隨著日子過去，我逐漸淡忘此事，沒想到就在今天，電腦螢幕上出現一封來自池野內議員的電子郵件。

記得當時我向議員遞過名片，他知道我的電子信箱並不奇怪。但有什麼事情要聯絡，他應該會寄信給職位更高的牧場課長，怎會寄給我這種小職員？

或許他寄給所有相關人員吧。點開信件一看，上頭居然寫著「岸先生」，可見是只寄給我的信件。

上次道歉過了，難道他想再道歉一次？還是，他要抱怨什麼事情？抑或，有什麼事情想要找我商量？不管怎麼說，總不會是看上我的才能，希望我當他的祕書吧。

不管是什麼理由，總之不是一封可以輕鬆應對的信。我輕輕地深呼吸，才開始讀信。信中寫著我完全料想不到的內容。

「謝謝你在百忙中撥冗前來。」池野內議員對我說道。他的年紀比我大得多，身上的西裝也顯示出與我完全不同的身分地位，態度卻跟上次在董事辦公室裡道歉時一樣謙恭。我們在咖啡廳裡相對而坐，他的態度讓我有些手足無措，我趕緊搖手說：「請不必這麼客氣，我不是你那個選區的居民。」

池野內議員愣了一下，笑著應道：「我沒有那種意思。」停頓片刻，他接著說：「何況，我有進軍中央政府的打算，全國性的選票也不能輕忽。」

過了好一會，我才察覺這是一句玩笑話。

「關於那封信的內容……」

「你嚇了一跳吧？」

「啊，嗯……爲什麼你如此在意這種鳥？」

寄給我的電子郵件中，附加好幾張鯨頭鸛的照片，包含不同的品種。內文寫著「不曉得你對這種鳥是否有特別的印象」，還問我願不願意見面聊一聊。

當然，我知道回覆這樣莫名其妙的信件相當愚蠢，畢竟這幾乎算是騷擾了。

但我頗爲在意這種鳥，最後還是答應見面。上個月在電視上看到這種鳥，就留下深刻的印象。那是一種似曾相識的感覺，明明幾乎不曾見過，卻彷彿異常親近，非常不可思議。

「你常做夢嗎？」

「咦，做夢？你指的是……」

一時之間，我以爲他問的是願不願意一起追求夢想。一起追求讓這個國家的未來更加光明燦爛的美夢。

「我從小就常做一個有點古怪的夢。」

「啊，你指的是那種夢？」我察覺自己會錯意，不禁有些尷尬。

「不是將來的夢想，是晚上睡覺做的夢。」他拿出智慧型手機，把螢幕轉向我。螢幕上出現的正是那種鳥。

「鯨頭鸛……」

「看過嗎？」

「在電視上看過。」

「我指的不是在電視上。你近距離看過嗎？」

我頓時不知該如何回答。因爲我依稀記得，不知曾經在哪裡看過這種鳥。但我記得的不是鳥的模樣，而是牠的顏色和氣味。沒錯，我對這種鳥有印象，這是事實。上個月我在電視上看到這種鳥，便感到十分眼熟。

正因如此，我沒辦法對池野內議員的來信視而不見。

「是不是在夢境裡？」

「咦？」

「我常在夢境裡看見這種鳥。」他說道。

「在夢境裡……是什麼意思？」

他一聽，第一次流露失望的表情。「就像剛剛說的，我從以前就常做奇怪的夢，於是習慣把在夢境裡看見的景象寫下來。」

確實有人喜歡寫夢日記。「但我總是不記得夢的內容，起床之後就算努力回想，也想不起來。」

「我在夢裡經常看見這種鳥。」

我有些錯愕。經常看見這種鳥，那又怎樣？

「如果拿去解夢，不曉得會得到什麼結果。」

我挺直腰桿，架起心中的防壁，就像接到推銷的電話，或是遇到詭異宗教的傳教士。一個人會跟別人提起鯨頭鸛、夢境之類的話題，表示精神狀態不太穩定。此時最保險的做法，便是和對方保持距離，盡速離開現場。

「除了鯨頭鸛之外，我還記下了另一個夢境。」

「噢……」

「鯨頭鸛佇立在一座廣場上。廣場的角落立著許多柱子，上頭的繩索垂掛著看似各國國旗的紙張。走近一瞧，其實是一張張像宣傳單的東西。一根根柱子綿延到遠方，完全看不到盡頭。」

「畢竟是做夢，什麼場景都可能出現。那是怎樣的宣傳單？」

「就是美國西部電影裡的那種懸賞令。」

「噢，寫著WANTED的那個？」

「對，夢裡的我站在那些布告紙前，選出合適的一張。」

我心想，大概類似廣場上掛滿打工的徵人啓事，或是樂團的新人招募啓事吧。

另一方面，我十分佩服他能把夢境描述得那麼清楚。由於我根本記不住夢境的內容，他理所當然地說出睡夢中看見的景象，實在不可思議。

難道是身爲政治家，即使是沒有把握的事情也能堅定說出？

「岸，你跟紙上的人長得一模一樣。」

「什麼？我？」

感覺像有人突然指著我說「這是天意，你就是命中注定的那個人」，我又提高了心防。之後他該不會說要賣我東西吧？

「當初在貴公司看見你，我馬上就認出來。不，嚴格來說，是直到看見你的瞬間，我才想起那個夢。我撕下的那張紙，上頭的人臉跟你一模一樣。」

「等等，池野內先生，這未免太牽強了。你說的那張紙，上頭的人像是照片嗎？」

「既不像照片，也不像圖畫。」

「怎麼會跟我很像？」

明明是幻想，他卻說得斬釘截鐵，我的心中充滿疑惑。

「而且我記得十分清楚，紙上寫著八個數字。」

「八個數字？」

池野內議員點點頭，迅速說出那八個數字，彷彿在說某種密碼。

我聽了更是錯愕，「這不是我的出生年月日嗎？」

包含西元年份到月、日，八個數字一模一樣。

「上次你給我的名片，寫有你的出生年月日，對吧？」

「那是公司的政策。」

「我一看，嚇了一大跳。原來那八個數字，代表出生年月日。另一方面，我也更加確信紙上的人就是你。」

「抱歉……」儘管徨恐，我仍不吐不快：「池野內議員，如果我們立場交換，你會有什麼感想？」

「立場交換？你的意思是，突然有人告訴我，剛剛我對你說的這些話？」

「沒錯。」

「那還用問嗎？」池野內議員毫無遲疑地應道：「當然會認爲這個人不太對勁，盡量避免跟他扯上關係。」

我噗哧一笑。不知爲何，光是聽到這句話，我就差點相信他。我趕緊提醒自己不能掉以輕心。

「你眞的不記得任何相關的事情？」他顯得有些沮喪。我忍不住想透露「鯨頭鸛給我一種奇妙的感覺」，但又怕這麼一說，事情會沒完沒了。

如果就這麼告辭離開，有點過意不去。身爲有常識的社會人士，我決定再跟他聊幾句。「池野內議員，爲什麼你會想當上東京都議會的議員？」我故意岔開話題。我猜有很多人問過這個問題，應該不會造成他的困擾。

一開始，他確實如同我的預期，像讀劇本一樣述說起自己的故事。然而，故事內容卻讓我大吃一驚。

「契機是八年前我在金澤的飯店遇上火災。有個非常照顧我的人逝世，我去參加他的喪禮。」

「那時候你還不是議員？」

「有點像是研究生吧，我是某位議員的祕書，說穿了就是跟班。抵達金澤之後，我投宿在車站附近的老舊飯店。」

「咦？」我一改漫不經心的態度，湊上前問：「那家飯店是……」

「怎麼了嗎？」

一問飯店名稱，果然沒錯。「我跟你一樣。」我說道。

「跟我一樣？」

「當時我也在那家飯店裡。」我的聲音微微顫抖，「我和朋友一同計畫了畢業旅行。」

「咦？」

「那場火災，我也遇上了。」

雖說是畢業旅行，其實參加者只有我和兩個朋友。我們租了車子，沿著千里濱海岸線兜風，還享用高級的迴轉壽司。那趟旅行相當開心，三人都覺得趁畢業前出來旅行真是正確的決定，萬萬沒想到後來會遇上火災。

由於旅途勞累，發生火災的當下，我們睡得正熟。首先察覺不對勁的是我，不知是聲音還是氣味，讓我從睡夢中醒來。上完廁所回來，我發現房間裡異常悶熱。

事後才得知，當時樓下的房間起火燃燒，就在我們睡的房間的正下方。聽到這裡，我嚇得頭皮發麻。我們住的是六樓的六〇五號房，起火的房間是五樓的五〇五號房。據說失火的原因是小孩子貪玩，擅自將大人買來當伴手禮的蠟燭點燃，釀成意外。

「我就睡在隔壁的五〇六號房！」池野內議員激動地說道。「真的嗎？」我的情緒也跟著變得激昂。

如今坐在我面前的人，就是八年前發生火災時，睡在斜下方房間的人，只是我們互相沒有打過照面。想到這一點，我有種奇妙的感覺。「俗話說十年修得同船渡，指的就是這樣的情況？」我忍不住說：「等等，似乎有點微妙的差異？」

接著，我們興奮地談論起那場火災的細節。這種感覺就像是我們都曾到足球場看了一場歷史性的比賽，不禁想詢問對方當時坐在哪個位置。

火災警報器沒響，屬於飯店的疏失，事後飯店的管理人員不僅受到輿論譴責，應該也遭到法律上的懲處。撇開這些環節不談，總之，我從睡夢中醒來的時候，樓下已起火燃燒。

我和朋友們立刻衝到走廊上，濃煙導致視野模糊不清，讓我們更加焦慮。我們以浴衣（註）的袖子摀住口鼻，依循不久前記住的逃生路線，沿著走廊往右方逃竄。

「我也一樣。後來，你們是藉由建築物外側的逃生梯逃離飯店，對吧？」

一打開逃生門，只見逃生梯上擠滿人。我們焦急地想逃離火災現場，逃生梯上的人龍卻絲毫沒有前進的跡象。走快點！快下去！背後不斷傳來怒吼聲，但前頭的人不動，後頭的人也沒轍。

每個人都在問，前面的人到底在搞什麼？那種憤怒，就像站在特賣會場的隊伍裡，一直沒前進，動彈不得。不同的是，這件事攸關自身的性命安危，焦躁的程度當然不能相提並論。急躁與焦慮混雜著濃煙，瀰漫在空中。

「沒想到池野內先生會住那麼老舊的飯店。當時你還不是議員嗎？」

「別說是當時，現在我也會住那樣的飯店。」

「現在也會？」

「當然，不過我會挑選有完善逃生設施的地方。」

當年那家飯店的逃生梯居然只有半截。據說，那座逃生梯老舊生鏽，長期處於非常不穩固的狀態。發生火災的數天前，又被卡車撞個正著，逃生梯攔腰折斷。

簡單來說，那座逃生梯自三樓平台以下的部分都不見了。雖然低頭就能看見地面，畢竟位置太高，不可能往下跳。

擠在逃生梯上的人，像玩傳話遊戲一樣，把下面的狀況一個挨著一個往上傳。到我這裡時，上方也傳出「火延燒過來，沒辦法退回去了」的哀號聲。

「下面走不通，上面也走不通，我以爲死定了。還考慮過死馬當活馬醫，從三樓往下跳。」

「當時雲梯車也進不來，對吧？」

「嗯，完全沒想到會被骰子救了一命。」

我的腦海浮現車道對面那棟大樓的景象。那棟大樓的一樓是活動會場，經常舉辦各種展覽活動。當時舉辦的是「世界骰子展」，會場裡擺放著世界各地的骰子，還有骰子形狀的巨大擺飾品。

「眞的要感謝消防隊員。」我說道。這份感謝的心情，從以前到現在都不曾改變。

池野內議員深深點頭。「沒錯，在那種危急的狀況下，眞的很感謝消防隊員爲了救我們而拚命想出辦法。他們使用的那個像電鋸一樣的東西，聽說叫圓盤剪，是消防車上的標準配備。對於

註：一種輕便和服，通常在夏季或沐浴之後穿著。

消防隊員的機智，我既感激又敬佩。經歷過那場火災，我想成爲政治家的決心更加堅定了。如果當上政治家，我就能夠提出改善消防員待遇的制度。但我有一點煩惱，不曉得這樣的意圖是否算是公器私用？」

交談一陣子之後，我益發覺得池野內議員是謙虛的人。不會擺架子，也不會不耐煩。不過，雖然好感度提升，我很清楚政治家擅長收買人心。如果不提高警覺，搞不好明天我就變成在他的網站上，爲他搖旗吶喊的熱情支持者之一。想到這裡，我的戒備又迅速攀升。

「眞沒想到，當時池野內議員也在那座逃生梯上。」我說道。

「你在逃生梯上的位置，應該比我高一點吧。」

我正要繼續說，一名陌生的年輕人卻突然走到我們面前，於是我把話吞了回去。

「你是政治家吧？」年輕人無禮地問。

一時之間，池野內議員不知該做何反應，但他沒有動怒，只是默默凝視著年輕人。

「我家的正前方貼著你的選舉海報。」

「眞是不好意思，我不是故意的。」池野內議員向年輕人低頭鞠躬，聽不出是認眞的還是在開玩笑。不過，這句話一出口，緊張的氣氛頓時緩和許多。

「兩年前，我就讀的高中的校長自殺了，直到現在我依然無法釋懷。」年輕人的眼神非常嚴肅，甚至可說有些猙獰。

「高中校長？」

聽到這沒來由的話，我不禁愣住。他怎會突然走過來跟我們提什麼校長自殺的事？

池野內議員的領悟力比我好得多，他旋即說：「你指的是流感那件事？」

年輕人默默點頭。

我這才恍然大悟。前年爆發新型流感時，有高中校長率團到外國旅行，引起軒然大波。眼前的年輕人，就是那所高中的學生吧。我忍不住仔細打量他。那件事發生在前年，算起來，他現在應該是大學生。

「我們校長爲什麼得遭受那樣的對待？剛出國的那一天，社會大眾明明對新型流感並不特別在意。」

他們的旅行團抵達加拿大的隔天，日本國內才出現重症患者，導致民眾的緊張感迅速攀升。

「沒人是自願感染。」年輕人顯然是努力壓抑，才沒讓口氣變得更差。「何況，把我們學校說得罪大惡極的那些人，後來自己也得了流感，不是嗎？」

確實沒錯。那一年的新型流感雖然爆發大流行，但以規模和病毒的強度而言，其實與過去的流感並無太大差異。當然，還是有很多人感染流感去世，不能夠掉以輕心，但平心而論，那場騷動確實有些小題大作。

「那眞是一場悲劇。」我說道。

「既然你是政治家，爲什麼不想辦法避免那種情況？」

這算不算政治家的工作，實在頗值得商榷。至少在我看來，與政治家的關係並不大。或者應該說，集體恐慌和媒體過度報導所釀成的悲劇，不是某個特定人物能夠解決，也不是只要哪個團體的哪個人出手相助便可拯救受害者。

「的確……」池野內議員彷彿字斟句酌，緩緩開口：「如何防杜傳染病，是相當重要的議題。」

「我問的不是這個，」年輕人的雙眼布滿血絲，「這種優等生的回答，我一點也不想聽。」

「我從來不認爲自己是優等生。」池野內議員溫和地說：「優等生沒辦法成爲優秀的政治家，唯有評價兩極的政治家，才能眞正推動政策。」

「評價兩極？這是你的藉口吧。」年輕人十分不屑。

「你要這麼想，我也不能說什麼。」

「既然如此，你何不乾脆組個『評價兩極黨』？」

我原本擔心年輕人會向池野內議員動粗，幸好他只是重重嘆了口氣，流露出對大人的徹底失望，接著便在尷尬的氣氛中轉身快步離去。

「嗯……」我轉頭望著年輕人離去的方向。

我與池野內議員沉默半晌，他才開口：「或許……他就是當初感染流感的學生。」

從外國帶回病毒的瘟神、缺乏常識的罪魁禍首……面對這樣的譴責，他想必會憤憤不平吧。除此之外，校長因爲自己的關係去世，恐怕也帶給他很大的罪惡感。

「可是，他向你抱怨，似乎也不太對。」我忍不住吐出同情的話語。

「不……」池野內議員一臉嚴肅地說：「這是非常重要的議題，只是以一介議員的身分，能夠做到的事情十分有限。」

杜絕傳染病是重要的議題。這句話似乎並非嘴上說說而已。接下來，他不停向我抱怨現今預防接種及疫苗研發制度上的問題。

「政府應該爲疫苗和治療藥物的研發，提供更多的援助。」

「我也這麼覺得。」雖然聽起來像隨口附和，但我眞的深有同感。與其舉辦大型國際活動、建設沒有實質意義的設施，或是將經費投入有如無底洞的事業中，不如多花一點心力在預防傳染病上。「我相信這才是民眾樂見的結果。」

「或許有些人並不樂見。」

「眞的嗎？」我錯愕地望著池野內議員。誰會反對研發傳染病的新藥？難道他是在開玩笑？就在我心生懷疑的時候，他嚴肅地看著我說：「前兩年政府失去很多儲備的治療藥物，你知道嗎？」

「失去治療藥物……」我低聲喃喃，接著恍然大悟：「你指的是倉庫起火那件事？」

發生這起事件的時間，恰好與剛剛提到的高中生出國旅行遭譴責的事件差不多。政府用來儲備治療藥物的倉庫失火，失去許多寶貴的藥物。

「你和我都對火災不陌生。」他露出苦笑：「那場倉庫大火，到頭來還是不知道失事原因。」

「爲什麼不好好調查清楚？」

或許是我問得有些可笑，他微微揚起嘴角，但馬上又恢復嚴肅。「有人不希望調查清楚……或許該說是有一群人吧。」

「咦？」

「政府裡有些人和外國富豪有深厚的交情，而富豪當中，又有一些人對外國藥廠投注龐大的資金。」

聽起來簡直像在網路上流傳的都市傳說，我不禁感到疑惑。一個有理性的成人，而且是東京都議會的議員，怎會一臉認眞地說出這種荒誕不經的謠言？

「要是國內一口氣失去大量的治療藥物，政府只能向海外的藥廠購買。」

「池野內先生，這種話最好不要亂說。」

「放心吧，一介議員的發言沒有那麼大的影響力。」

「唔……」

「政治家貪婪不是什麼過錯，但如果私人利益優先於國家利益，就會帶來可怕的結果。」

「什麼意思？」

「那個時候，外國藥廠的治療藥物也具有療效，所以沒造成太大的問題。然而，若只有被燒掉的國產藥物能夠發揮療效，恐怕會釀成大禍。」

「畢竟人命關天，那些人不至於為了販賣毫無療效的藥物，毀掉有效的藥物吧？」

「你聽過ＶＨＳ與Betamax的故事嗎？」

「咦？」

「錄影帶技術剛問世的時候，各大廠商推出的錄影帶規格都不相同，最後只剩下ＶＨＳ與Betamax兩種規格，於是雙方展開激烈的競爭。」

這我也聽過。Betamax規格的錄影帶不僅體積較小，而且錄影畫質較佳，最終卻敗給

ＶＨＳ。因此，ＶＨＳ與Betamax的競爭成爲「較優秀的商品不見得能在市場上存活」的重要實例。

「不過，Betamax有個很大的缺點，就是能錄影的時間太短，不是嗎？」我說道。ＶＨＳ能錄兩小時，Betamax只能錄一小時，想要錄電影的人，自然會選擇ＶＨＳ。

「沒錯，如果將Betamax的錄影時間延長爲兩小時，畫質就會變差。還有一點，Betamax的製造商不太喜歡與色情影片業者合作，也是造成Betamax在競爭中落敗的原因之一。」

「既然如此，這結果不是合情合理嗎？」我說道。ＶＨＳ能存活下來，確實有其優勢。

「但最後若是Betamax存活下來，並繼續研發，或許能發展出更精良的技術。」

「要是這麼說，會沒完沒了。」畢竟是臆測，怎麼說都無所謂。

「是啊。」池野內議員笑了起來。「不過，優秀的東西不見得能存活下來，這是不爭的事實。剛剛提到的那些暗中協助國外藥廠的政治人物，誰能保證他們會拿捏分寸？要是被眼前的利益沖昏頭，滿腦子只想著自身的好處，搞不好寶貴的藥物會毀在他們的手上。到底有多少政治人物，願意將廣大民眾和國家的利益放在自身利益之前，我實在懷疑。」

「請不要說這麼可怕的話。」我嘴上說著，也不禁懷疑有幾個政治人物做得到。

「不管是汽車製造商、小說家，還是咖啡廳老闆，所有人都一樣。對自身不利的事情，就算能促使世界更美好，也不會接納，至少不會贊成。爲了造福人群而願意犧牲自己的人，實在少之又少。」

「話是沒錯，但眞的會狠心燒掉珍貴的治療藥物嗎？」

「這件事情最可怕的地方，就是沒人能跟你保證絕對不會。」池野內議員一臉遺憾。

「早知道應該放進別的箱子。」我脫口而出。

「什麼意思？」

「我們公司發生一件事。那個棉花糖的新商品庫存，不小心放到寫著其他商品名稱的紙箱，導致數量計算錯誤。原本以爲早已賣到缺貨，其實倉庫裡還有不少。」

「爲什麼突然提起這件事？」

「很多時候，比起箱子裡的東西，大家寧願相信那個箱子。」

池野內議員笑得露出雪白的牙齒，「聽別人的失敗經驗眞是愉快。」

過了一會，池野內議員彷彿算準時機，從口袋裡取出手機。「抱歉，我接一通工作上的電話。」他匆匆離開座位。不久，他走回來，低頭道歉：「對不起，臨時有工作要處理。今天談的這些話題，你八成感到一頭霧水，下次見面再向你解釋。」

我實在不好意思回答「沒關係，你不用再解釋」。

「對了，剛剛不是提過，我在夢境裡挑選一張紙，上頭出現你的臉嗎？」

「嗯，你提過。」

「其實我還挑了一個人。那種感覺有點像在尋找同伴，除了你之外，我又挑中一個人。」

「噢……」

「就在不久前，我也知道那個人是誰了。」

「該不會又是我們公司的員工吧？」這當然是在開玩笑。

「不是，但也跟這次的事情有關。」

「這次的事情是指……？」

「我太太給大家添了麻煩的圖釘事件。」他的臉上再次流露歉意。

「由於這起事件，你意外認識某個人？」而且不是我們公司的員工？

「我從未私下見過他，只在電視上見過。」

「在電視上？」

「就是最近很紅的小澤聖。」

自從過年買福袋之後，再也沒排過這麼讓人情緒亢奮的隊伍了。我把這個感想告訴身旁的妻子，她冷靜地回答：「買福袋的時候，大家要買到才會開心，但這次的情況，大家在排隊的時候就很開心。」

活動的會場，是在某購物中心的一樓。排隊的人群集合成彎彎曲曲的人龍，看不見隊伍的頭在哪裡。會場爲挑高的中庭格局，天花板有四層樓高。如果往上看，會發現樓上的欄杆處站著不少人，低頭望向我們。對人群感到好奇的遊客形成人群，又讓更多人感到好奇，形成更大的人群。

「要謝謝他幫你們公司宣傳零食嗎？」妻子問。

「我也在煩惱這一點。」想藉這個機會表達謝意，又擔心他誤會我是爲此而來。「那簡直像在告訴他『其實我對你沒興趣，只是基於工作上的理由，得來向你道個謝』。」

驀地，會場響起一陣歡呼聲。有人喊出第一聲之後，就像夜裡互相呼應的狗叫聲，女性的驚呼聲此起彼落。約莫是小澤聖登場了吧。可惜，宛如萬里長城的隊伍阻隔我的視線，完全看不到前方的狀況。當然，在其他人眼中，我也是阻隔物之一。

主持人對著麥克風大喊：「掌聲歡迎小澤聖和歐州藤原！」

另一個人的名字，讓人直覺聯想到平安時代藏匿源義經的奧州藤原，多半是同一團體的成員吧。

「請大家先確認手邊有商品裡附的握手券。由於現場來了非常多人，請耐心等候。」

妻子聽著廣播聲，抬起頭，努力望向前方。表面上滿不在乎，她似乎對小澤聖十分感興趣。但畢竟她頂著大肚子，我實在放心不下。

「話說回來，果然議員都很高傲。」妻子突然冒出一句。

「爲何這麼說？」

妻子根本沒見過池野內議員。

「他只告訴你今天有這個活動，接著就把事情丟給你，自己什麼也不做。」

「倒也不是那麼回事。」

上次與池野內議員見面，臨別之際他突然告訴我，小澤聖最近要舉辦一場握手會，而且他拿到了參加券。「可是那天我沒辦法到場，如果你方便，能不能代替我見見他？」池野內議員問我。

「他有問我方不方便。」

「問一聲方不方便又不花錢。」

「妳講話眞毒。」

「小時候，有一次學校舉辦運動會，邀請縣議員當特別來賓，那個人實在有夠囉嗦，害我和好幾名同學中暑昏倒。沒想到他完全不在意，繼續致詞，你說誇不誇張？」

「中暑是太陽的錯，不是議員的錯。」

「你以爲你是卡繆(註)嗎？那當然是議員的錯，跟太陽無關。」

「因爲一個議員，你對所有議員都產生偏見？」

「眞是倒楣。」她一臉認眞地說道。

我告訴妻子，池野內議員委託我到小澤聖的握手會會場，問他「知不知道當年金澤那場火災」。但我只對妻子解釋，當年我在金澤遇上火災時，池野內議員也在現場。至於他在夢中看見有著我的肖像的布告紙，以及他知道我的出生年月日等等，由於我也半信半疑，便沒說出口。

「池野內議員爲什麼會認爲，當年發生火災時，小澤聖也在飯店裡？」

註：卡繆（Albert Camus，一九一三年~一九六〇年），法國文學家，諾貝爾獎得主。作品《異鄉人》中，主角殺人遭判處死刑，被問及動機時，主角回答「都是太陽的錯」，成爲經典之句。

「網路資訊。」我隨口敷衍，「他想確認是不是眞的。」

其實就算上網搜尋，也找不到相關資訊。小澤聖可能遇上了那場火災，這純粹是池野內議員的臆測。唯一的證據，只有「在夢中看見他」這項可疑的證據。池野內議員在夢中看見我，而我經歷過那場火災，於是他推測小澤聖的情況也一樣。說得明白點，根本是邏輯上完全講不通的瞎猜。

「就算小澤聖當年也在火災現場，那又怎樣？」妻子提出正常人都會想問的問題。

「搞不好想邀他參加造勢大會。」我隨口胡謅。

「議員滿腦子都在想這種事情？」

「我也不清楚。」

「如果是這樣，爲什麼我們要幫忙？」

「因爲我想知道小澤聖當年在不在火災現場。」

雖然對「不熟的議員委託辦事」這一點頗爲不滿，最後妻子還是點頭說：「算了，這種機會不常有，何況挺有意思。反正醫生也告訴我，多少要運動一下。」

我望著她的大肚子，「跟當紅偶像團體的成員見面，不知道會不會影響胎教？」

「搞不好會生下一個喜歡帥哥的女孩。」妻子故意說道。

隊伍終於開始前進，前方響起既像慘叫又像歡呼的聲音。一想到待會就輪到我，不禁有些緊張。雖然我不是小澤聖的粉絲，但與平常只能在電視上看見的名人近距離接觸，畢竟是難得的體驗。

約莫再兩個人就輪到我們的時候，維持秩序的工作人員將我們帶到稍遠處的另一區。我正想著「簡直像棒球比賽的打擊等候區」，妻子已先說了出來。

終於輪到我們了。在工作人員的帶領下，我們走上前。我們的前方站著兩名高䠷的男子，我認得較遠處的是小澤聖，所以距離較近的應該就是歐州藤原。

「謝謝你們今天來捧場！」歐州藤原伸出手。要應付這麼龐大的隊伍，想必相當疲憊，但他依然露出爽朗的笑容，我反倒有些不好意思。

我握住他的手，誠摯地說「請加油」。他回答「好，謝謝」，表情同樣燦爛明亮。

接著我們往前走幾步，來到小澤聖面前。近距離一看，才發現他比我壯碩許多，不僅有著厚實的胸肌，手臂也粗，但長相帶著稚氣，頭髮看起來柔軟滑順，彷彿一摸就會發出悅耳動聽的聲音。

「請往前。」工作人員下達指示。

小澤聖笑著伸出手，露出雪白的牙齒。

握完手就要立刻離開，我很清楚規則，不打算給對方添麻煩。

看我遲疑不決，妻子竟主動上前，對小澤聖說：「我丈夫在零食製造商的宣傳部門工作，聽你稱讚他們的零食好吃，開心得不得了。」妻子似乎也頗緊張，既靦腆又有些結巴。

小澤聖登時瞪大眼睛，「啊！是那個牌子的……我好喜歡呢！」

不曉得他是否對圖釘事件有所耳聞，但那爽朗無心機的笑容，著實讓我鬆了口氣。

我與他握了手。

小澤聖露出專業的微笑。那種不讓例行公事看起來像例行公事的態度，我聯想到「專業」兩個字，而且沒有不舒服的感覺。但到底該不該問出那幾句話，我實在拿不定主意。就算我默默離開，也不會遭到抱怨或責罵。我沒有義務幫池野內議員做任何事，他也不是會爲此口出怨言的人。

可是，如果什麼都不做就離開，我的心底會留下疙瘩，像拿到一個外觀可疑的盒子，煩惱該不該打開瞧瞧。不打開蓋子，就不會發生危險，但事後或許會爲沒有打開而捶胸頓足。說捶胸頓足太誇張，但恐怕免不了會後悔。

到底該怎麼做才好？我面臨抉擇與判斷。不過仔細想想，不管我行動之後得到什麼結果，對我的人生都不會造成重大打擊。

這麼一想，我的心情輕鬆不少。

於是，我握緊小澤聖的手，說了一句「請問……」。

「請說。」

「八年前，你是否曾在金澤的飯店遭遇火災？」

小澤聖的表情瞬間凍結，彷彿虛僞的外皮突然剝落，露出內在的眞實情感。

「咦？」

他的反應跟預期完全不同，我不禁有些興奮，接著解釋：「發生那場火災的時候，我也在現場。」

「啊！」小澤聖突然興奮地輕呼一聲，彷彿遇上意料之外的人。但下一秒，他又面露狐疑，眼神訴說著「你怎會知道這件事」。

沒時間詳細解釋，我一不做二不休，再次拿出智慧型手機，將螢幕對著他問：「還記得這個嗎？」上頭是我事先設定好的鯨頭鸛照片。

工作人員似乎認定我舉止可疑。實際上，我的舉動真的挺可疑。突然間，不知從何處冒出兩個彪形大漢，左右架住一臉錯愕的我。「本活動禁止拍照攝影。」他們對我說。

雖然想辯解「我沒有拍照，只是拿照片給他看」，但恐怕這不是最大的問題。妻子也沒提出抗議，只輕輕點頭，說了聲「抱歉」便往外走。

來到出口附近，兩個壯漢終於放開我。轉頭一看，小澤聖正與下一名粉絲握手。有那麼一瞬間，他瞥了我一眼。或許他警戒著我這個怪人，但也或許他的心裡產生了某種想法。

「根據池野內議員的指示，接下來要怎麼做？」我與妻子坐在購物中心的美食區，妻子咬一口漢堡後這麼問我。最近爲了肚子裡的胎兒著想，她一直忍著不吃垃圾食物，今天難得破戒一次，嘴裡直喊著「好吃極了」。

美食區大多是攜家帶眷的客人，十分吵鬧。交談聲與餐具碰撞聲混雜在一起。

「倒也稱不上是指示，他只拜託我確認小澤聖和那場火災有沒有關係。」

「沒有具體計畫就採取行動？這種人也能當議員？」

「欸，妳對議員的偏見實在是太深了。」我笑道：「而且我本來猶豫不決，是妳硬拉我來的。」

「也對。」妻子老實承認。「話說回來，他那反應肯定有鬼。」

「有鬼？」

「他一定知道些什麼。」「關於那場火災？」「還有鯨頭鸛。」

眞是如此嗎？不是我自誇，剛剛我們的舉動確實挺怪的。如果是心生警戒，做出那樣的反應，似乎也合情合理。

回到家，我取出池野內議員的名片，寫了一封信，寄到上頭的電子信箱，內容大致是報告我去了小澤聖的握手會，詢問關於火災的事情，小澤聖似乎吃了一驚，但什麼也沒說，沒能幫上忙，眞是非常抱歉。

雖然是新鮮又寶貴的經驗，但就此告一段落……我抱持著這樣的念頭。

儘管圖釘事件（正確來說，是圖釘誣陷事件）已落幕，卻爲我們公司帶來不小的變化。

由於「棉花糖裡混有圖釘」帶給世人太大的衝擊，即使後來新聞媒體還我們清白，還是有人認爲棉花糖裡眞的混有圖釘。另一方面，新聞媒體的大肆報導卻也提升了公司的知名度。俗話說「壞名聲總好過沒名聲」，或許就是這個道理吧。更何況，那個壞名聲證實是遭到誣陷，很多人基於同情，對我們公司抱持好感。

衡量利弊得失，這次的風波對我們公司顯然是利多於弊。新商品的銷售額跟小澤聖剛在節目上發言那陣子比起來，下滑了一些，但仍算是非常熱銷。當然，礙於評價兩極化，未來能不能成爲長壽商品，目前還是未知數，但至少已遠遠超越公司原本對這項新商品的期待。

當初高層主管對新商品都不抱希望，甚至擔心自己的資歷沾上汙點，拚命推卸責任。照理來說，這樣的大逆轉應該會讓那位盡力宣傳的組長大呼痛快。但今天早上一到公司，我正想去上廁所，卻看見她一臉憂鬱地坐在自動販賣機旁的休息區。

「怎麼了？」

她吃了一驚，抬頭看見是我，才說：「岸，原來是你。」

「岸，原來是你。」這句話說得極爲僵硬，我忍不住跟著複述。「難道妳不滿意拿到社長獎？」

我們公司的社長，會不定期頒發社長獎給對公司有卓越貢獻的員工。其實，原本不叫社長獎，而是有個更長的名字。但這是社長唯一能夠單獨決定的社內事務，甚至還出現「社長是爲了頒發社長獎而存在」這種笑話。當然，員工也只會稱呼這個獎項爲「社長獎」。

前幾天，社長才頒發社長獎，給棉花糖新商品的開發人員和宣傳負責人員。

「噢，你說社長獎嗎？」組長笑了出來。

「噢，你說社長獎嗎？」我又模仿一次她的話，接著忍不住問：「社長獎不是有獎品嗎？獎品到底是什麼？」

「我要是透露，搞不好會被開除。」

「獎品眞的那麼棒？」沒人知道社長獎的獎品到底是什麼，甚至有謠言說得獎者必須簽下切結書，絕對不能洩漏。

組長露出溫和的微笑，「故意保密，大家才會有想得獎的慾望。」

「有道理。」

「其實，根本不是多了不起的東西。」她壓低聲音：「是自費出版的書。」

「什麼？」她就這麼說出來，不要緊嗎？

「創立公司的第一任社長的自傳。」

「誰要那種鬼東西。」我想也不想地說道。社長獎的獎品竟是創始人的自傳，難怪她會大失所望。「那玩意能賣錢嗎？」

「其實公司並沒要求得獎者保密，只是獎品實在不怎麼樣，所以大家連說都懶得說。岸，你好好加油，將來也拿個社長獎。」

「不用了。」我搖搖頭，接著問：「不過，妳眞的是爲了這個緣故，才那麼憂鬱嗎？」

「當然不是。」組長應道：「你是看到別人憂鬱，就會忍不住搭話的人嗎？」

「我就是雞婆，因爲我是剖腹生出來的。」

「雞婆和剖腹（註一）是冷笑語嗎？」她露出苦笑。「我煩惱的事情，是我的姓氏。」

「妳的姓氏？」

「我姓栩木，念成『TOCHIGI』，但初次見面的人幾乎都不會念，所以我很煩惱，如果改姓栃木縣的栃木（註二）就好了……沒有啦，我開玩笑的。」她有氣無力地長吁了一聲。「其實是爲了我兒子不肯上學的問題而煩惱。」

之前聽她談起這件事的時候，還只是「兒子說不想上學」的程度，或許情況惡化了。

不過，我沒厚臉皮到詢問「妳兒子是不是在學校遭到欺負」。

「而且在公司裡，原本置身事外的部長等人突然開始一頭熱，也是導致妳憂鬱的主因之一，對吧？」我以開玩笑的口吻說道。

最近新商品的宣傳小組突然重新整編，加入包含宣傳部長在內的數名成員。當然，任何人都看得出，這是爲了搶功勞。自從說了「工廠的生產過程中，怎麼可能跑進圖釘？不可能，絕對不可能」這句名言，逢人便強調那象徵著他對公司的忠誠心。雖然底下的員工都把他當成笑柄，但上頭的人似乎頗爲讚賞。他本人認爲現在是趁勝追擊的好機會，這陣子每天都充滿幹勁，似乎覺得距離社長寶座已不遠。

「他上次還說要舉辦宴會，拉攏SKYMIX。」

SKYMIX是小澤聖所屬團體的經紀公司。

「他想再次邀對方拍廣告？」

「他說現在運勢正旺，應該要積極採取行動。」

「栩木組長，之前妳積極採取行動的時候，怎麼沒看他幫過忙？什麼運勢正旺，也不知道是

註一：日文中的「雞婆」（お節介）與剖腹生產（帝王切開）音近，這裡開了個一語雙關的玩笑。

註二：日文中「栩木」與「栃木」的發音相同。

眞的還是假的。」

「岸，拜託你！」栩木組長雙手合十，做出膜拜的動作。「下次我一打暗號，你就大聲說出這句話。」

「沒問題，放心交給我吧。」我笑著轉身離開。走了幾步後，回頭望去，栩木組長又低頭嘆一口氣。

突然間，一道宏亮的招呼聲傳入耳中。仔細一看，部長豪邁地打著招呼，走進宣傳部。明明是一大清早，部長卻精神奕奕，簡直像不用熱機就能全速運轉的引擎。與其說是錯愕，我反倒心生敬佩。

這天下午，宣傳部舉行例會，討論的議題是棉花糖新商品的追加宣傳策略。說得更白話點，就是討論如何說服小澤聖。

栩木組長整理出資料，說明到目前爲止的交涉過程與現況。

「栩木組長大概盡力了吧。」部長這句話，聽起來簡直像是在說栩木組長能力不足。不，不是簡直，他多半就是這個意思。

如果沒有栩木組長耐著性子與SKYMIX交涉，或許小澤聖根本不會在節目上提到我們的新商品！

我在心中提出抗議，實際上當然說不出口。

「我是看栩木組長的態度還算積極，我才把這項工作交給她。」部長說得趾高氣昂，整個鼻孔都撐開了。

栩木組長坐在我的左前方，一直低著頭，多半是在隱藏苦笑或失笑，但在旁人眼裡，倒也有點像爲能力不足感到丟臉。

「接下來，我和其他課長們會親上前線作戰，相信再過不久就能大獲全勝！」

部長說得煞有其事。他口中的「課長們」，可翻譯成「圍繞在我身邊的跟班」，至於「前線」，基本上可具體代換爲「宴會招待」。

這已是舊時代的思維。靠宴會招待來收買人心，雖然不能說毫無效果，但有時會引起反感。

我暗暗在心裡繼續反駁。

栩木組長以溫和恭謙的態度，舉手發言：

「基本上部長說的完全沒錯，但SKYMIX的田中社長非常務實而且注重效率，似乎從以前就很不喜歡宴會招待之類的事情。」

部長的臉色一沉，反問：「栩木組長，妳認爲宴會招待沒效，但按照妳的做法，難道就有效？」

「我確實能力不足，不過，從田中社長接受採訪時的發言來看，宴會招待並不合適。」

「妳儘管放心。」部長擠出僵硬的笑容，拚命想維護尊嚴。「接受採訪時說的話，是不能當眞的。天底下有誰不喜歡在宴會上被當成貴賓？交給我們處理，妳不用煩惱。」

接著，爲了打壓對方的氣焰，部長故意扯開話題：「對了，栩木組長，妳上次不是提案了一個周邊商品嗎？飛彈什麼的……」

「不是飛彈，是火箭。」栩木組長委婉地糾正。

近年來，包含日本國內及國外，有不少火箭發射成功，引發了討論。我們公司的長壽商品中，剛好有一款巧克力零食的形狀很像火箭，於是栩木組長提議製作促銷用的火箭造型周邊商品。

「不久前才發生圖釘事件，妳卻提議製作那種前端尖尖的周邊商品，眞的合適嗎？」部長一副抓住對方的把柄的語氣。

圖釘和火箭雖然都是「前端尖尖」的東西，但形狀完全不同，要找出共通處可說是相當困難。部長這番話明顯是刻意找碴，栩木組長卻沒有繼續堅持提案，約莫是感到心寒了吧。

此時，牧場課長以讓人聯想到恬靜牧場的一貫口吻，表達對栩木組長所提建議的支持，部長卻充耳不聞。

接著，部長大談當年勇，如數家珍般描述往昔在他的主導下，如何順利取得無數合約，成交無數生意。但那些全是些泡沫經濟時期過度依賴宴會招待的舊習，說穿了，跟砸大錢玩樂沒什麼不同，部長卻說得口沫橫飛，一副志得意滿的模樣。

會議結束，眾人紛紛離席，臉上的表情好似剛上完一堂枯燥無聊的課。就在大家陸續走出會議室的時候，部長扯開大嗓門：「栩木組長，別給自己那麼大的壓力，畢竟妳有小孩，家裡的事情也要顧。」

部長這句話多半沒有惡意，但最近正爲家庭問題煩惱的栩木組長聽來，尤其是後半段，想必相當刺耳。

有沒有小孩，跟工作毫無關係。

「部長，你有幾個小孩？」

是誰問的？好像是我。本來應該留在心底的話，不小心脫口而出。

部長瞪我一眼，臉色異常難看。約莫是不願流露一絲狼狽，他壓抑情緒，若無其事地裝傻說：「你問我現在幾點了，是嗎？（註）」或許他自以爲順利蒙混過去，事實上什麼也沒有蒙混過去。

來到會議室外，恰巧遇上栩木組長，我忍不住說：「剛剛辛苦妳了。」

「只要結果對公司有利就好。」

「但我實在沒辦法忍受這種事。」

「就算會承受短暫的痛苦，也要以大局爲重。」

「這句話是哪裡聽來的？」我心想，該不會是社長頒獎時的教誨吧？

「我父親的口頭禪。他常說『就算短時間內遭受批判也沒關係，只要從大局來看，能讓更多人得到幫助，一切就值得』。」

「妳父親是做什麼的？」

栩木組長淡淡一笑，「他是政府官員，曾推動徵收高額間接稅。」

我聽不出她是認眞的還是在開玩笑，只能勉強擠出尷尬的笑容。

註：日文中的「幾個小孩」（何児）和「幾點」（何時）發音相同。

1990
0525

電視上正在播放晨間資訊節目的天氣預報單元。年輕的氣象播報員拿著像指揮棒的東西，在顯示日本列島的畫面上輕敲。

過了一會，畫面一轉，播報起生活資訊。據說有一個東歐的馬戲團，即將造訪宮城縣的海埔新生地「聖若翰園地」。

「我小時候去看過一次馬戲團。現在的馬戲團不曉得跟從前一不一樣？」

妻子下意識地撫摸著肚子，或許正想像著未來帶孩子去看馬戲團的情景吧。

節目中說那個馬戲團，最受歡迎的是黑熊、老虎等猛獸的表演秀。

「用猛獸來表演，其實滿可怕的。」

「是啊，現在這個時代，可能有人會認爲他們虐待動物。」妻子點出我完全沒想到的部分。

電視節目似乎察覺了我心中的不安，畫面上忽然出現一個男人，有著一頭宛如火焰般往上沖的灰髮。那男人一副充滿自信的表情，滔滔不絕地說著英語。根據下方的字幕，他想傳達的訊息大概是「黑熊和老虎非常聽我的話，請大家放心」。接著，畫面上又出現灰髮男人與猛獸相處的影像，雙方確實像朋友一樣親近。

我的腦海浮現宣傳部長和栩木組長。人與人之間的關係，或許還沒有人與猛獸的相處來得和諧。

這天我一到公司，便看見電子信箱裡有新信件，寄信人是池野內征爾。看到這個名字，我的胃部一陣收縮。當然，我沒有做任何對不起他的事，但心裡多少有些過意不去。

池野內在信裡客客氣氣地問我，今天工作結束後能不能見上一面。

我也不是每天閒著沒事做，這樣突如其來的邀約實在困擾。

本來想回信拒絕，但仔細一想，我今天確實有點閒。近年來，「勞動改革」一詞簡直成爲縮短工作時間的咒語，公司大力推行盡量讓員工準時下班的政策。當然，還是有無論如何必須加班的日子，但今天預定的工作並不多，準時下班應該不成問題。

最後我回信告訴他，今天晚上七點，在上次那間咖啡廳碰面。不過，我也在信裡聲明，關於小澤聖的事情，自從握手會之後就沒什麼進展。

不到十分鐘，議員就回信了。

他首先感謝我願意撥出時間見面。晚上七點在上次那間咖啡廳碰面，沒有任何問題。接著他告訴我，包含小澤聖的事情在內，有幾件事想與我討論。

身爲議員，爲什麼他的身段能放得這麼低？我的腦海浮現「老謀深算」這句話。難道蹲得越低，其實是爲了跳得越高？我知道這有點以小人之心，度君子之腹。

上午製作了一份資料，呈交給課長。中午吃過飯，便著手爲上個月到關西出差的花費報帳。

「岸，你聽到了嗎？」

身旁突然傳來說話聲。轉頭一看，一個比我晚進公司的宣傳部同事站在眼前，彎身對著我說悄悄話。

「部長他們似乎搞砸了。」

「搞砸？」

「他們設宴款待SKYMIX的社長，不停吹捧他，並再三強調協助我們公司的廣告宣傳，他也能得到好處。」

「完全是舊時代的做法。」

「差不多是戰國時代吧。」

我心想，這句話形容得貞貼切，戰國時代的人應該很喜歡設宴款待這種事吧。

「其實栩木組長早就提醒過他們，SKYMIX的社長不喜歡這種事。」

「唉，別提了。」

「別提了？」

「栩木組長完全被當成代罪羔羊。搞砸跟SKYMIX的關係之後，他們指派栩木組長設法修復關係。」

「咦，這是什麼時候發生的事？」

「就是現在。」同事以下巴示意北邊。

那邊有一間小會議室，正在舉行主管例會。由於同事的座位就在小會議室附近，他說「只要豎起耳朵，會議內容就聽得一清二楚」。

明明是自己犯錯，卻派部下收拾爛攤子？當上司可以當得這麼糟糕，實在讓人肅然起敬。

就在這時，小會議室的門開了，一群課長及組長陸續走出來。我下意識地尋找栩木組長的身影。

栩木組長小跑步回到自己的座位，臉頰似乎有點泛紅。她把手上的資料擱在桌上，立刻步出辦公室。

換成是我，恐怕已在仰頭吶喊了。

明明警告過上司，上司卻一意孤行，搞砸之後還要她幫忙收拾善後，教人情何以堪？

轉頭望向小會議室，闖禍的部長與其他課長談笑著走出來，簡直像是將感冒傳染給他人便完全康復。我幾乎想打一封電報給他，上頭寫著「恭喜不藥而癒，祝你長命百歲」。

到了下午六點，我準備離開公司，經過栩木組長的身邊時，她雖然滿臉倦容，卻是一副賭上性命的表情，全神貫注地盯著電腦螢幕。我不太好意思向她搭話，剛要轉身離去，又發現她放在桌上的手機顯示著有人來電。由於開啓靜音模式，她沒有察覺。

來電顯示著小學的名稱，顯然跟孩子有關。我正要提醒她，恰巧她也在此時察覺來電。只見她抓起手機，奔向走廊。

「爲什麼不管是工作量還是責任，總是無法平均分配？」我忍不住對坐在面前的池野內議員發起牢騷。明知這些事情與他無關，卻不吐不快。接著，我以譬喻的方式告訴池野內議員，宣傳部長不聽他人的忠告，在寒冷的天氣穿著單薄的衣服在外頭遊蕩，得了感冒，又故意傳染給栩木組長。

「很遺憾，會做的做到死是必然的趨勢，所以不會做的就漸漸什麼也不必做了。如果兩者的酬庸相同，確實會引起一些問題。俗話說『好人不長命，禍害遺千年』，或許厚臉皮的人在這個社會上比較容易得到好處。」池野內議員說道。

「我實在無法接受這種事情。」

「本來有能力做越多工作的人，應該得到越多報酬，可惜在現實中很難實現。」

我心想，這句話說得真有道理。就算工作效率再高，份內的工作完成之後還能幫忙別人的員工，只會被當成牛馬使喚，薪水並不會增加。如此一來，大家自然會產生「懂得偷懶才是聰明人」的想法。這種懶者必勝的現象，長久下來恐怕會拖垮整個組織，可惜大部分的人都短視近利。

接著，我又把參加小澤聖握手會時的情況，一五一十地告訴池野內議員。雖然與信裡的內容大同小異，池野內議員依然聽得非常專注，彷彿是初次耳聞。

「沒幫上忙，真抱歉。」

「但他的反應不太尋常，不是嗎？」

「我拿出鯨頭鸛的照片，他有些吃驚，不確定是看到照片，還是單純被我拿出手機的舉動嚇一跳。」

「原來如此。」

「今天找我出來，不曉得是要談什麼事？」

「啊，對。我要跟你談談夢。」
「又是夢？」
「岸，你昨晚有沒有做夢？就像我上次描述的，有鯨頭鸛出現的夢。」
「沒有……」
「我做夢了，就在昨晚。」
「鯨頭鸛的夢？」
池野內議員告訴我，他一起床，立刻把夢境的內容記錄下來。一個會寫夢日記的東京都議會議員，實在讓人不太放心將東京的各項政務交到他手上。「上次不是提過，我夢到一個垂掛著無數布告紙的地方嗎？」他說道。
「嗯，類似懸賞令的布告紙。」
「對，果然我又找到你的那一張，上頭有你的大頭照，以及八位數的數字。我們在夢境裡相遇了。」
聽他這麼說，我一時不知該如何回應。
「所以我才猜想，你在夢境裡應該也遇上一些狀況。畢竟如此印象深刻的夢，實在不尋常。今天找你出來，就是爲了確認這一點。」
「這讓我想起一首歌〈夢中相會〉（註）。」

註：原文「夢で逢えたら」，由大瀧詠一作詞和作曲，許多歌手都曾翻唱。

「請仔細想想，你記得昨晚作了什麼夢嗎？」

池野內議員非常認眞，雖然想配合他，但我不擅長說謊，最後只能回答：「我從以前就不太會記得夢的內容。」這是千眞萬確的事情，我一起床就會把做過的夢忘得一乾二淨。

「好吧……」池野內議員看起來並不特別失望，接著說：「岸，不覺得你跟我之間應該有特別的連繫嗎？」

「請別說這種害我心裡發毛的話。」

「何況，還有上次提到的火災的事。」

「啊，也對。」火災的事確實讓人難以釋懷。

「或許我們有其他共通點。」

「你跟我之間？」除了同爲男人之外，我實在想不出有什麼共通點。「池野內先生，你一路走來都是一帆風順的贏家吧？但我的人生十分平凡……」

「不，根本沒人能夠過得一帆風順。上小學時我曾遭同學惡作劇……嗯，說穿了就是被欺負。因爲我從小腦筋靈敏，加上重視理性勝於感情，容易惹人厭。」

我差點脫口說出「光是說出這種話就讓人有點討厭」，幸好忍住。但想了一下，我忍不住咕噥：「跟我一樣。」

「跟你一樣？」

「嗯，上小學時我也曾被欺負。」

「怎麼欺負？」

「故意找我麻煩。」雖然記憶有些模糊，但那些欺負我的同學藏起我的課本，強迫我做不想做的事，以及故意害我揹黑鍋等等。我不敢告訴父母，也不太明白什麼叫欺負。「我甚至不敢反抗他們，只能若無其事地問父母能不能讓我轉學。」

「這麼嚴重？」

「我一心只想逃走。」

「後來呢？你怎麼解決？」

「有一次我大喊『住手』，一頭往對方的臉上撞去。」

「他們住手了？」

「不，他們反擊了。」我笑著說：「不過，同樣的狀況發生幾次之後，不知不覺中他們就不再欺負我。」

或許他們嫌麻煩了吧。

「這是相當重要的共通點。我和你上小學的時候都曾遭受欺負，後來克服了。」

「但這不稀奇，或許很多人都遇過。」

「除此之外，你的青春期還發生什麼重大的事情嗎？」

「青春期……」我思索片刻，回答：「對了，我的父母……」

「沒錯，我也是！」池野內議員忽然用力點頭，彷彿確信一切皆是命運的安排。「我父親腦中風！」

他接著描述，父親倒在自家的房間裡，由於發現得太晚，送到醫院時已無意識。連醫生斷定

「就算撿回一條命，也會留下後遺症」。

「幸好後來父親恢復意識，我們眞的鬆了一口氣。」

「那眞是太好了。」

「岸，你父親呢？他也恢復意識了嗎？」

「我家的情況不太一樣。我的父母各自外遇，整個家亂成一團。」

拿這種事來跟父親腦中風相提並論，實在頗失禮。「後來他們離婚了。」我接著說道。不過，我並未說出他們又復合，感覺會讓問題變得更複雜。

「這對孩子來說，也是相當重大的事情。」池野內議員說得十分流暢，彷彿心中早有劇本。

「但這不算共通點。」我應道。

「不，從某些角度來看，也算共通點。至少都發生在小時候，而且都是關於父母的煩惱。」

「依照這種方式，幾乎每個人都能找到共同點。」

「也對。」

我實在無法理解，爲什麼議員會想找我談這個話題。「做了關於鯨頭鸛的夢，你這麼在意嗎？」

「在夢境裡，除了你之外，小澤聖也出現了。跟先前一樣，我選中你們。」

「你選中我們？意思是，夢境裡有其他人？」

「不，是有其他布告紙。每張紙上都有一個人，但除了你和小澤聖之外，其他人我都看不清楚。」

「這又是怎麼回事？」

「可能代表我們三人的組合是固定的吧。」

「組合……」我忍不住重複一遍。果然他還是想以命運論來說服我，我不由得再度提高戒心。

「你在夢裡看到貌似小澤聖的人？看到他的八個數字？」

「對，由於小澤聖的生日是公開的資訊，我馬上就查到了。」

該不會是他先查過小澤聖的生日，那八個數字才出現在夢境裡吧？「難道是要我們三個人組成政黨？」我已盡力吐槽了。

「這是個好主意。」池野內議員笑道。

「眞不曉得你到底有沒有野心。」我是由衷這麼想，並不是玩笑話。

「當然有野心，我想掌握權力。」他想也不想地回答。

「你未免太直截了當。」這個人看起來實在與地位、名譽或權力之類源自男性荷爾蒙的攻擊性欲望無緣，不過，既然他會參選議員，有野心似乎也是合情合理。

「如果沒有權力，什麼也做不到。」

聽到池野內議員這句話，我忍不住在心裡補充：「沒辦法接受宴會招待，也沒辦法接受企業賄賂。」相較於我的膚淺邪惡念頭，他卻大義凜然地說：「想拯救廣大的民眾，就得擁有權力。」我不禁爲自己的想法感到羞愧。

「例如，有時候爲了拯救大多數的人，必須犧牲少數人的利益？」

「這確實很有可能發生。」

我想起栩木組長父親的口頭禪「就算承受短暫的痛苦，也要以大局爲重」，在觀點上可說是與池野內議員如出一轍。

「這種情況下，政治家必須負責做出判斷。就算遭到厭惡、遭到怨恨，也得爲了大多數的民眾及國家的未來做出正確的判斷。」

「像是徵收消費稅？」

「只要那對國家有所助益。」

如此直率，如此坦白，幾乎到了天眞的地步。我不禁懷疑，他是否在開玩笑。「原本以爲政治家整天只忙著養情婦，以及拿著政治獻金到處遊山玩水。」我忍不住吐出內心的嚴重偏見。

「我有情婦啊。」

「咦？」由於他說得太輕描淡寫，我著實吃了一驚。

「全日本四十七個都道府縣都各有一人。」他笑道：「包含擁有私人噴射客機和直升機的富豪美女，沒沒無聞的聲樂家美女，料理研究家的美女。」

「怎麼全是美女？」我噗哧一笑。「而且你是東京都議會的議員，要養情婦，應該是在東京二十三區，也就是在選區裡多找幾人吧？」

池野內議員笑得露出雪白的牙齒。

驀地，我想起他的妻子。雖然沒見過面，但她在電話中抱怨「零食裡混有圖釘」的聲音，可說是充滿魄力。

池野內議員似乎看穿我的心思，說道：「我老婆眞的很恐怖。只要是寫給我的信或電子郵件，她都會檢查一遍，確保我沒在外頭養情婦。」

「但你還是養了情婦？」

「跟我老婆相處久了，練就一身偷偷在外頭與情婦幽會的技巧。」

「勸你最好趕快和情婦分手。」我說出肺腑之言，他卻以爲我在開玩笑。

「岸，你眞有趣。今晚要不要來我家，在我的床上一起做相同的夢？」

我頓時啞口無言。

「說說而已，你別露出那麼可怕的表情。」

個性認眞的人開的玩笑最讓人頭疼。因爲分不出眞假，更糟糕的是，一點也不好笑。

「在看什麼有趣的新聞？」我坐在會議室的角落看著智慧型手機，身旁突然冒出這句話，我嚇得幾乎跳起來。這時的心情有點像上課偷吃便當被抓到，反射性地就想道歉。

「放心，會議還沒開始。」栩木組長說道。

此時已到預定開會的下午一點，但部長還沒進來。

「抱歉，臨時要你來幫忙。」

「沒什麼，別這麼說。」依照公司規定，各單位必須輪流寫會議紀錄。我們單位平常負責會議紀錄的新進同事今天請假，由我代替。其實，我是自告奮勇接下這份工作。不是閒著沒事，而是今天的會議要討論SKYMIX的案子，我想知道後續發展。

「最近有沒有什麼進展？」我問道。這幾天栩木組長看起來更加疲憊，不僅多了黑眼圈，臉頰也消瘦不少。「仔細想想，這種情況哪有辦法解決？既然部長搞壞雙方的關係，他大可直接放棄，反正不是非找小澤聖拍廣告不可。」

「是啊。」栩木組長有氣無力地說：「他大概是不希望這件案子結束在自己的失敗上。」

「有道理。」如此一來，他離社長的寶座會益發遙遠。

「相較之下，因部下無能而失敗好得多。」

「誰會相信？」

「其實，我有點在賭氣。」

「妳在賭氣？」

「我不甘心只是幫部長他們揹黑鍋。」

就在這時，會議室的門打開，部長走進來。他臭著臉，懷抱資料慢吞吞地往前走，粗魯地坐下，發出巨大聲響。

察言觀色是人的天性。看見不友善或不開心的人，自然會保持警戒，也會更謹慎應對。眞是太狡猾了。

有時我不禁會這麼想。有些人態度粗魯蠻橫，根本不在意周遭的目光，反倒會受到關心與重視。稍微露出笑容，旁人就會感覺如釋重負，甚至是歡喜讚嘆。

相反地，平常待人和善的人，雖然包含我在內的大多數人，會將其當成「自己人」，卻會遭其他人輕視。妻子常說我有被害妄想症，但我就是沒辦法完全拋開這個想法。

臭臉總是能讓人得到好處。

眼前就有一個最好的例子。部長明明遲到了，照理來說，他的態度應該更謙卑，表達出歉意。但他卻不耐煩地皺起眉，阻擋周遭的責難，旁人反倒要處處遷就他。

「好，報告一下目前的狀況吧。」部長板著臉開口。

「是。」一臉疲憊的栩木組長站起。「上星期，我跟SKYMIX談過了。」

「然後呢？」

什麼然後？我差點笑出來。栩木組長是為了替你們收拾善後，才不得不做這種事，你居然還有臉問？

「對方表示不想再浪費時間在我們身上，我花了很多時間說服他們，終於成功見到田中社長。」

「然後呢？」

栩木組長肯定是誠心誠意地為部長等人的失禮舉動道歉，並且再三懇求，才獲得再次見面的機會，但她總不能在會議上說出這些細節。「田中社長要我留下提案資料，說如果有興趣，會再跟我們聯絡。」

部長拿起資料，快速翻了翻，顯然一點興趣也沒有。「好吧，這本來就是栩木組長負責的案子，希望妳能做出一點成果。」

會議室裡好幾個人同時望向栩木組長，眼中流露一絲同情。

「好的。」栩木組長說完，便坐了下來。

不料，她馬上又站起，全場一陣錯愕。

「不過，我覺得這樣不公平。」

整間會議室頓時鴉雀無聲。

栩木組長的滿腔怒火終於爆發。除了觀望之外，我什麼也做不了。

「當初我早就提醒過，對田中社長使用傳統的招待方式，只會造成反效果，是部長你們……」

「我們怎樣？」部長語帶怒意，宛如野獸的威嚇聲。

是你們搞砸一切，是你們讓過去的努力化爲烏有。栩木組長似乎不願如此措辭，她遲疑片刻，說道：「惹得田中社長反感，卻要我收拾善後。」

「打一開始這就是妳負責的案子，不是嗎？」

「話是沒錯……」

明明是自己犯錯，卻把其他人拖下水，讓大家覺得不是他一個人的錯。這是常見的耍賴手法。

「說得難聽點，要不是妳遲遲拿不出成果，怎會搞到今天這種地步？現在不也一樣？妳只是被動等待對方聯絡，什麼都不做。」

「可是……」

「可是什麼？難道交出提案資料，放下名片，對方就會主動聯絡？有那麼簡單嗎？」部長似乎想找機會發洩招待SKYMIX失敗的懊悔和屈辱。一進入爭辯模式，他立刻說得口沫橫飛，一張嘴停不下來。

「難道妳以為小澤聖會主動造訪，對我們說『我拿到組長的名片，所以前來拜訪。我對拍攝你們公司的廣告很有興趣』？」

栩木組長反射性地張口想反駁，但或許不希望繼續這種幼稚爭執，最後什麼也沒說，默默坐下。

會議室的空氣彷彿凍結，出席者大多低頭不語。

明明是一場討論善後對策的會議，怎麼變成批評及翻舊帳的大會？我實在懶得乖乖記錄，只想寫下「部長欺壓屬下，詳情不及備載，氣氛降至冰點」。

我有點擔心栩木組長，偷偷覷她一眼，只見她目不轉睛地注視著親手製作的資料，或許正強忍著不甘心的淚水。

「接下來要討論，如果沒獲得SKYMIX的協助，廣告活動將如何進行。」主持會議的課長似乎現在才想起自身的職責，突然開口。

「嗯，確實該討論。」部長雙手交抱胸前。

就在這時，忽然響起敲門聲，一名宣傳部的女同事走進來。

「妳沒看到我們在開會嗎？」課長粗魯地說道。

「非常抱歉，有一件緊急的事。」女同事低頭解釋。

難道是有人的家裡發生不幸？

這是我腦袋裡的第一個念頭。因爲女同事的表情非常嚴肅。

然而，她接下來說的話，完全超乎我的想像。

「小澤聖先生來了，在門口的櫃檯接待處。」

所有人都傻住了，頭上冒出巨大的問號。

「他說是拿到栩木組長的名片，所以前來拜訪，想跟栩木組長談談。」

雖然我身在車站附近一家經常光顧的包廂式居酒屋，點的也是熟悉的食物，卻因爲小澤聖坐在眼前，一切都顯得不眞實。

小澤聖戴著棒球帽和眼鏡，遮住了半張臉，而且走進店裡的時候一直低著頭，所以店員並未察覺他就是風靡全日本的舞蹈團體裡的超人氣成員。或許他平常就習慣這樣打扮吧。

「抱歉，是我太急了，一心只想早點跟你談談。」

剛剛公司裡幾乎陷入混亂。

包含部長在內，所有人看見突然獨自前來拜訪的小澤聖，都嚇得手足無措，不知該如何應對。只有栩木組長比較冷靜，立即吩咐：「先帶他到空的會議室，盡量別引起騷動。」

小澤聖提出的請求是想與栩木組長談一談，部長卻堅持要在場。

「岸先生，我一直想再見你一面，但不知怎麼聯絡上你。」

當初在握手會上，除了爲推薦零食的事向小澤聖道謝之外，妻子曾告訴他「我丈夫是零食製造商的職員」。

「沒想到，前幾天我在社長的桌上，發現剛剛那位栩木小姐的名片。」

名片上寫著，她是那家零食製造商的廣告部組長。

「我若無其事地詢問社長，才知道你們公司一直想找我拍廣告。」

「對不起，我們一直糾纏不清。」

小澤聖笑著說：「這並不罕見，至少代表我還有利用價值。」

「請別誤會，我們不是想利用你。」但我也想不到更貼切的字眼。

「所以我先見了那位組長，向她打聽你的事情。如果透過公司正式聯絡，實在太花時間。」

「其實你可以先通知一聲，不必突然跑來。」

小澤聖又笑了起來，露出整齊明亮的牙齒。「如果我事先通知，你們公司一定會打電話到經紀公司詢問詳情。這麼一來，事情會變得很複雜，經紀公司也會出面阻止。」

「也對。」

「以結果來看，我做了正確的決定，因爲我順利見到你。」

當時小澤聖看到跟在栩木組長身邊的我，立即大喊「就是你」。

包廂的門打開，一名男店員端著料理走進來。放下料理後，他分別瞥了我和小澤聖一眼，但沒什麼特別的反應，很快就離開。

「差不多該進入正題了。」小澤聖拿起筷子，吃一口前菜，突然說：「真好吃。」

「這就是正題？」我忍不住挑他語病。他揮揮手，說道：

「不，正題是火災和那隻鳥。」

「你知道那場火災？」我想起在握手會上，他曾發出驚呼，但後來什麼也沒說。

「我當時太驚訝了。關於那場火災，我很少向別人提起。」小澤聖解釋。

「咦，這麼說來，發生火災的時候，你也在飯店裡？」我傾身向前。

「是啊。當年我還沒進入演藝圈，是去參加小型的舞蹈比賽。」

「在金澤？」

「嗯，我第一次去金澤，真是個好地方。」接著他談起逛了兼六園（註），吃到美味的餐點，最後靦腆地笑著說：「而且，我從以前就很想去一個景點。」

「什麼景點？」

「法船寺……」他回答。我一聽，不禁笑出來。「貓！」我忍不住以跟朋友說話的語氣大喊。

「岸先生，你也對那裡感興趣？」

「我聽過傳聞。」據說，那座寺院裡住著一隻巨大的老鼠，僧侶都拿牠沒轍，後來多虧兩隻貓與巨鼠大戰一場，才殺死巨鼠，但兩隻貓也死在巨鼠的手下。雖然是典型的民間故事，沒什麼高潮迭起的劇情，兩隻貓爲了擊敗巨鼠而犧牲生命的橋段，卻在我的心底留下深刻的印象。

「我參觀過法船寺。」我說道。法船寺的角落靜靜立著「義貓塚」，就是爲了弔慰那兩隻拯救全寺的貓。小時候，父母帶我去過一次，但我完全不記得。

「參加舞蹈比賽之前，我也去參觀了。」小澤聖笑道：「那天晚上，飯店居然發生火災，眞是嚇壞我。」

「你記得住在幾號房嗎？」

「就在起火房間的隔壁。」

「五〇四？」

「是啊。」他嘆一口氣，「完全沒料到會遇上火災。」

「小澤先生，你是從逃生梯逃走嗎？」

「你也是嗎？那簡直讓人不敢相信，對吧？逃生梯從三樓以下……」

「都消失了。」我皺起眉。現在能笑著聊起這件事，是因爲我們得救了。當下心中非常絕望。

「雲梯車又進不來。」

「岸先生，你當時在場嗎？」

「我在逃生梯上的位置，應該比你高一些。」

「眞的嗎？太神奇了。不過要說神奇，後來的事態發展也很神奇。」

註：日本三大名園之一，位於石川縣金澤市。原爲江戶時代諸侯的專用庭院，如今開放民眾參觀。

「是啊，居然使用骰子。」

「在那樣的情況下，消防隊員想到利用骰子，實在教人佩服。」

發生火災的時候，飯店對面的大樓正在舉辦世界骰子展，會場上擺放著一個巨大的骰子模型。那是邊長足足有六、七公尺的巨大立方體，原本的作用是讓展示空間看起來熱鬧一點。這麼大的東西，到底怎麼搬進會場的，簡直匪夷所思。就像小澤聖說的，消防隊員當下竟想到可以利用那個模型，令人不得不讚嘆他們的機智。

「經歷那場火災，我深深體會到人生無常的道理，於是更加認眞練舞。」

「這就是有能力與沒能力的差別。」我半開玩笑地說道。池野內議員也提到，遇上那場火災之後，產生強烈的政治使命感。但我是怎麼回事？爲什麼我的心裡沒萌發這種正向的意識革命？

跟在握手會上一樣，我取出手機，舉到他的面前。螢幕上是一張鯨頭鸛的照片。

「就是這個！」小澤聖突然露出孩子氣的表情，對著我的手機大喊。那副模樣十分可愛，我不禁看得入神。「就是牠！我一直記得，不曉得在哪裡看過牠！」

「這是鯨頭鸛。」

「爲什麼你會想拿這種鳥的照片給我看？你怎麼知道我惦記著這種鳥？」

店員再度送上料理，我又點了一杯啤酒。

「如果只有火災那件事，我應該不會來見你。當然，光是火災那件事就讓我相當吃驚，畢竟我鮮少向別人提起。」小澤聖說道。

「爲什麼你很少提起那場火災的事？」由於救助方法奇特，當時那場火災上了新聞，一度受到社會關注。「這不是挺有趣的話題嗎?」

「我不喜歡。發生火災飯店就夠慘了，我這個外人還拿來當成閒聊的話題，想想實在可憐。」

「我倒是一天到晚向人提起，簡直當成自己的豐功偉業。」我搔搔頭。

「我也私下對朋友說過，只是不想在工作場合上提及。所以，起先我猜是某個朋友告訴你火災事情。」

「原來如此。」

「但關於那隻鳥的事，沒有任何人知道。而且在我的心裡，火災的記憶和那隻鳥的記憶有很大的關係。」

「爲什麼?」

「我看見那隻鳥，是在發生火災的不久前。只是不知道是同一天，還是更久之前，也不記得是在哪裡。但我記得那隻鳥有著圓滾滾的眼珠，看起來似乎非常不開心，而且似乎在對我下命令。」

「下命令?你的意思是，那隻鯨頭鸛會說話?」這實在不是適合一臉認眞地提出的問題。

「大概是比了手勢吧，我的記憶十分模糊。後來，我將看見鳥的幻覺，視爲發生火災的預兆。」

「預兆?」

「不是有人說，即將發生地震時，天空會出現地震雲嗎?同樣的道理，我以爲看見那隻鳥，不久之後就會發生火災。所以，你同時問我這兩個問題，我才會嚇一大跳。請告訴我，那到底是怎麼回事？那隻鳥到底具有什麼意義？」

「其實，我也是從別人口中聽來的。」

或許我應該先說出這件事。於是，我把關於池野內議員的事情，原原本本地告訴小澤聖。由於圖釘事件，我偶然認識池野內議員，他推測小澤聖可能也經歷過金澤那場火災。「不久前，我到購物中心參加你的握手會，其實是受到池野內先生的委託。」

「議員特地拜託你做這種事？」小澤聖有些吃驚。

「池野內先生經常夢到鯨頭鸛。」

「做夢？」小澤聖伸手往掌心一敲，「這麼說來，我也是在夢中看見的？」

「不無可能。」

「在夢境裡看見鯨頭鸛，代表會發生火災？」小澤聖的雙眸閃爍著興奮的神采。他傾身向前，那耀眼的俊俏臉孔閃得讓我忍不住皺起眉。這一幕絕對不能被人看見。要是小澤聖的粉絲看見，我可能會被蓋布袋痛毆。想到這裡，我不禁背脊發涼。「每個人都會夢見這種鳥嗎？」他接著又問。

自己沒有辦法認同的東西，沒辦法說服他人認同。這是公司宣傳部教育新人的基本觀念之一。

「呃，倒也不是每個人都會夢見。」我忍不住想爲提出這個古怪的話題向他道歉。

「那麼，是只有特別的人才能夢到嗎？」小澤聖得意洋洋地問。那種宛如少年般的態度加深我對他的好感。「說穿了，就是一種預知夢，夢見那種鳥代表會發生火災？」

「我也不曉得實際上有沒有關聯。」明明是我設法與他聯繫，卻一問三不知，甚至聽到他的推測才恍然大悟，連我自己都覺得有點過分，虧他沒生氣。

至少該把我知道的全盤托出。我抱著這樣的念頭，詳細轉述池野內議員說關於夢境的一切。對不起，說了這麼莫名其妙的事情。很難以置信，對吧？我先替他打了一堆預防針，才進行解釋。我說得顛三倒四，沒想到小澤聖聽得非常專注，頻頻點頭。不過，或許是他上多了電視節目，對於這種光怪陸離的故事，擅長裝出深信不疑的模樣而已。

「呃，那些布告紙到底是什麼？」

「我也不清楚，只知道池野內在夢境裡前往一座廣場。那裡掛著許多布告紙，他從中挑出兩張。」

「分別是我和你，對吧？在他的夢境裡，我們被挑上了，然後呢？」

我也不知道後續。「除了你和我的大頭照之外，紙上還有出生年月日，他就是靠著這些資訊，得知我的身分。」

「還有我的身分？」

「嗯，你的出生年月日很容易就能查出來。」

「不過，當年金澤的飯店發生火災，你和那位議員真的都在場？」

「我知道很難令人相信。」

「倒也不是絕對不可能。」

「當時我睡在起火房間的正上方，池野內和你分別在左右兩側的房間。仔細想想，我們距離起火房間那麼近，卻都毫髮無傷，實在幸運。」

「消防隊員也都十分驚訝。其實，這是我決定專心練舞的原因之一。」

我忽然想起與池野內議員談過的話題，忍不住問：「我能請教一個比較私人的問題嗎？」

「請說、請說。」

「你是否有在學校遭受欺負的經驗？」回想起來，這也是池野內議員與我的共通點。我一問出口，趕緊接著解釋：「啊，我有這樣的經驗。有一段時期，我在學校遭到欺負。」

「唔……我沒有被欺負的經驗。」小澤聖的臉上流露一絲歉意。

「也是。」他長相俊秀又有運動細胞，實在不太可能被欺負。

「不過，我沒有朋友，一直是孤單一人。」

「咦，真的嗎？」

「是真的。」他點點頭，「我的童年並不快樂。」

「只是沒被欺負而已？」

「對。」

接下來，我們又針對「鯨頭鸛」、「火災」和「夢境」這些要素交換意見。但我本身沒有什麼值得討論的見解，所以大半是在閒聊。我小心翼翼地問了他一些工作上的事情，他也問了一些我們公司商品的幕後祕辛，時間就這麼流逝。

「我們到底在做什麼？」

小澤聖終於忍不住說出這句話。確實，今天的聚會幾乎沒有任何意義，難怪他會感到錯愕與焦躁。他每天行程滿檔，不能把寶貴的時間花在這種事情上。我無法辯解，只能垂著頭說：

「嗯，是啊。非常抱歉。」

「你爲什麼要道歉？」小澤聖笑了出來。「我指的是夢境裡的我們。」

「啊，原來如此。」

「如果眞的像池野內說的，我們聚集在夢中，那我們到底在做什麼？」

「是啊，到底在做什麼呢？」

「或許我們是一個團隊。」

「怎樣的團隊？」

「名符其實的夢幻團隊。」

聽起來有點好笑，但繼續討論下去也不可能找出答案。因此，這個話題再度像斷了線的氣球，在我與小澤聖之間懸浮飄盪。

「話說回來，今天眞是痛快。」我說道。

「發生什麼事？」

「我們那位組長……啊，就是你來我們公司的時候，身上帶的那張名片……」

「啊，你是指栩木小姐？」

「沒錯，最近她實在很慘。」

我將公司最近與SKYMIX的交涉狀況，以及部長的惡劣行徑全都說了一遍。「小澤先生，你今天來拜訪，大家都吃了一驚。栩木組長的聲望大幅上升，部長多半嚇傻了。」
「那個部長看上去就是糟糕的人。」
「你看得出來？」今天他明明只在董事辦公室裡，與部長相處大約一小時。
「他從頭到尾不是在誇耀自己，就是在吹捧我，什麼重點也沒說。」小澤聖露出微笑，「我最怕這種人。」
「你眞是觀察入微。」
「所以離開之前，我直截了當地說希望下次部長不要在場。」
「你當著他的面說這種話？」
「我是不是不該這麼說？」那對閃亮的雙眸看得我有些緊張，我回答：「不，我反倒想稱讚你。」
小澤聖發出開朗的笑聲。
十點半左右，店員進來爲我們進行最後一次點餐。我赫然發現，我們聊得比預期還久。
差不多該結束聚會的時候，他突然說：「過幾天我們有個活動，不曉得你有沒有興趣？不過有點遠，在宮城縣。你聽過『聖若翰園地』嗎？宮城縣東北方有一座牡鹿半島，從半島的前端往太平洋延伸，有塊海埔新生地，看起來就像是人工島嶼。」
「啊，前幾天電視新聞有報導。」
從牡鹿半島出發，經過一座約五百公尺長的橋，有塊名爲「聖若翰園地」的海埔新生地。爲了防止大浪侵襲，外圍使用最新研發的消波塊。甚至有人說，這片海埔新生地其實是爲了實驗新型消波塊的效果而開闢。政府似乎打算開拓成住宅區，但目前還是一片空地，只規畫出露營場和舉辦活動的簡單場地。

「那裡要慶祝落成，重頭戲就是我們的現場表演，除此之外，還請來馬戲團。不過時間有點近，就在這個週末，眞是不好意思。如果你有興趣，歡迎參加。」他遞給我四張參加券，接著又說：「因爲場地空間有限，這個活動原本只招待粉絲俱樂部的會員，當天不會有媒體記者來採訪。」

這種活動的參加券一定相當搶手，我二話不說就收下，甚至忘了先假意推辭一番。

結帳的時候，我們各付一半。走出店門時，一名女店員忽然奔過來，表示希望能與小澤聖握手。女店員似乎相當激動，只見她眼眶含淚，而且呼吸非常急促。

雖然我曾到仙台出差，但那次是當天來回，而且只去了位於車站附近的客戶公司大樓。因此，這是我第一次到宮城縣旅行，甚至可說是第一次到東北地區旅行。

「從這裡可以坐接駁公車。」下了新幹線列車，我與妻子走在車站內，妻子突然說道。

我看了她的肚子一眼。在這種即將臨盆的時候，實在不適合出遠門，更不適合參加在戶外舉辦的活動。我勸過她好幾次，但她總是以「想出去透透氣」或是「別想把我一個人丟在家裡」反駁我。「要是肚子裡的孩子有什麼閃失，該怎麼辦才好？」我一這麼說，她就挑我語病，反問：

「你只關心孩子，就不關心我？」

既然她都這麼說了，我只好答應，但畢竟還是放不下心。

人眞是一種奇妙的動物，直到數天前，我對小澤聖和他所屬的舞蹈團體一點興趣也沒有，不過因爲最近發生的一連串事情，加上跟他本人在居酒屋聊天，他那毫無心機的開朗性格讓我產生好感，我竟感覺自己成爲小澤聖的粉絲。不，不僅是我，連聽我間接描述的妻子也一樣。

我們待在接駁公車等候區，剛好身旁幾個年輕人在閒聊。根據他們的說法，海埔新生地「聖若翰園地」由於不大，又必須經過一座橋，所以能夠參加活動的頂多兩千人，抽中參加劵眞的很幸運。

妻子似乎也在想著同一件事，突然開口：「上高中的時候，有一天中午我去福利社，發現愛喝的果汁賣完了……」

「怎麼突然提起這個插曲？」

「回到教室一看，朋友居然買到了果汁。我告訴她沒買到果汁，她當著我的面用力吸好幾口，笑著說『我突然覺得果汁好好喝』。」

擁有別人得不到的東西，確實會心生一股優越感。這就是我們現在的狀態吧。我感慨著人性的醜惡，卻也不禁想像，優越感和忌妒心或許是讓人類繼續進化的力量。

接駁公車離開仙台車站附近的巴士等候區，沿著收費道路往東北方行駛。

一個小時過後，我才發現栩木組長也在車上。當時車子進入石卷市，在牡鹿半島的蜿蜒道路上前進，我本來一直看著窗外的景色，不經意回頭，注意到栩木組長就坐在走道另一側的座位。栩木組長看見我，也忍不住笑了。

小澤聖給我四張參加券，我偷偷送栩木組長兩張，因此不意外她今天來參加活動，但我沒想到會在車上遇到她。

坐在她身旁的少年向我微微點頭，打了個招呼。看起來差不多是就讀小學高年級的年紀，應該是栩木組長的兒子吧。

我先將妻子介紹給組長，接著向妻子提起組長的事情。

「啊，她就是那位……」妻子和善地點點頭。

妻子經常聽我提起公司的事，多半建立起栩木組長是好人、部長和他的跟班是壞人的印象。

栩木組長知道妻子懷孕，笑著說：「孩子還在肚子裡的時候不用花錢買票，真的十分划算。」

「就算出生了，嬰兒也不用花錢買票。」她的兒子冷靜地反駁。

「你不懂，帶嬰兒出門很累。」栩木組長解釋：「還在肚子裡的時候，比較會乖乖聽話。過一陣子，就沒辦法想出門就出門了，所以不管想去哪裡都應該趁現在。」

「對了，你沒邀請那個人嗎？」妻子低聲問：「那位國會議員……」

「妳是指池野內議員嗎?他是東京都議會的議員，不是國會議員。當初我第一個聯絡的就是他。」我和小澤聖能夠認識，正是託他的福。雖然他說的話實在匪夷所思，但禮貌上，我還是得告訴他收到參加券的事。

「他很想來，但今天要去福島縣視察，沒辦法分身。」池野內議員在電話裡這麼說。

「他是東京都議會的議員，怎麼跑到福島縣視察？」

池野內議員笑稱是「拿公帑旅行玩樂」，但約莫是爲了迴避受到輿論質疑的一種自我調侃的話術。後來他又補上一句「接著會去仙台找情婦」，這句話應該也是大同小異吧。

「我建議他，或許情婦會突然爽約，乾脆帶一張票在身上，想來就可以來。」

「他拒絕了？」

「嗯，如果眞的有空過來，他會自己想辦法。」

「想什麼辦法？」

「他說大喊『你們以爲我是誰，我可是東京都議會議員』，就能進場。」

妻子把這句玩笑話當眞，輕蔑地說：「議員有那麼大的權力？眞是的。」

越過山路，便看見牡鹿半島的前端出現一片平坦的區域，告示牌上寫著「鯨魚園地」。據說，這一帶曾是繁榮的捕鯨港，有一些展示歷史資料的設施。建築看起來不久前才剛整修，模擬鯨魚造型的流線型屋頂非常漂亮。

車子行經鯨魚園地，繼續朝著大海前進。寬敞的道路連結橋面，車上的年輕人目睹稀奇的景色都相當興奮，紛紛拿出智慧型手機隔著玻璃拍照。

橋身呈拱狀，上頭雙向各有兩車道，橋的另一端就是海埔新生地「聖若翰園地」。這座橋在設計上盡量排除不必要的柱子和壁面，視野十分遼闊。當車子沿著平緩的斜坡往上爬時，彷彿不像在橋上，而是在海面的上空緩緩飛行。

接著，車子進入與爬坡時角度相同的下坡，不久便抵達一片經過完善規畫的人工土地。車子停進了等候區，包含我們在內的乘客依序下車。依照傳統慣例，附近應該會豎起寫著「歡迎來到聖若翰園地」之類的看板，但或許沒有這一類東西，反倒有現代感。

「栩木，妳怎會帶那麼大的背包？」

下了車，我才察覺栩木組長的背包相當大，那似乎是登山用的背包。

「因爲我是個工作狂。」栩木組長說道。

「難不成妳把筆記型電腦帶來了？」

就在我們交談之際，人群逐漸形隊伍，朝著活動會場的入口前進。

「眞期待呀！」妻子向栩木組長的兒子搭話。他現在上小學六年級，名字是瑛士。

「你喜歡誰？」妻子問他。

我最近才知道，小澤聖所屬的舞蹈團體共有七名成員，每一名成員都有獨特的風格，因此各自擁有許多粉絲。

瑛士偷偷瞥了母親一眼，回答：「小澤聖。」

「媽媽見過他本人。」栩木組長得意洋洋地挺起胸口。

「我也是。」我說道。

「啊，仔細想想，我也是！」妻子附和。她確實也在握手會上與小澤聖見過面。

「搞什麼，原來大家都見過。」我忍不住說出心中的想法。

「沒見過的人似乎比較稀奇。」栩木組長這麼一說，大家都笑了出來。

入口裝飾得非常華麗，眾人拿出參加劵，讓工作人員在手腕戴上識別帶。

會場總共分爲三大區域，第一個區域擺著色彩繽紛的巨大帳篷，上頭寫著馬戲團的名稱，還畫著熊的圖案。根據網路上的介紹，這個東歐的馬戲團雖然歷史不算悠久，其現代風格的表演卻相當有名。眼前的帳篷，應該就是馬戲團的表演場地吧。帳篷的後頭停放著各種大型車輛，包含露營車和載著巨大貨櫃的聯結車，裡頭應該放著各種表演人員和動物們使用的設備。旁邊有一大片草坪，上頭蓋著好幾棟小木屋，這裡原本似乎是露營區。

「有人住在那裡嗎？」妻子問道。

「今天要舉辦活動，應該是禁止露營，避免人多混雜。」

遠處的其他露營區都拉起繩索，一看就知道是禁止使用的狀態。

另一個區域，則是今天的主要活動會場，設有一座舞台，前方擺著一些椅子。或許是限定兩千人參加，雖然場地不算小，舞台和觀眾席卻不大。超過一半以上的參加者都已入座，等著表演開始。

周圍有一整排販賣飲料、食物、週邊商品的攤販，以及流動廁所。

我和妻子正要去買一些東西吃，瑛士忽然看著天空呢喃：「那片雲看起來好黑。」

我順著他的視線望去，看見遠方有一團團烏雲，宛如滲入紙面的一滴滴墨汁。那些烏雲散發著莫名的邪氣，明知只是普通的烏雲，卻讓人聯想到腐蝕健康身體的惡性腫瘤。

還沒天黑，表演就開始了。或許是考量到參加者必須從聖若翰園地過橋回到仙台市中心，所以開場的時間設定得較早。

激烈而充滿躍動感的音樂驟然響起，各式各樣的雷射燈光在天空中盤旋，瞬間將我們帶離現實的地面。

我不由得屏住呼吸，一句話也說不出口。回過神，舞台上不知何時出現七道人影。刺耳的尖叫聲和歡呼聲如閃光般炸裂，下一秒，七道人影化爲七個舞動的男子。

接下來，我就像坐在不斷奔馳的列車上，精彩的表演接踵而來，讓我根本沒有時間思考。歌聲融合爲曼妙的合音，令我陶醉不已，強而有力的舞蹈卻又不斷震撼心靈，彷彿在引誘我掙脫一切重力與常識的束縛。

觀眾從一開始就全站了起來。不知不覺中，我自然擺動身體，跳起自創的舞蹈。當然，我隨時注意著妻子的狀況，畢竟她是孕婦，如果她激烈地舞動身體，得趕緊阻止她。但她似乎很有自知之明，只是平穩地踏步，像搖籃一樣左右搖擺。

舞台上的表演者們並未喊出做作的言詞，也沒有粗魯地煽動觀眾的情緒，彷彿與觀眾一同享受著這一刻，完全沒帶給人不舒服的感覺。

表演告一段落，小澤聖等人從舞台上消失。我們紛紛拍起手，安可聲此起彼落。就在這時，馬戲團帳篷傳來嘹亮的野獸咆哮聲。事後回想起來，這或許是一種前兆，但當下我們完全不知情，只把那些咆哮聲視爲娛樂的一部分。妻子也望著天空，陶醉地說：「那邊也滿熱鬧的。」

那聽起來像是狼、狗之類的動物咆哮聲。喧鬧中似乎有人問了一句：「那是大象的聲音嗎？」

「雲的移動速度變快了。」瑛士忽然開口。他跟妻子一樣，仰望著天空。

這麼一提，我才發現確實如此。不久前頭頂上還是一片清澄的夜空，此刻卻覆蓋一層流動的薄雲，不斷輕撫著月亮。

舞台上的照明燈光瞬間點亮，觀眾的歡呼聲像煙火般向上噴發，表演再度開始。陣陣的鼓聲由下往上不斷衝擊著我們的身體。地面依循著輕盈的節奏微微震動，身體彷彿也隨著不斷彈跳。

五顏六色的雷射探照燈射向天空，不斷互相交錯及旋轉。

就在看得渾然忘我的時間裡，演唱會結束。舞台上的表演者們向觀眾鞠躬道謝，會場上響起宣布演唱會結束的廣播聲，約莫不會再有安可曲了。

在場的每個人同時感受到遺憾與暢快的滋味。

「如何？」栩木組長問道。瑛士沒回答，雙眼卻流露興奮的神采。

「眞是太好看了。」我半開玩笑地說：「唯一的缺點是明天要上班。」栩木組長竟頻頻點頭表示同意。今天得回到東京，明天照常上班，想起來就累。不知是不是我的錯覺，身旁幾個不認識的人似乎也跟著點頭。如果當場組成「希望明天不要上班黨」，應該會形成一股頗爲龐大的政治勢力吧。

回程等公車的時候，當然是大排長龍。不過，雖然工作人員不多，但公車候車區及沿途的動線規畫得不錯，隊伍前進的速度不像我原本擔心的那麼緩慢。

若順利排隊上車，沿原路回到仙台車站，搭上回程的新幹線列車，便能爲今天的活動畫下完美的句點。

然而，事實上並非如此。

我們不僅沒搭上事先預約的新幹線列車，甚至沒搭上公車。

要說明到底發生什麼事，得先從生理現象談起。瑛士突然想上廁所，畢竟是生理現象，總不能拒絕。

當時我們在隊伍中的位置已接近公車等候區，但考量到仙台車站的距離，如果直接坐上公車，他可能必須憋尿非常久。

「岸，不然我們在這裡分開好了，我帶瑛士去上廁所。」

栩木組長說完，就要帶著瑛士離開隊伍往後走。我正打算像在公司下班一樣對她說一句「辛苦了」，身旁的妻子突然出聲：「我也想上廁所。」聽她這麼一說，我感覺到一股尿意。或許如同打呵欠，想尿尿的感覺也會傳染吧。

我舉起手，表示「那我也要」。於是，我們四人一同離開隊伍，沿著原路走向活動會場。

「對不起，耽誤你們的時間。」栩木組長向我們道歉。我們笑著回答：「這又不是瑛士的錯。」

走了一會，瑛士忽然擔心地說：「等一下要是沒公車怎麼辦？」

「應該不會吧……呃，希望不會。」

最後一輛接駁公車開走之前，工作人員應該會再三確認是否參加者都已離開。

「要是公車都跑掉了，今晚我們就睡在露營區。」妻子以開玩笑的口吻說道。

我們回到活動會場，使用流動廁所，再度回到公車等候區附近時，隊伍變短許多。

「我們變成排在最後面了。」瑛士以充滿歉意地低語。

「這又不是你的錯，我們反倒應該謝謝你，提醒我們要先上廁所。何況，俗話不是說『吃最後的最有福』嗎？」我和妻子只能以老掉牙的諺語來安慰他。

「不曉得坐最後一班公車會有什麼福？」栩木組長溫柔地笑道。

隨著天上的烏雲密布，情況越來越不對勁。

快要到達公車等候區的時候，周圍突然變得異常陰暗，簡直像是停電了。接駁公車的發車很順暢，在場只剩下大約三、四分之一的參加者，所有人都錯愕地仰望天空。

烏雲在我們的頭頂正上方，捲成漩渦狀。不久前看起來明明還很遠，一眨眼就覆蓋整片天空。雖然已入夜，還是明顯看得出烏雲的顏色漆黑。

「這些雲看起來眞不舒服。」栩木組長說道。

話雖如此，畢竟公車發車很順，只要上了車，抵達仙台車站之前，都是待在車子裡。所以，就算會下大雨，我也不擔心。

然而，事實證明我太天眞。

只差兩輛公車就輪到我們上車的時候，天空開始下雨。首先是手掌感覺到雨滴，我暗自祈禱「這不是雨」，盡量不去在意。然而，雨勢越來越大，彷彿說著「別想裝成不知道」。

這場突如其來的雨，像頭頂上突然有透明的蓮蓬頭開始灑水，轉眼之間，我們都淋成落湯雞。我淋雨沒什麼關係，但實在放心不下大腹便便的妻子。然而，擔心歸擔心，卻無計可施。好幾次問她「妳還好嗎」，她總是回答「完全沒事」，但是不是眞的沒事，我也沒把握。

雨勢毫無減弱的跡象，烏雲一直逗留在我們的頭頂正上方，宛如爲了等待安可曲遲遲不肯離去的觀眾。不僅沒有離去，還迅速膨脹，不知不覺中開始釋放閃電，發出震耳欲聾的雷鳴。

隊伍前進的速度越來越快，每個人都想趕緊坐上公車。連負責維持秩序的工作人員，爲了不輸給雨滴敲打在水泥地面的聲響，必須扯開喉嚨大喊。

再來兩輛就行了。下下一輛，就輪到我們上車。然而……

天空突然出現一道閃光。那就像是一道裂縫，彷彿有一雙巨大的手抓著天空的兩側，用力將天空撕成兩半。

是閃電。

大家還來不及開口，下一秒便傳來轟然巨響，好似空中落下無數臉盆，我們嚇得不敢動彈。突如其來的雷聲與閃電，即使沒有肉體上的接觸，也具有讓人類停止一切動作的力量。

我們全身濕透，不由得面面相覷，不約而同笑了出來。面對這種突發性的惡劣天氣，我們還能相視而笑，表示還沒意識到問題有多嚴重。

或者應該說，我們完全沒預料到會發生車子無法行駛的狀況。

隊伍好一陣子沒再前進，越來越多人聚集在公車附近。幾個身穿雨衣的人圍在一起交頭接耳，看起來像是工作人員及活動負責人。

「不曉得發生什麼事。」妻子說道。

「這也算是一種有趣的回憶吧。」瑛太自我安慰，忽然不知從何處傳來廣播聲。

廣播的內容大致是，剛剛的落雷毀損橋梁，公車無法通行。

「那座橋看起來很堅固，怎麼可能會被雷炸掉？」栩木組長納悶道。如同她說的，那是一座橋身可開合的大型機械式橋梁，並不是獨木橋，怎麼可能遭落雷炸斷？

後來我們才知道，是控制橋身開合的裝置遭落雷擊中故障。多半是電路系統短路了吧。機械製造得再堅固，還是有弱點。

當下我的第一個念頭竟是「既然公車停駛，就搭計程車吧」，可見我完全亂了方寸。周圍的人也猛盯著手機，一邊喊著「現在該怎麼辦才好」之類的話。因爲大家發現手機收不到訊號。負責人員接著又在廣播中說明，架設在海埔新生地上的小型基地台也受落雷的影響故障。

不幸中的大幸是雨勢漸漸變小。我不禁想著，如果這場雨能夠早十五分鐘停就好了。這麼一來，橋梁的機械裝置也不會因落雷而受損。但從另一個角度來想，或許正是那道雷讓烏雲消了氣，雨勢才會早早止歇。

「造成各位的困擾，非常抱歉。」到處都有工作人員拿著擴音器大聲呼喊。留在聖若翰園地的所有人，包含我們在內，全聚集在停車場，聽著工作人員的說明。既然公車無法行駛，也就不用再排隊。

工作人員跟我們一樣，全身都淋濕了。突然下起大雷雨，事實上不是他們的錯。但他們並未擺出「我們也是受害者」的態度，努力找出最妥善的解決辦法，我對他們的好感又增加幾分。

由於落雷被迫停留在某地，在場所有人想必都是第一次體驗。會感到不安是理所當然，煩惱不知何時才能回家也是人之常情，但沒人怪罪工作人員。

主辦單位最後決定開放露營區，讓大家在那裡過夜。

至於食物方面，則是免費提供攤販的庫存食材及商品，供大家果腹。雖然數量上不可能讓所有人都吃飽，也只能請大家忍耐一個晚上。

「小木屋將優先分配給孩童和高齡人士，其他人請在草坪上或沒開走的公車裡暫時棲身。工作人員雖然不多，但會輪流進行巡邏，確保不發生任何糾紛或意外。」工作人員如此宣布。

我終於察覺事態嚴重。栩木組長十分擔心我的妻子及她肚子裡的孩子。

「幸好雨停了，現在也不冷。」妻子不斷自我安慰。

不過，確實一點也不冷，甚至有點悶熱。

「明天應該就能搭船回去。」妻子說道。

「話是沒錯，但還是放心不下。」我瞥了一眼她的肚子，接著說：「放心不下妳肚子裡的孩子。」停頓片刻，又補上一句：「還有妳。」

「在這裡露營一個晚上，其實也挺有意思。」妻子說道。

大多數的人似乎都有著類似的心情，氣氛逐漸變得開朗樂觀。分配小木屋和工作人員設法找來的帳篷時，也沒發生爭執。妻子和栩木組長雖然嘴裡咕噥著「雨水把臉上的妝都沖掉了」，但從另一個角度來想，只有這種事情能抱怨算是很幸運了。

瑛士有些無精打采，或許是從東京長途跋涉，又一直站著看表演，所以有些累了。剛過晚上八點，他已一臉睏倦。

參加者大半是精力旺盛、喜歡熱鬧的年輕人，不少人主動要求「想跟大家睡在一起」，甚至是「想睡在草坪上」。像瑛士這樣的小學生並不多，再加上我的妻子是孕婦，於是大家把小木屋讓給我們住。

我們帶著隨身行李，在工作人員的引導下走向小木屋。落雷雖然造成手機的無線基地台及其他一些電力系統故障，但並非所有電器設備都不能用。隨處可見的路燈依然正常運作，放眼望去並非伸手不見五指，這也是大家依然能夠保持冷靜的原因之一。

工作人員分發的毛巾具有相當優秀的吸水性，讓我們能夠將身體和衣服擦乾，減少全身濕答答的不適，也是值得慶幸的一點。

小木屋的房間裡有兩座木製床架，剩下的地板空間勉強睡得下三個成人。地板是木頭材質，應該不太好睡，但瑛士與栩木組長躺下不久就發出細微的鼾聲。

「今天發生好多事情。」我向妻子這麼說，卻沒聽見回應。悄悄轉頭一看，原來她也睡著了。智慧型手機仍無法使用。我不禁有些吃驚，原來沒辦法上網竟會帶來這麼強烈的不安及無聊的感受，這也算是一種難得的經驗吧。

我完全沒料到真正的騷動才剛要開始，意識逐漸被吸入地板中。

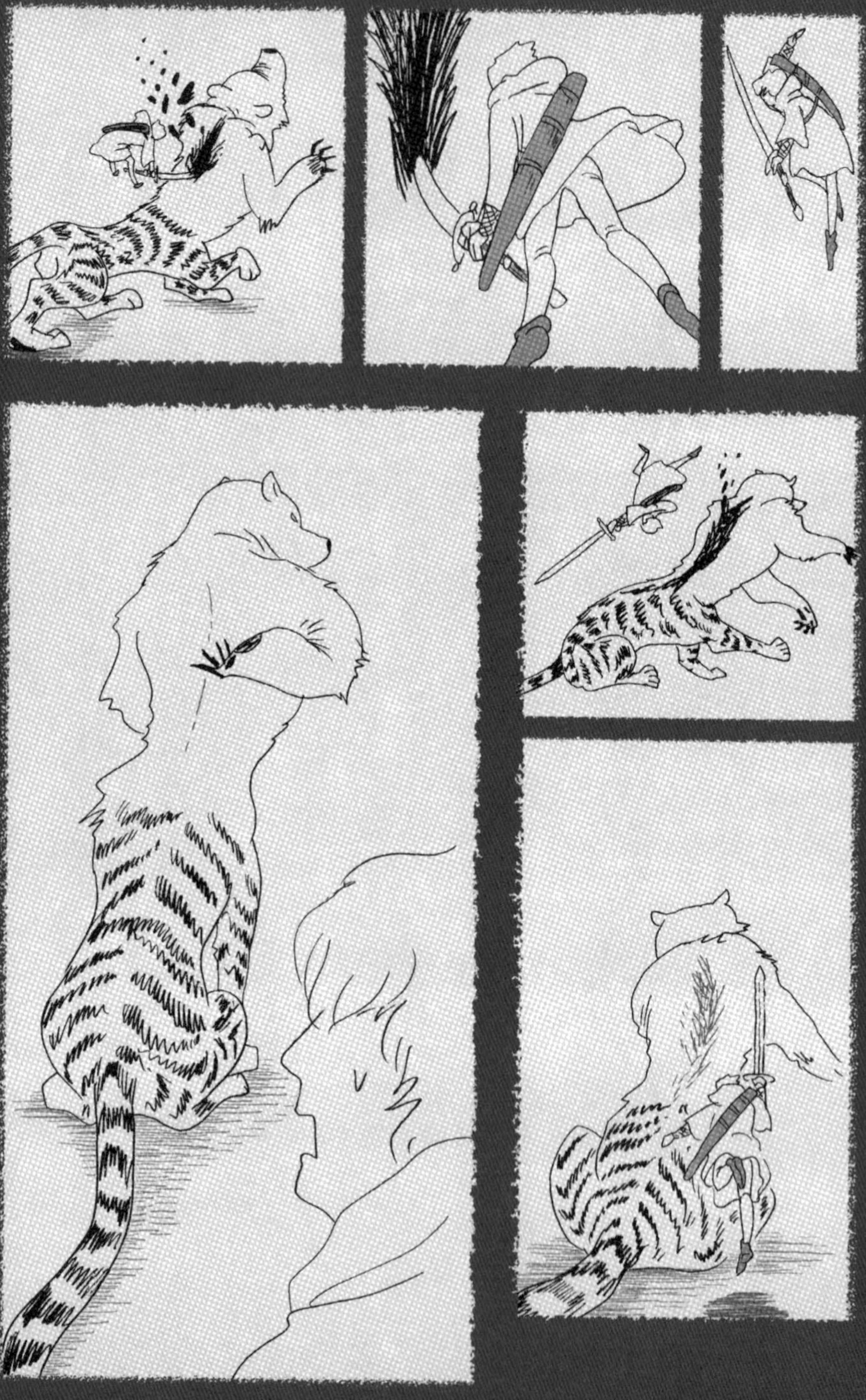

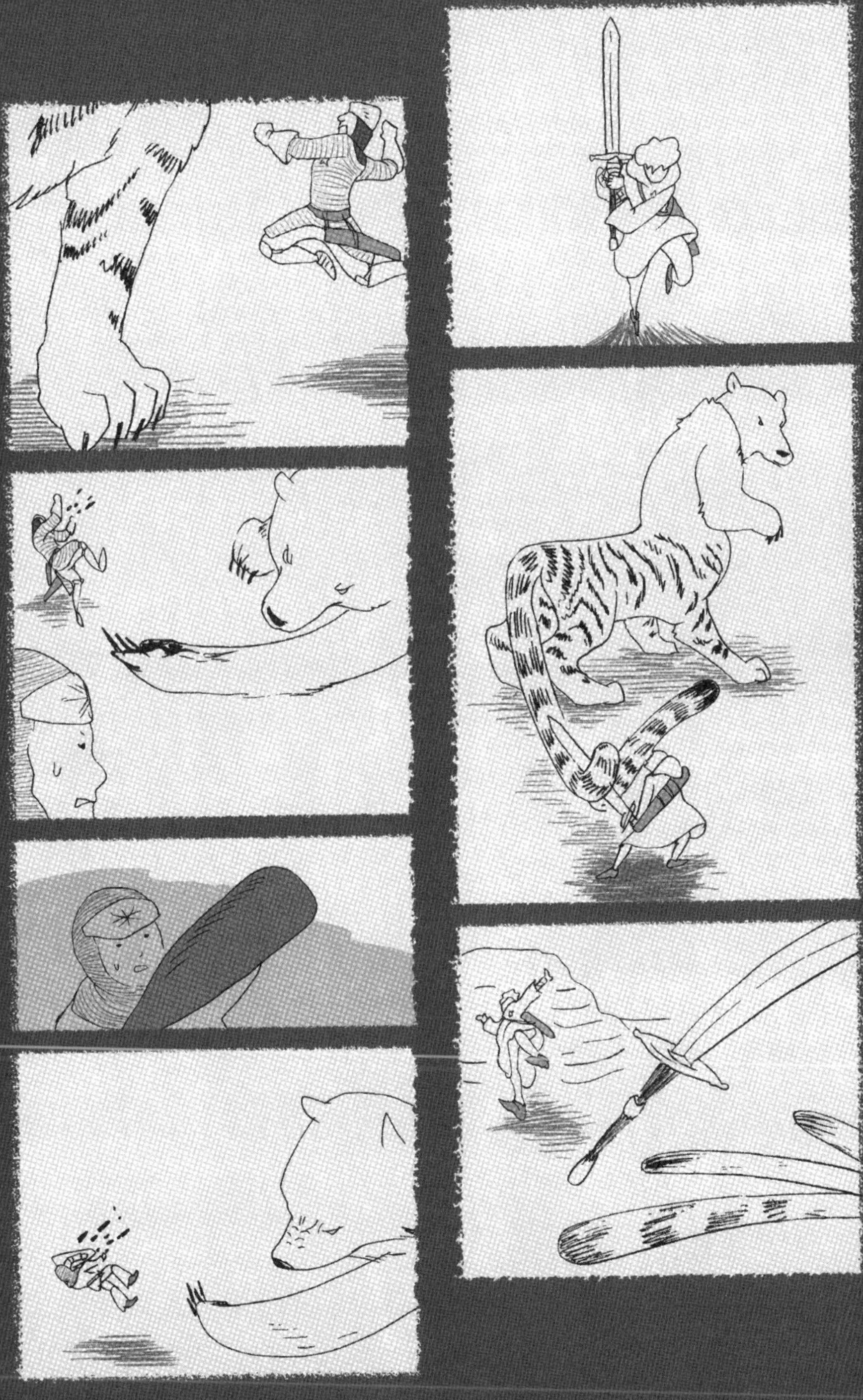

外頭傳來一陣又一陣的年輕人吶喊聲，我從睡夢中醒來。那聲音倒也不算太吵，只是隱約可聽見高亢的歡呼聲在遠處此起彼落。

我坐了起來，拿起手機一看，時間是凌晨五點。由於睡在地板上，背部有些發疼，精神卻還不錯。

我走向妻子，確認她的身體狀況。

接著，我走出小木屋。昨晚的烏雲消失無蹤，天空呈淡淡的水藍色，靜謐得有如毫無漣漪的湖面。露營區裡似乎有好幾個人在走動，但由於空氣中瀰漫著水氣，看不清遠方的景象。水氣相當濃，應該算是霧了吧。

儘管視野模糊，但四處都有說話聲。

我返回小木屋，只見栩木組長坐了起來。

「外頭天氣如何？」

「雨停了，不過有濃霧。」

「那是什麼聲音？」

「不知道，或許是年輕人一大早就在嬉鬧吧。」

「眞有精神。」栩木組長笑了起來。

就在這時，有人在小木屋的門上敲了敲。那聲音非常細微，甚至顯得有些畏畏縮縮。我心想可能是工作人員來查看狀況，便打開門。沒想到，門外竟出現意料之外的人，我一時不知該作何反應。

「啊……岸先生！」眼前的人是小澤聖。他也瞪大雙眼，露出驚訝的表情。

「咦，你怎會在這裡？」我一頭霧水地問。

「岸先生，你也困在這裡不能回家？」

「嗯……是啊。」我不禁有些結巴。

「啊！」栩木組長詫異地走過來。

「小澤先生，你也困在這裡？」

「是啊。原本表演結束馬上就要搭車離開，但我換衣服的時候多花了一些時間，其他成員丟下我先離開了。」

「不會吧？眞的假的？」我回想起昨天精彩的表演，實在有些不敢相信，昨天在舞台上那麼耀眼的人，此刻竟像朋友一樣和我說話。

「他們約莫是想跟我開個小玩笑，才不告而別。畢竟沒人料到橋會無法通行。」小澤聖說道。

「連做夢也想不到吧。」我點點頭，接著問：「你昨晚睡在哪裡？」

「我借了個帳篷，就睡在這個露營區裡。大家應該都很累了，所以我小心翼翼避免不被發現，打擾大家休息。」

確實有道理。那些年輕人要是發現小澤聖就在這裡，一定會整晚鬧翻天，完全不把身體的疲累當一回事。

「早上我起床之後，在工作人員那裡發現這些，便拿來跟大家分享。」他繼續說道。

這時我才注意到小澤聖捧著一個大紙箱，紙箱側邊印著我們公司的商品標誌。

「那是……」

「或許是我喜歡吃零食的關係，經紀公司買了一大堆，讓大家在休息的時候吃。」他取出四包棉花糖零食遞給我們。「吃自己公司的產品，你們可能會覺得怪怪的就是了。」

栩木組長伸手接過，笑道：「你簡直像聖誕老人。」

「我發的是零食，算是聖誕節與萬聖節合在一起。」

我恍然大悟，原來外頭吵吵鬧鬧，是因爲小澤聖一大早就到處發零食。面對突如其來的狀況，他約莫想爲大家做點什麼。

瑛士慢吞吞地下床。他似乎睡迷糊了，沒想起昨晚發生的事，只察覺自己不是睡在家裡，有點搞不清楚狀況。「咦？」他看見小澤聖，也只是一臉茫然，怔怔地站著不動。

「萬聖節快樂！」小澤聖笑著將零食遞給瑛士，他才吃驚地大喊：「哇，小澤聖！」

「不曉得橋能不能修好？」

「我也不知道，但如果純粹是電力系統故障，要修理應該不會太難。不過，還有更麻煩的事……」

「什麼事？」

「就是這片濃霧，完全遮蔽了視線，直升機和船恐怕都會受影響。」

「啊，也對。」我驚覺事態不妙。原本我一直認爲到了早上，就算橋沒修好，也會有船來接我們回去。如今起了那麼大的濃霧，確實增加不少救援的難度。

「要是沒有濃霧，電視台早就興高采烈地派直升機過來，可是根本沒聽見螺旋槳的聲音。」

爲了送小澤聖離開，我們走出小木屋。瑛士開心地說：「這下我們都見過小澤聖了。」

就在這時，不遠處傳來尖叫聲。

那不是開心或興奮的尖叫聲，而是凝聚恐懼與驚慌，簡直像是朝還在半夢半醒之間的整個露營區打了一巴掌。

瑛士嚇得縮在栩木組長的身邊。

我與小澤聖面面相覷。

回過神，我已朝著發出尖叫聲的方向奔跑。剛剛有沒有先跟妻子交代一聲，我也記不得了。不，嚴格來說，是小澤聖毫不遲疑地往前疾奔，我只是拚命在他的後頭追趕。濃霧像一層面紗籠罩四周，無法看清遠方的景象。

穿過露營區的炊煮場，我們又奔跑了一會。

只見前方有七、八個人聚集在一起。「發生什麼事？」小澤聖問道。那些人轉過頭，看見小澤聖，臉上的驚恐卻絲毫沒有減少。

光從這一點，就知道事態非比尋常。

我探頭一看，馬上明白他們驚恐的理由。

地上趴著一個男人，穿著T恤的背部有著斜角方向的嚴重撕裂傷，血肉模糊，不斷有鮮血湧出。

「我剛剛走過來，就看見這個人倒在這裡。」一名短髮、穿黃色T恤的女人說道。她嚇得臉色慘白，尖叫聲應該就是她發出的。

圍觀的眾人不知如何是好，茫然望著倒在地上的男人。

小澤聖迅速彎下腰，湊近男人的頭部，一會後說：「他還在呼吸。」

「咦？」

「眞的嗎？」

眾人都吃了一驚。男人流了那麼多血，加上背部的傷勢那麼嚴重，大家都以為他死了。沒想到他還有呼吸，只是失去意識。

大家討論之後，決定先將男人搬離這個地方。問題是，要搬到哪裡？我首先想到的是我們的小木屋，但又考慮到瑛士可能會害怕，不禁有些拿不定主意。

「舞台的休息室如何？」濃霧中小澤聖仰頭望向舞台。「雖然有點遠，但揹他過去應該不成問題。」

受傷男人的體格並不算小，小澤聖卻毫不猶豫地攬起他，揹在背上。

男人發出呻吟。「我先過去了。」小澤聖彈跳般敏捷地邁出腳步，身手矯健的程度完全不輸在舞台上。

就在這時，遠處傳來野獸的咆哮聲。

留在原地的我，不由得與其他人互望一眼。剛剛男人背上的傷痕，依然深深烙印在我們的心裡。

那個傷口確實很像被動物的利爪抓傷，而且是大型猛獸。說得更明白一點，這幾乎是唯一可能的解釋。

「難道是熊？」某人呢喃：「但這裡是海埔新生地，附近根本沒有森林。」

霎時，每個人都猜到了答案。

有個遠從東歐來的馬戲團，正在此駐紮表演。

難道是馬戲團裡的動物逃出來了？

在場所有人，肯定都浮現這樣的念頭，只是沒人說出來，因爲誰也不想接受這個事實。

然而下一刻，我們卻被迫面對現實。

白茫茫的濃霧另一頭，突然走來好幾個人，每個人的身上都穿著類似雨衣的厚大衣。站在原地的我們，先是看見突然冒出一群人，愣了一下，接著發現全是外國人又嚇一跳，注意到走在最後頭的外國人身上帶著獵槍更是吃驚。

「非常抱歉！」走在前頭的一個身材矮小的外國人以日語說：「請進屋子裡，請躲起來，不要發出聲音！」那外國人顯然懂的日語詞彙並不充足，但仍努力傳達他的訴求。

「發生什麼事？」我嘴上這麼問，心裡已大致猜到。「籠子壞掉了嗎？」

懂日語的男人點頭，「昨晚的大雨壓垮倉庫，倉庫又壓壞籠子。」

明明是很嚴重的事情，卻因爲外國人用的詞句太一板一眼，聽起來竟彷彿沒那麼嚴重。

兩頭黑熊從籠子裡逃走，受到大雷雨的刺激陷入狂暴狀態。牠們朝另一個籠子猛撞，把另一個籠子也撞翻了。

「然後老虎也逃出來了呢。」外國人的日語簡直像在閒話家常。

「老虎也逃出來了？」

一股恐懼猛然湧上心頭，我的全身起了雞皮疙瘩。周圍的人紛紛說著「快躲進屋裡」，一個接著一個離開。

「請問負責照顧動物的人在哪裡？」此時我的腦海裡，浮現前幾天出現在電視上的那個一頭灰髮往上沖的男人。他在節目中聲稱「黑熊和老虎非常聽我的話」，只要有他在，應該不必太擔心。但我轉念又想，既然會演變成這種事態，恐怕他已凶多吉少。

果然，我猜的沒錯。

「葛雷醫生被抓了一下，失去意識了。」

我不清楚葛雷醫生是否眞的是醫生，那或許只是一個綽號。我只知道，我們必須在沒有訓獸師的情況下，對付好幾頭猛獸。

我一心只想趕快回到小木屋保護妻子，不過還是耐著性子，告訴外國人目前我知道的狀況。

「剛剛有個背部遭受攻擊的男人倒在這裡，已送往舞台後方的休息室。」

男人翻譯我的話，所有外國人都皺起眉，卻不太驚訝，可見不是第一次聽到有人受傷的消息。

我感覺到手持獵槍的男人繃緊了神經。

單憑一把獵槍能否保護所有人的安全，我實在擔心。

一回到小木屋，我立刻對著妻子和栩木母子大喊「事情不妙」。接著，我想告訴他們詳情，但或許是過度的恐懼和緊張控制了身體，我結結巴巴地說不出話。

「你在說什麼？冷靜點。」「岸，發生什麼事？」

「熊……」我勉強擠出這個字眼，就接不下去。「熊！熊！老虎！」費了九牛二虎之力，我又擠出這句話，聽起來卻像在開玩笑。

「熊逃出來了！還有老虎！」

終於成功說出了想表達的話，他們還是聽得一頭霧水。

瑛士一臉擔憂地輕撫我的背，彷彿希望我調整呼吸，好好把話說清楚。

落雷導致籠子毀損，兩頭黑熊和一隻老虎跑出來。剛剛聽見的尖叫聲，是有人背部受傷倒在地上，顯然是遭受黑熊或老虎攻擊。我告訴大家這個情況。

爲了避免造成太大的不安，我接著解釋：「那個人並沒有死，小澤聖揹著他到安全的地方了。」

安全的地方？我不禁反問自己。在這種黑熊和老虎到處遊蕩的環境中，哪裡才安全？如果真有那種地方，我們應該立刻前往。

就在這時，不知從何處傳來槍響。

雖然沒聽見尖叫聲，我們仍不約而同地轉頭望著與聲音來源同方向的牆壁。

我們甚至沒聽見野獸的嘶吼聲。

「現在怎麼辦？」妻子似乎不是在問我。

「或許只能待在這幢小木屋裡。」小木屋建造得還算堅固，雖然出入口只有一個，遭到襲擊或許會無處可逃，但總比在外頭安全。

妻子和栩木組長都不會反對吧。我坐下縮起身子，仔細聆聽外頭的動靜。

心跳聲聽起來異常刺耳。

我不斷告誡自己一定要保持冷靜，心跳卻越來越劇烈。

剛剛倒在地上的那個男人背上的可怕傷勢，依然歷歷在目。猛獸襲擊人的時候，絕對不會有一絲一毫的慈悲或手下留情。有多可怕，從男人背上的傷就看得出來。

「馬戲團的動物，不是都接受過調教嗎？」妻子顫抖著問。

「可能是受到驚嚇，或是大雷雨的刺激。更糟糕的是，負責調教的馴獸師受了重傷。」也可能是工作人員一時心急，企圖使用粗暴的手段制服，反倒激怒那些野獸。

小木屋雖然是以木頭建成，但設有小小的窗戶，可觀察外頭的狀況。

戶外鴉雀無聲。

那些原本在草坪上的年輕人，都躲去哪裡？

栩木組長取出智慧型手機，隨即一臉遺憾地嘆了口氣，約莫是還沒辦法使用。「岸，你覺得這次的事情會如何解決？」

「什麼意思？」我將注意力移開牆壁，轉頭問道。

「在工作上，我們不是都會這麼規畫嗎？面對問題或困境，要先設想出獲得解決的狀況，再找出實現的方法。今天這件事，你認爲可能如何解決？」

「最和平的解決方法，就是野獸恢復理性，乖乖回到籠子。」妻子說道。

我不禁心想，對野獸而言，所謂的「理性」或許指的是在受到人類飼養之前，完全依循自由與野性的自然法則採取行動的狀態。若恢復的是這種「理性」，可就糟了。

「只要有人來救我們就好了，比如開著船。」瑛士說道。

「這或許是最容易實現的方法。」我點頭同意。「只要避開熊和老虎，逃上船就不用怕了。」

但如同小澤聖所說，要實現這個狀況，必須克服濃霧的問題。要是能見度太差，基於安全考量，對方可能也不敢冒然派出船隻。

「不然，大家同心協力，把野獸抓起來？」

「雖然很危險，但似乎比被動躲著好一些。」

「逃走的野獸總共有三頭？」栩木組長問。「大概吧。」我沒辦法給出明確的答案，畢竟我也不清楚詳情。「他們說是兩頭黑熊、一隻老虎。」

「電視上說黑熊跑得很快，遇上時絕對不能逃走。」瑛士說道。

救援人員越晚趕到，要擔心的問題就越多。沒有食物該怎麼辦？我們的精神狀態有辦法一直支撐下去嗎？我們有辦法承受再熬一個晚上的恐懼嗎？如果想得更嚴重一點，一個晚上有辦法解決嗎？

「啊，有聲音！好像是廣播聲。」瑛士是第一個察覺聲音的人。

我吃了一驚，急著奔出小木屋。因爲我期待著就像車站廣播，是在告訴我們「船抵達了」。然而，我旋即聽見廣播聲說「請尋找安全的地方藏身，千萬不要在外頭走動」，頓時一陣沮喪。

在廣播中說話的人，或許就是昨天的活動負責人吧。語氣不僅非常認眞，而且流露出一股使命感。

廣播中不斷重複的訊息，包含電力系統已部分修復完畢，所以可以使用廣播，接下來會隨時宣布最新情況，請大家密切注意，以及外頭有逃脫的猛獸徘徊，千萬不要在戶外走動等等。

光是聽見廣播聲，便安心不少。雖然這次的廣播沒提供任何新消息，也沒提出化解危機的對策，卻提供了「照著某個人的話去做，或許就能化險爲夷」的期待，讓我們不再那麼戰戰兢兢。當然，這份期待或許只是一種錯覺。廣播的那個人，想必也不會知道遇上這種情況該怎麼辦。經驗再豐富的活動承辦人，恐怕也不曾遇上「橋壞了，參加者困在海埔新生地，突然有猛獸逃走」的情況。換句話說，沒有任何說明手冊可供參考。

剛剛的廣播中，提到「對岸的人正在商討派船前來救援的可能性，但無法確保航行上的安全，目前還無法安排確切的時間」。

「至少表示我們跟對岸並不是完全失聯的狀態。」栩木組長說道。

從「商討派船前來救援」聽來，確實能夠這麼解讀。「雖然手機不能用，但傳統電話或許沒有故障。」我說道。

「感覺好像可以安心，又好像不行。」妻子苦笑。

馬戲團的猛獸逃走，目前至少造成一人重傷的消息，或許已傳到對岸。可是，他們有沒有辦法派狩獵同好會之類組織的成員，攜帶獵槍前來救援，又是另一回事。

接下來有好一陣子，大家都沒說話。

瑛士與栩木組長倚靠著小木屋的牆壁，閉上眼睛。他們並未睡著，而是在等待時間趕快過去，並祈禱平安度過危機。妻子站在我的身邊，跟我一起望著窗外。我們一句話也沒說，只聽得見彼此的呼吸聲。

窗外的左右兩個方向分別有一幢小木屋，與我們距離大約十多公尺。裡頭的人想必跟我們一樣，安安靜靜地等著吧。

妻子忽然有些焦躁不安，我心想不妙，趕緊問：

「肚子裡的孩子還好嗎？」

我滿腦子只想著可能是肚子裡的孩子出狀況，嚇得面如土色。

妻子搖搖頭，堅定地回答：「孩子沒事。」

我接著又想，既然不是孩子的問題，難道是太緊張害怕，導致身體出現焦躁症狀？過了一會，我才發現完全不是原本想的那樣。她只是要上廁所而已。昨晚我們沒坐上公車，也是爲了上廁所。畢竟是生理現象，總不可能一直憋著。

露營區裡有流動廁所。剛剛外出時，我看見東方三十公尺處有一間。

「趁現在去吧。」

「我一個人快去快回就行了。」

「不，我陪妳一起去。」上廁所的期間，最好有人在外頭觀察周圍動靜。無論如何不能讓她獨自前往。「如果可以，我也想順便上一上。」

我和妻子一前一後走在草坪上。放眼望去，可看見小木屋東一棟、西一棟地坐落在各處。一旦發出聲響，可能就會有眼珠射出凶光的黑熊朝我們撲來。那股恐懼感彷彿緊緊纏繞在我們的腳上，伴隨著我們移動。到底該躡手躡腳緩緩前進，還是該粗魯地快步奔跑，我們一直拿不定主意。最後我們決定採取折衷的做法，也就是盡量不發出聲音，快步前進。

濃霧似乎漸漸散去。跟清晨比起來，霧的濃度似乎稀薄了一些。當然也有可能只是我的錯覺。

但我確實感到景色逐漸變得清晰。

「好大的濃霧。」沒見過清晨濃霧的妻子如此咕噥，然後她看著我的手問：「你在做什麼？」

我撿來長樹枝在地上畫出痕跡。「在這種大霧中，我怕找不到回去的方向，所以做個記號。」

「你眞聰明。」她說道。這似乎是認識她以來，她第一次對我表現出尊敬的態度。

不久後，我們平安抵達流動廁所，不禁鬆了口氣。

我讓妻子先進去。在她上廁所的期間，我像一座勤勞的燈塔，不斷轉動脖子和身體，觀察四面八方。附近沒有人，也沒有任何動物。但發現野獸靠近時，或許就太遲了。這個想法一浮上心頭，腹部一帶彷彿喪失所有力氣，我只想一屁股坐在地上。

我強迫自己重新振作。反正如果看見野獸，要做的事情只有一件。這麼一想，心情輕鬆了些，不再那麼煩惱。

看見野獸的瞬間，立刻拔腿奔跑，把自己當成誘餌，迅速離開。這是我唯一要做的事。無論如何，不能讓野獸靠近妻子和她肚裡的孩子。

問題在於，我能否完成這唯一的任務。

由於周圍實在太安靜，我甚至忍不住想閉上雙眼，以皮膚感受風的溫度。

流動廁所的後方，有一根照明用的柱子，上頭停著一隻鳥。我一看，心裡竟冒出「能夠飛眞好」這種逃避現實的想法，連我自己也感到哭笑不得。

等等，那隻鳥……

由於柱子很高，看不清楚，但那隻鳥有點像鳥喙宛如皮靴的鯨頭鸛。我吃了一驚。這樣的鳥，怎麼可能在動物園以外的地方看見？

我甩甩腦袋，再仔細一看，鳥不見了。

我依稀記得，不久前也曾看見這種鳥。

那是在什麼時候？

我的腦海浮現池野內議員的臉孔，他對我說：「在夢境裡。」

外頭還好嗎？

身旁傳來妻子的低語。她從廁所出來了。

於是我立刻走進廁所，以最快的速度小解完。出了廁所後，沿著原路往回走，妻子就跟在我的身後。

當初拿樹枝在地上畫出的痕跡，發揮遠比預期還要好的效果。只要跟著地上的痕跡前進就行。如果沒有這些痕跡，很可能會搞錯方向。

總之，一定要盡快回到小木屋。

當然小木屋不見得安全，但待在這種寬廣而毫無防衛手段的地方，實在太讓人膽戰心驚。途中，我改讓妻子走在前面。只見她一手扶著肚子，嘴裡說著「沒事、沒事」，或許是在安撫孩子吧。

「是那裡嗎？」妻子停下腳步，指著前方的小木屋轉頭問我。小木屋有兩幢，她問我是不是右邊那一幢。

我點點頭。

濃霧散去不少，位在遠處的小木屋也看得比剛剛更清楚。這是好現象，沒有霧的妨礙，只要在小木屋裡乖乖待著，應該就會有人來救我們。

但妻子沒繼續前進。

怎麼了？快走吧。

我低聲催促妻子。下一秒，我才發現妻子的視線越過了我，看著我的後方。接著，她突然將手放在肚子上。

怎麼了？

我想再問一次，但我沒這麼做，因為我已能想像發生什麼事。她睜大眼睛，臉頰微微顫動。只有一種情況會讓她露出這樣的反應。

於是我緩緩轉頭，望向身後。

霧氣幾乎全部散去。

大約數十公尺遠的地方，有一頭黑色的野獸，原地繞著圈子，顯然注意到我們。牠的速度不快，也沒有任何凶殘的舉動，卻害我雙腳發軟。我滿腦子只想著完蛋了，下次眨眼的瞬間，牠可能就會撲上來。

妻子慢慢移動。

她轉身面對那頭黑熊，一步步後退。

我模仿她的動作，慢慢後退。

黑熊距離我們不算近。

可是，牠一旦奔跑起來，這樣的距離恐怕幾乎等於零。我的腦海浮現牠迅雷不及掩耳地撲上來，扭斷我的脖子的畫面。

我們確認著小木屋的位置，一步步後退。必須安靜、緩慢而沉穩。我如此提醒自己，也祈禱妻子會這麼做。

黑熊面對著我們，想必已發現我們。重點在於，牠是否處於亢奮狀態，以及願不願意與我們溝通。

實際上的對峙時間可能只有幾分鐘，卻給人一種永遠不會結束的感覺。每走一步，都會產生視野即將遭黑熊覆蓋的恐懼。

妻子終於抵達小木屋，逃進門內。雖然我還在外頭，但至少放心了一半。

「快進來！」妻子在我背後喊道。

我當然想趕快進去。但轉身要奔進敞開的木門時，我驟然停下腳步。

轉身的瞬間，我看見另一幢小木屋。

那幢小木屋的門口有一對年輕男女。他們應該是剛從小木屋走出來，因爲剛剛並未看到他們。

或許跟我們一樣，想去上廁所吧。

我不斷揮舞雙手，想要警告他們有黑熊，但他們沒看見我，反而先看見黑熊。我還來不及打手勢提醒他們保持安靜，他們已尖聲大叫。

留著鬍子的年輕男人指著黑熊，嚇得全身僵硬。女人則是跌跌撞撞地轉身奔進小木屋。

男人想跟著要逃進小木屋，但就在他轉身之際，黑熊突然衝向他。看著那頭黑色野獸以彈跳的方式向前疾奔，我嚇得無法動彈。

「快進來！」妻子繼續朝我大喊，但我的身體就是動不了。

還沒聽見聲音，黑熊已奔到男人的面前。男人仰天摔倒，雙手撐著身後的地面。

就在那個瞬間，我彷彿看見一頭巨大的猛獸。

我的腦中浮現飛鏢刺入巨大猛獸口中的景象。

那景象中的我，將手裡的飛鏢扔向那頭像是黑熊與老虎合體的猛獸。

我選擇留在原地。我並未逃進小木屋，反而移動到距離我們的小木屋更遠的位置，接著用力踩踏地面，發出聲響。

黑熊轉頭望向我。

就在那個瞬間，我感到胃部猛然收縮，全身寒毛倒豎。死定了，這下死定了。我暗暗吶喊著。

黑熊的體型比想像中巨大。牠轉身面對我，似乎完全把我當成目標。

我彷彿聽見低吼聲，地面隱隱震動，但不確定是不是錯覺。

我發現腳邊有根棍子。那是長約五十公分的粗樹枝。還來不及思考，我已伸手撿起樹枝。那根樹枝頗有重量，或許可用來攻擊黑熊。我才剛這麼想，黑熊憤怒的情緒似乎益發高漲。

我不由得一步步後退。

但我不能逃進小木屋，必須在不連累任何人的前提下擊退黑熊。

到底該怎麼做才好？我毫無頭緒。

不管怎麼盤算，我都是死路一條。

我隱約聽見小木屋裡傳出妻子和栩木組長的聲音，但我根本沒有餘裕思考她們在說什麼。我不斷退後，與黑熊拉開距離，並且絕不轉身背對牠。

剛剛摔倒在地上的那個留著鬍子的男人，終於爬到小木屋門口，裡頭的人將他拉進去。所有人都在關心我的安危，雖然我看不見他們，卻能感受到他們緊張的視線。

當黑熊衝過來，我該往哪個方向跑？不論往哪個方向，都好過站在原地不動。

在氣勢上絕不能輸。

可是，光靠氣勢要怎麼對付黑熊？

我露出哭笑不得的表情。或許就在這一瞬間，我有些鬆懈，竟沒察覺黑熊與我的距離比剛剛更近。

黑熊看起來似乎比剛剛更大。可能是我的錯覺吧。或許應該說，希望是我的錯覺。

黑熊顯得更大，是因爲牠拉近了距離。

就在我想後退的時候，腳跟被方才在地上畫出的痕跡絆了一下，一屁股摔在地上。從絆倒到臀部接觸地面，時間變得好漫長。我整個人懸浮在半空中，感受著大勢已去的絕望，緩緩朝著地面落下。

黑熊當然沒放過這個機會，以排山倒海般的氣勢撲來。

忍不住想閉上眼睛之際，突然有個東西從左手邊猛然撲向黑熊，將牠撞倒。

我花了很久的時間，才辨識出那是小澤聖。他居然以後空翻的方式靠近黑熊，憑藉翻轉的力道踢了黑熊一腳。或許是他做出後空翻的動作，而不是像普通人類一樣奔跑，黑熊似乎傻住了。

黑熊起身，害怕地後退數步，馬上又擺出反擊的姿勢。

小澤聖轉身面對牠。

我、黑熊與小澤聖之間距離都差不多，形成一個正三角形。

「你沒事吧？」小澤聖的目光依然緊盯著黑熊。

「謝謝，我沒事，你呢？」話一說出口，我才發現自己的聲音變得異常沙啞。

「看來我惹怒牠了。」聽起來像是半開玩笑，小澤聖的聲音卻充滿緊張感。

黑熊明顯處於暴怒的狀態，雖然沒發出咆哮，但始終警戒及恫嚇著在翻轉中現身的小澤聖。

接下來，時間長得彷彿接近永恆，然而，實際上應該只是一眨眼的工夫。黑熊抬起上半身，高高舉起兩隻前腳。

跟我們相比，牠簡直是龐然大物。

我們不可能打贏牠。

就連小澤聖，也緊張得全身僵硬。

這時，不知何處傳來簌簌聲響。左側有個東西飛過來。轉頭一看，竟是栩木組長從小木屋跑出來，朝我們扔出紙袋。

那是我們公司的棉花糖。大量棉花糖從紙袋中散出，撒落一地。

黑熊被那聲響嚇到，轉頭望向紙袋。栩木組長轉身逃入小木屋的景象似乎又刺激了牠，牠居然朝著栩木組長飛奔而去。

糟糕！

我的腦袋還來不及細想，耳中卻聽見一道聲音。

就是現在！全看你的了！

有人在吶喊。那是誰？在哪裡？

我彷彿經歷過完全相同的場面。

此時我的動作，像在模仿一個我做過的動作。雖然不知道是什麼動作，但身體已擅自動了起來。

我握著粗大樹枝的右手舉向腦後，用力踏出一步，以宛如投擲標槍的姿勢，朝著黑熊將樹枝奮力擲出。當然，我從來沒投擲過標槍。

就在黑熊的前爪即將碰觸到栩木組長的背部時，樹枝擊中黑熊的頭部，黑熊撲地倒下。

四周圍恢復寧靜。

我的腦袋一片空白。沒有任何人做出任何動作，時間彷彿停止了。

黑熊一直沒有動彈。不知該說是牠運氣不好，還是我們運氣好，樹枝顯然擊中牠的要害。

不知經過幾分鐘——

「牠死了嗎？」我終於發出聲音，向小澤聖問出這句話。雖然黑熊很可怕，但殺死黑熊的罪過也讓我害怕。

「不知道，或許只是昏倒。」

「是不是應該趁現在把牠綁起來？」

「有道理。」小澤聖環顧四周，想尋找合適的繩索。我跟著左右張望，但就在這時，我的身體又僵住了。

這一刻，我有種時間倒轉的錯覺。

因爲黑熊就在數十公尺遠處瞪著我們。我幾乎不敢相信自己的眼睛。剛剛不是打倒牠了嗎？

下一秒，我才想起那應該是逃走的另一頭黑熊。腦袋冒出「死定了」的想法時，小澤聖瞥了我一眼，懊惱地說：「慘了，被夾擊。」我一聽，心頭更是涼了半截，感覺像腳踝突然被一隻冰冷的手抓住。

我微微側身，緩緩轉頭，看見一個物體，上頭有著黑黃交雜的體毛。一頭老虎。

遭到黑熊和老虎夾攻，我的內臟被撕裂的畫面，不斷在我的腦中盤旋。

若說雙拳難敵四手，似乎也不太對，因爲我們的拳頭比牠們多。

以人數來看，我們較爲有利，可是黑熊與老虎散發出一種殘暴無情、不受法律與規範束縛的霸氣，在在顯示我們沒有絲毫的勝算。

我低頭看著地上的零食袋。

接著，我轉頭望向小木屋。妻子站在門邊，憂心忡忡地揮著手，以眼神詢問「爲什麼不快點進來」。

我搖搖頭，舉起雙手打一個叉。

妻子愣了一下，隨即閃進門內。小木屋其餘的窗戶都朝著不同的方向，或許她想從木頭與木頭之間的縫隙觀察外面的狀況吧。

前方的黑熊緩緩逼近，小澤聖一步步後退，來到我的身邊。

「這就是『前門拒虎，後門進狼』典故的由來。」他開這個玩笑，或許只是爲了讓自己恢復冷靜。

「不，老虎在後面。」我也以玩笑話回應。

不知黑熊與老虎在想些什麼，但他們（或是她們）應該不是在對我們生氣，只是情緒亢奮，變得粗魯了些，也就是俗稱的狂暴狀態。

多半也不會有「這下逮到你們了」的想法。

所以，或許有辦法曉以大義。不，曉以大義恐怕有些困難。但就算沒辦法好好溝通，只要別再刺激牠們，或許牠們會就這麼離開，不會加害我們。畢竟雙方並非處於敵對狀態。

我不禁想起妻子，以及她肚裡的孩子。爲了他倆，我絕不能死在這種地方。這股強烈的心情，或許也印證了我非常害怕沒辦法陪伴妻子，直到她生產。

「岸，我想起來了。」身旁的小澤聖呢喃。

「咦？」

「我昨晚做了一個夢。在夢境裡，我們也像這樣站在一起。」

「在夢境裡？」

「而且，我們在對抗一頭巨大的猛獸。那頭猛獸離我們的距離更近，就在我們的眼前。原本我拿著武器，後來武器掉在地上。」

「武器？」

「一把非常大的劍，我原本舉著……」

聽著他的描述，我的腦中突然出現奇妙的荒地景色。腳下是一片紅土，空氣非常乾燥，眼前有著一頭黑熊和老虎混合而成的巨大猛獸。那猛獸的軀體比消防車龐大，幾乎無法看清全貌。牠以一對可怕的眼珠瞪著我們，體毛在風中優雅舞動，看起來好像搖曳的太陽。

我的身旁站著一個穿紅色服裝的男人，他舉著一把大劍。我低頭一看，驚覺自己穿的服裝也差不多，只是我還披著銀色鎧甲，上頭沾了不少塵土。

驀地，那頭巨大猛獸疾衝而來，宛如一輛龐大的汽車。我往旁邊一跳，避開這一撞，穿戴鎧甲的身體在地面翻滾。

我拚命想起身，巨大猛獸卻彷彿早已等著這一刻，頭一扭，又朝我撞來。牠的爪子在地上一踢，霎時塵土飛揚，泥沙有如冰雹飛落。

那些從地面挖起的泥沙，大多往我的頭頂飛來。

我趕緊翻滾到一旁，避開這一擊。

巨大猛獸再度擺出衝撞的姿勢。這一次能不能避開，我實在沒把握。

何況就算避開，巨大猛獸仍會繼續攻擊。沒撿起地上的武器，我們永遠不會有勝算。

穿紅色服裝的男人也在等待巨大猛獸露出破綻。

巨大猛獸不知何時會再發動攻擊，此時連眨眼都十分危險。

就在這時，頭頂正上方突然射來一道閃光。

我不由自主地仰望天空。

下一瞬間，眼前的景色不再是遍布紅土的荒地，而是回到剛剛我們所在的露營區。

放眼望去，盡是綠色草坪和泥土，稍遠處還可看見小木屋。

剛剛的閃光跑到哪裡去了？那是在另一個地方，並不是在這裡。我心中彷彿有一道聲音在回答自己的問題。

不是在這裡，是在哪裡？

突然，頭頂上傳來轟隆聲響。

一時之間，我搞不清發生什麼事。震耳欲聾的噪音及強風，幾乎壓得我喘不過氣。小澤聖跟我一樣，彎曲雙臂抵禦強風襲擊。

前方的黑熊已不見蹤影。至於後方的老虎，雖然沒餘力轉頭確認，但多半也逃走了吧。

一架直升機出現在空中。猛烈旋轉的螺旋槳和引擎發出的噪音及狂風攪亂我的思緒，我甚至沒察覺自己得救了。

「岸，你何必這麼緊張？」牧場課長來到我的身邊，笑著對我說。

我看著擺在會場前方的長桌，回答：「記者會讓我心有餘悸。」

「不曉得部長會不會又失言，對吧？」

雖然牧場課長說得一派輕鬆，我卻笑不出來，因爲並非不可能。

「別想太多，今天的記者不是爲了譴責而來。」

發生在「聖若翰園地」的這起事件，到底算是「意外」還是「過失」，沒人說得上來。可以肯定的是，這起事件在社會上引發熱烈討論。

「如果能夠明確找出一些壞人，當成茶餘飯後的話題會更合適。」

「課長，請別說這麼可怕的話。」

這是一起很難找出壞人的案子。別的不提，光是大雷雨就是難以預防的天災。至於橋梁毀損及機械的電力系統故障，如果原因在於施工缺陷或是承包商貪污舞弊，勢必會引來社會輿論撻伐，然而，事態並未如此發展。兩頭黑熊和一隻老虎自然也沒有受到責罵的理由，牠們只是因爲突如其來的狀況陷入慌亂。後來一群獵人乘船趕到，以麻醉槍將牠們麻醉，重新送回籠子裡。馬戲團當然在某種程度上受到譴責，只是，監視器拍出訓獸師「葛雷醫生」爲了阻擋猛獸逃脫，不顧自身安全，最後受重傷的畫面。這段影片公開之後，雖然還是有少數人無法原諒馬戲團，但大多數人的感受都是「想氣也氣不起來」。

當然，不是譴責壞人才能成爲新聞，表揚好人也是相當好的題材。最值得表揚的好人，當然非小澤聖莫屬。多虧有他，我才能在黑熊的攻擊下逃過一劫，露營區的所有人也因爲他增添不少勇氣。

除此之外，還有我。我也受到讚揚。雖然我什麼也沒做，只是拚命壓抑恐懼，站在原地直發抖，但大家似乎認爲我是故意走到屋外，阻止猛獸襲擊他人。

更有趣的是，連我們公司的商品也成爲幕後功臣。雖然只不過是栩木組長扔出那包零食，若說那包零食在危急中救了我們一命，似乎也沒錯。

剛開始，高層主管要求我必須出席記者會。如果是圖釘事件，上頭命令我出席，就算想拒絕也不行。可是，這次開記者會的目的並非道歉，何況我也不是什麼公眾人物，再三懇求下，高層終於准許我不出席。後來宣傳部長突然舉手，聲稱要「代爲向社會大眾說明」，高層便同意了。

部長認爲這是「爲公司打廣告的絕佳機會」，但包含牧場課長在內，許多人都主張「做得太露骨可能會導致反效果」，勸他別輕舉妄動。

「好吧，不然我來聊聊創業的初代社長事跡。」宣傳部長又興沖沖地說道。話一出口，再度引來一陣阻擋。

二戰剛結束時，我們公司只是一家小小的零食店，全靠創業的初代社長發展成大型零食製造商。他流傳下來許多幸運的事蹟，在公司裡名聲響亮，甚至接近偉人的程度。然而，要吸引社會大眾的好奇心，恐怕還差得遠。

由於創業的初代社長的畢生心願，是在公司大樓外牆裝設大型螢幕，部長感慨萬千地說著「如果當初實現了這個心願，現在就能在大電視上重複播放」。聽了這句話，我不禁慶幸公司外牆沒有大型螢幕。

更值得慶幸的是，社會大眾和新聞媒體關注的焦點一直圍繞在小澤聖，以及搭直升機前來援救我們的池野內議員身上。

據說，當天池野內議員住在宮城縣的某情婦家裡。透過新聞報導，他得知聖若翰園地發生的事情。隔天早上，各方顧慮濃霧都不敢隨便派出直升機或船隻，他卻強行乘著直升機進入聖若翰園地。更誇張的是，他搭乘的竟是情婦的私人直升機。太多可以追究的細節，大家反而不知該先從哪裡挖掘內幕。

那個情婦是池野內議員的小學同學，如今住在宮城縣。我原本有些擔心池野內議員，他竟隨口說出自己有情婦的祕密，搞不好會丟掉議員的身分。沒想到，社會大眾的批判聲浪不算太強烈，我實在摸不著頭緒。

雖然池野內議員滿不在乎地承認有情婦，但他強調在第一時間搭乘直升機進入聖若翰園地，是爲了拯救受困的民眾，只要能夠確保民眾平安，犧牲名聲也在所不惜。或許正是這套說詞，讓社會大眾認爲他「畢竟做了一件好事」。

當然有人批評他沽名釣譽、趁機賺選票，不過仔細評估他的行爲帶來的利弊得失，會發現「擁有私人直升機的富豪情婦遭世人察覺」帶來的壞處比較大。這意味著，要是真的那麼在乎名聲，他理當選擇置身事外。若從這個角度來看，似乎可將池野內議員認定為一個熱心助人的傻瓜，而不是奸詐狡猾、工於心計的人。因此，大約有一半的民眾認為不應該過於責備池野內議員。我很想大喊「你們都被他騙了」，卻也想到他說過的那句「不知有幾個政治家，願意將廣大民眾及國家的利益放在自身的利益之前」。或許他這麼做，是為了實現政治理念。池野內夫人表現出一副「這沒什麼大不了」的態度，約莫也是原因之一。在她說出那句「我都沒生氣，大家在氣什麼」之後，眾人漸漸覺得替她罵老公實在沒意思。

記者會正式開始。記者們連珠炮般提問，閃光燈此起彼落。

轉頭一看，栩木組長也來了。她站在會場的角落。前幾天她告訴我，由於兒子瑛士也是當事人，再加上瑛士親眼目睹小澤聖、黑熊和老虎出現在同一場面中，這種難得的經驗讓他在學校成為風雲人物，他也漸漸願意去上課了。

小澤聖亮眼的外貌和爽朗的個性，池野內議員認真的態度和曝光的偷腥行徑，宣傳部長不會看場合說話的少根筋論調，種種要素巧妙形成平衡，整場記者會呈現和樂融融的氣氛。

我的智慧型手機忽然又收到簡訊。從聖若翰園地平安歸來之後，或許是上了電視新聞的緣故，許多朋友、常去的酒吧老闆、研修期間照顧過我的便利商店店長，都紛紛傳訊息給我。當然，父母也打電話來關心我。母親抱怨我怎麼捲入這種風波，雖然想立刻趕來幫我，但父親最近又閃到腰，沒辦法留他一個人在家裡。我回訊解釋一切已結束，要她好好照顧父親，不必為我掛心。

這次傳來簡訊的，是我學生時代的好友，也就是當年跟我一起在金澤遭遇火災的同班同學。

他關心我的狀況，稱讚我化險爲夷的應變能力，最後的結論是「下次見面時告訴我詳情」。

我不禁心想，到底要從哪一件事說起？如果是在聖若翰園地經歷的那場驚魂記，當然可以告訴他詳情。但其他相關的事情，例如「夢境」的部分，實在不知該如何說明。別說是從前的同學，連妻子也還蒙在鼓裡。

經歷聖若翰園地的事件後，我被送往石卷市的醫院接受精密檢查。在那裡，我、池野內議員、小澤聖，三人開了一場祕密會議。

時間是深夜，地點是關掉大部分燈光的醫院休息室。

「昨天晚上，我和你們一起對抗巨大的野獸。」池野內議員說道。

小澤聖用力點頭，「我記得，那是一頭巨大的熊吧。不過，好像還混合一些老虎的特徵。」

我的腦海浮現那頭巨大猛獸的模樣。當初與馬戲團黑熊對峙時，眼前掠過那幕景象。雖然根本不記得做過什麼夢，但我清楚記得那個景象，無法一笑置之。

多虧池野內議員從遠處拋出一顆發出閃光的球，巨大猛獸稍微退縮，我才有機會拾起武器。

那到底是什麼景象？

那是一場夢，池野內議員再度說得斬釘截鐵。

「在金澤的飯店裡遇上火災的那一晚，我們也在夢中一起戰鬥。當時我們對抗的是蜥蜴，一頭會噴火的蜥蜴。」

多半是池野內議員有記錄下夢境內容的習慣，他說得非常有自信。

小澤、岸，我從那一大堆布告紙裡挑出你們，後來我們三人一同並肩作戰。

Chapter 3

火焰與骰子

一名穿黑色鎧甲的男人，走在一條石塊堆成的隧道內。每走一步，便發出沉重的腳步聲，但男人的步伐非常輕盈。陽光從石塊之間的縫隙射入，形成數道光柱，因此視野不算太陰暗。隧道的寬度勉強可容兩個人擦身而過，只是，此時隧道裡除了他之外，沒有其他人。

男人來到廣場。廣場上並排著許多圓桌和椅子，角落懸吊著許多布告紙。每張布告紙上都有大頭照，尺寸比真人小一點。每張紙上的人像都不相同，數量非常多，人像的下方還印著數字。

穿黑色鎧甲的男人逐一查看每張紙上的人像。

有些是男人，有些是女人，但全都模模糊糊，看不清楚。不管是拿近或拿遠，都沒辦法清楚辨識上頭那些人的長相。其中唯有一張，人像非常清楚，是年輕男人的臉。穿黑色鎧甲的男人並未想太多，將那張布告紙取了下來。那一瞬間，布告紙竟消失了。接著，男人又在不遠處發現一張人像清楚的布告紙，於是又捏著上方邊角取下。

就在此時，我醒了。我從床上起身，坐在床緣發了一會呆。

剛剛到底做了什麼夢？試著回想，卻毫無頭緒。於是我很快站起，不再繼續想下去。

眼前的景色，是我熟悉的小屋。起身之後，我忽然察覺不太對勁。平常我總是能在這裡取得地圖，今天卻沒看見。

我試著找了一會，還是沒找到。

沒有地圖，該怎麼辦？今天我該做什麼？還是今天我什麼也不用做？

這麼一想，我每次都是一早起床便前往村莊的郊外，打倒各種巨大的猛獸。

偶爾一天什麼也沒做，應該不算過分吧。問題是如果什麼都不做，要如何打發時間？睡了那麼多天，我實在不想再睡了。

我打開房間角落的箱子，裡頭有一套鎧甲。我取出鎧甲，穿在身上。

武器打一開始就確定了。一種名爲「擲鏢」的武器。簡單來說，就是飛鏢上綁著一根繩索。

我到底準備要做什麼？雖然心裡浮現這個疑問，我卻沒停止手上的動作。身體彷彿脫離我的掌控。

離開小屋，往前走了一會，來到熟悉的圓形廣場。

這裡的景色從來沒變過。噴水池附近依然佇立著那隻有如雕像的鯨頭鸛。

要是我手上有地圖，拿去見鯨頭鸛，牠就會以翅膀指示我前進的方向。但今天我沒有地圖，狀況和平常不太一樣。

鯨頭鸛前方站著一個陌生的男人。

男人身穿黑色鎧甲，拿著短劍，腰帶上掛有一顆球。

「稍等一下，還差一個人。」男人這麼對我說。

「噢，對。」這一瞬間，我竟全都明白了。不曉得是我原本就知道今天的預定計畫，只是一時忘記，或者是男人的一句話便讓我全盤理解狀況。總之，我們還有一名同伴。

我微微轉頭，看見遠方有一些人影。由於輪廓模糊，有點像是海市蜃樓。或許是這個緣故，顯得十分遙遠，實際上距離可能頗近。那些多半是與我無關的人，所以只能看見模糊的景象吧。

「地圖……」我指著男人的手。他的手上，有一張捲成圓筒狀的地圖，跟平常我在小屋裡取得的地圖一模一樣。「平常我也有，今天怎會沒有？」

「今天的做法，是可以選擇一起行動的同伴。」

「今天的做法？」

「不論任何事情，都是早已規定要這麼做，或是早已註定會變成某種狀態，不是嗎？」

「早已註定會變成某種狀態？」

「難道你從來不曾感覺，身體被自己以外的人操控著？」

「我也說不上來。」我只能這麼回答。或許他指的是受到命運操控之類的感覺吧。

「這次的對手，一個人肯定應付不來。」他舉起地圖說：「所以必須找幫手。」

不久之後，又來了一個穿紅色服裝的男人。他並未穿鎧甲，看起來一身輕巧。衣服上除了污漬之外，還有一些過去戰鬥留下的痕跡，但沒有破損。然而，最明顯的特徵是他揹著一把大劍，比他的身軀大得多。

穿黑色鎧甲的男人攤開手上的紙。那果然是一張地圖。男人拿給鯨頭鸛看，鯨頭鸛伸出翅膀，指向西南方。

穿黑色鎧甲的男人邁步前進。穿紅色服裝的男人輕快地跟在後頭，彷彿背上的大劍完全沒有重量。我走在最後面。不經意地瞥了鯨頭鸛一眼，那有著巨大鳥喙的嘴角微微上揚，似乎在竊笑。我吃了一驚，但回頭確認時，牠又恢復往常的撲克臉。

一小塊岩石裂成碎片。岩石所在的位置，就是我剛剛所站的地方。只要慢半拍，我恐怕就凶多吉少了。

一時之間，我不曉得到底是什麼東西射來，只能愣愣看著岩石碎屑漫天飛舞。

忽然有人大喊一聲「危險」。那個穿紅色服裝的男人，指著我大喊。我立即一蹬，躍向半空中。下一瞬間，腳底下再度炸裂。雖然沒直接擊中我，但強大的風壓導致我失去平衡。接著，我跌落地面，翻滾好幾圈。

我趕緊起身，轉頭望向那頭蜥蜴。

那四條腿趴伏，腹部緊貼地面的土黃色生物，冰冷地凝視著我。

牠的身體彷彿包覆著一層乾燥的岩塊。嘴的形狀有如鱷魚，一根舌頭在血盆大口內不停蠕動。

我恍然大悟。

多半是牠以極快的速度射出舌頭，擊碎岩石。

牠的舌頭又閃一下。以爲那舌頭又要射過來，我做好跳躍的準備。沒想到，遭受攻擊的是穿黑色鎧甲的男人。

穿黑色鎧甲的男人高舉著劍，蜥蜴舌頭擊中他的腳下地面。一時閃避不及，他摔倒在地。

穿紅色服裝的男人奮力跳起，他多半是想趁蜥蜴吐出舌頭的瞬間發動攻擊吧。只見他張開雙腿，在岩石之間跳來跳去，接著雙手舉起背上的大劍。那麼大的一把劍，他居然能夠輕鬆掌控，實在令人吃驚。

但蜥蜴像鞭子一樣甩出尾巴，纏繞在穿紅色服裝的男人身上。

現下不是在一旁發愣的時候，我趕緊拔腿疾奔。一面奔跑，一面握緊手中的飛鏢。

極爲接近蜥蜴時，我發現蜥蜴的身體逐漸變紅。

剛開始，我沒想太多，以爲是夕陽餘暉照射在蜥蜴的土黃色外皮上，反射出紅光。甚至不禁有些感動，那顏色紅得眞美。

我左腳在大岩石上一蹬，躍至空中，打算對著蜥蜴的頭部擲出飛鏢。

我懸浮在空中，俯視著蜥蜴。

蜥蜴一定會以舌頭攻擊我，因此我奮力舉起右臂，想搶先一步擲出飛鏢。

這時我才察覺，蜥蜴的尾巴伸進背後的池塘。

池塘的水面上漂浮著鮮紅色蓮花。水本身也是紅色，正在微微搖蕩。

「那池塘裡的水，原來是火焰之水。」

不知何處傳來說話聲，似乎是未來召開反省會議時，某人的話穿越時空，被現在的我聽見。

「牠的尾巴就像幫浦，把火焰之水吸進體內。」

蜥蜴的尾巴微微顫動，確實很像在吸取紅色池水。

我暗暗大喊不妙，下一秒蜥蜴已張開血盆大口。我趕緊舉起盾牌，擋在身前。
但從蜥蜴口中噴出的不是舌頭，而是火焰。於是我的身體被火焰包覆，整個人向後彈飛。
宛如龍捲風的狂風將我吹得不停旋轉，接著，我被吸進蜥蜴的體內。

ビジネスホテル

「小澤、岸，我從那一大堆布告紙裡挑出了你們，後來我們三人一起並肩作戰。」

從聖若翰園地被送進醫院的那天晚上，在樓層角落的休息區裡，池野內議員對我們這麼說道。「在夢中的戰鬥，與我們的現實生活有關。在金澤的飯店遭遇火災的那天晚上，我們在夢境裡也曾並肩作戰。」

「你連那天晚上做的夢也記錄了下來？」我忍不住問。

池野內議員點點頭，「那次是一頭巨大的蜥蜴，嘴巴會吐出火焰。」

我感到有些困擾。池野內議員的論調總是如此天馬行空，卻又說得煞有其事。我甚至開始認爲，或許不要理他才是最正確的做法。但接著又想起當初與黑熊對峙時，我也產生幻覺。在九死一生的危急關頭，我看見自己身穿鎧甲、手持武器，與巨大的猛獸戰鬥。雖說是幻覺，卻異常清晰。

池野內議員的眼神犀利，看出我心中的迷惘，湊過來問：「如何，是不是想起什麼？」

「沒想起什麼，只是有點模糊的印象……」我不願意全面認同他的說詞，給了個模稜兩可的回答。然而，小澤聖卻斬釘截鐵地說：「我看見了。」

「你看見什麼？」

「遭黑熊和老虎前後夾攻時，我看見一頭外型像熊的巨大怪獸。」彷彿曾在一個完全不同的地方，與他們一同對抗巨大的猛獸。這種感覺似乎一直殘留在我的體內某處，或是腦中一隅。我承認自己也有這樣的印象。當時我拿著投擲用的飛鏢，穿紅色服裝的男人揹著一把大劍，簡直像是漫畫裡的設定，毫不真實。然而，我卻覺得十分熟悉，好似發生在現實生活中的事情。

「夢境裡的戰鬥，與我們的現實生活有關。」池野內議員再次強調。

「怎樣的關係？」

「什麼意思？」不僅是我，連小澤聖也感到詫異。

「簡單來說，只要我們戰勝夢境裡的猛獸，現實生活中面臨的問題也會順利解決。」

池野內議員的口氣，堅定得彷彿是已驗證的定律。

「只要戰勝，就會解決？」

「怎樣的問題？」小澤聖跟著問。我不禁鬆了口氣，像是得知聽不懂老師在說什麼的學生不止我一個。

「發生在現實中的問題，或者該說是事件。」池野內議員仔細解釋，並未因學生太駑鈍而發怒。「比如，今天發生在聖若翰園地的事件。」

落雷破壞橋梁，遭老虎和黑熊夾攻。

「今天我們能夠獲救，不是多虧你及時搭直升機趕到嗎？」我說道。這與夢境沒有任何關係。

「話是沒錯，但我恰巧來到仙台……」

是恰巧為了見情婦來到仙台吧。

「而且情婦願意讓我使用直升機，全是我們在夢境裡成功打倒像熊一樣的巨大猛獸的緣故。」

我很想吐槽「你愛怎麼想，是你的自由」，偏偏不能這麼說，畢竟這件事跟我和小澤聖都有關。他宛如虔誠的傳教士，想盡一切辦法要讓我們接受他提出的教義。但那種充滿自信的口吻，反倒讓我心裡充滿不安。

「岸，上次你公司的那件事也一樣。當時我做了一個夢。所有夢境的內容，我都會記錄下來，絕不會錯。」

「你指的是，商品裡混有圖釘那起事件？」

「實際上，只是我的妻子自導自演，商品裡根本沒有圖釘。岸，那也是你在夢境裡戰勝怪物，才改變現實中的局勢。你剛剛不也說了嗎？你想起對抗怪物的記憶。」

我愣了一下，不記得曾使用那麼明確的詞句。

「你在戰鬥中獲得勝利，所以你們公司的圖釘事件順利解決，沒鬧得更大。」

你在說什麼鬼話？腦袋有問題嗎？我壓抑下想這麼反駁的心情，提出另一個質疑：「但……池野內，那起事件不是讓你吃了不少苦頭嗎？如果我們在夢中獲得勝利，為什麼你會……」回想起來，那起事件演變成誣賴事件，池野內議員還為此召開記者會道歉，形象大受打擊。

「因為我輸了。」池野內議員說得輕描淡寫。

「我不是贏了嗎？」

「那一次我們並非並肩作戰，我的對手是……」池野內議員翻開筆記本，看著上頭的內容說：「一隻巨大的猿猴。我獨自對付巨大猿猴。」那大概就是池野內議員的夢日記吧。

「等等，你剛剛不是說，我們是並肩作戰嗎？」

「每次的狀況不太一樣。這次的巨大黑熊，我是跟你們合作，有點像是團體戰。但圖釘事件那次的巨大猴子……」

「是你的個人戰？」

「我輸了，所以落得那種下場。」

我差點脫口說出「原來如此」，但仍有想不通的疑點。如果當時池野內議員也贏了，事態會如何發展？難道會變成他的妻子並未說謊？不，圖釘騷動早在他做夢之前就發生，即使他在夢中贏了，也不太可能往前回溯，改變肇因。這麼說來，應該是他妻子的謊言不會被揭穿？如果我又在戰鬥中敗北，我們公司的信譽可能根本沒有挽回的機會，整件事情會一發不可收拾？

「我還是不明白。」我老實說出自己的心情。「夢境怎會跟現實扯上關係？」

「如果晚上睡得好，我白天跳舞會更有精神。」小澤聖半開玩笑地說：「但你應該不是這個意思？」

「你們都記得曾與怪獸戰鬥，對吧？」池野內議員再度向我們確認。

其實我並沒有清楚的記憶，只是依稀看見與巨大猛獸戰鬥的情景。

「我們第一次見面，是在八年前發生火災那天，當時我們住在同一家飯店。那一晚，我們也在夢裡相遇。」

「在夢裡……？」小澤聖重複這句話，顯然也跟不上池野內議員的論調。

「那一次，我們對付的是巨大蜥蜴。」

聽到「巨大蜥蜴」時，眼前彷彿閃過一道紅光。那是蜥蜴噴射出的紅色高熱光束。不，那不是光束，是火焰。蜥蜴張開血盆大口，噴出火焰。

我不禁甩甩腦袋。那幕景象到底是哪來的？

「蜥蜴的尾巴……」我喃喃自語。蜥蜴的長尾巴伸進紅色池塘，吸起火焰之水。那畫面宛如閃光燈的亮光，在我眼前一閃即逝。

小澤聖轉頭瞥我一眼。那表情並非輕蔑，而是錯愕。或許他也有相同的記憶。

池野內議員精神一振，或許是十分滿意我們的反應吧。「沒錯，後來我們打倒那隻大蜥蜴。」

池野內議員，爲了下一次選舉著想，最好別再說這種話。我忍不住想提醒他。

「八年前金澤的那場飯店大火，我們能夠得救，靠的是消防隊員的機智。」小澤聖說道。

逃生梯只能下到三樓，來不及逃出飯店的旅客全卡在梯子上。飯店內的火勢迅速蔓延，我們仍擠在逃生梯上動彈不得。消防車雖然抵達了，卻無法進入巷內，焦躁的喧鬧聲此起彼落。周遭瀰漫著濃煙與熱氣，我們無計可施，只能乾著急。

幾乎喪失求生意志的時候，消防隊員爲我們化解了危機。

「不，我們能夠得救，是因爲打倒巨大蜥蜴。」池野內議員沒有絲毫猶疑。簡直像是最虔誠的信徒，深信教義絕不會出錯。「上次提過，我小時候有一陣子遭到欺負，對吧？當時的情況也一樣。」

「你小時候就打贏過怪獸？」

「那是一頭看起來像狼的怪獸。在我的記憶裡，那是我第一次打贏怪獸。我戰勝那頭狼，所以掙脫了遭校園霸凌的困境。岸，你不是也有類似的經驗？」

「你的意思是，我也曾在夢裡戰勝了狼怪？但我實在不這麼認爲。」我能夠克服霸凌問題，靠的是自身的努力。我是憑實力獲得成果。

池野內議員似乎察覺我不服氣，趕緊說：「在夢中戰勝怪獸，也是你的努力。」

「裡頭那個才不是我」我忍不住想反駁。但「裡頭」是哪裡？「那個」如果不是我，又會是誰？面對這些問題，我回答不出來。

「還有，我的父親腦中風，後來能夠恢復意識，也是基於相同的理由。」池野內議員接著道。

「可是我的父母感情不睦，後來他們眞的決定離婚。」我嘴上反駁，心裡卻補一句「雖然他們又復合了」。

「這就是勝利和落敗的差別。」

「人生中遇上的所有麻煩，都與我在夢中跟怪獸的戰鬥有關？天底下眞會有這種事？」

「當然不是全部有關。」

「否則，我們就得一天到晚跟怪獸打架。」小澤聖笑道。

但我甚至沒辦法排除這個可能性。或許我眞的一天到晚跟怪獸打架，只是不記得而已。

「世上每個人都是如此嗎？啊，這個問題的前提是，池野內的假設都是眞的……」我先下了一個囉嗦又複雜的但書，簡直像某種推託敷衍的藉口。「除了我之外，連我的妻子，以及其他人，都是靠著在夢裡戰鬥，改變現實生活中的情勢？」

「這我就不清楚了。」

「說明書上的障礙排除頁沒寫嗎？」小澤聖開了個玩笑。「如果只有特定的人才會遇上這種狀況，表示我們是被選上的人，聽起來頗有優越感。」

「但以這次的聖若翰園地事件爲例，困在露營區的人很多，難道我們三人可以決定所有人的命運？」

「或許其他人也在自己的夢境裡與怪獸交戰過。」

「那不就到處都有人在跟怪獸對決？」

「這只是一種可能性。所以就算我們落敗，只要其他人勝利，我們也能得救。當然也可能是相反的情況。」

陷入一陣沉默，我們不約而同喝起從自動販賣機買來的飲料。

「只要在夢境裡獲勝，現實的局面就會好轉。」池野內議員忽然開口，彷彿在宣布某種政治訴求。

「只要在夢境裡獲勝……」我忍不住重複這句話。聽起來有點像把責任轉嫁給他人。

「好比我們在睡覺的時候，會有小精靈偷偷來幫我們製作鞋子？想想眞是輕鬆。」小澤聖笑道。

原本無力扭轉的情勢，卻受到其他要素影響，往好的方向發展？確實相當振奮人心，但我實在沒辦法囫圇吞棗地接受。

池野內議員想表達的論點並不難懂，只是太荒誕不經，太抽象又不科學，不管是相信或反對似乎都站不住腳。

轉頭望向窗外，天空染上夜色，隱約可見一片片薄雲。我想著差不多該睡了，卻又不禁期待「是不是會做夢」。

「爲什麼是我們三個？」小澤聖問道。

我也有這樣的疑問。

當然，我並未全盤相信「夢中的輸贏會影響現實」這種說法，但如果退讓一步，假設是眞的，接下來需要思考的就是「爲什麼我、小澤聖和池野內議員，會並肩作戰」？

「因爲我在夢境裡選擇你們。」池野內議員淡淡回答。「在挑選同伴的地方，我選中你們的布告紙。」

「爲什麼你會選擇我和小澤聖？」

「只有你們的布告紙看得清長相，其他布告紙都模糊不清。」

我聯想到使用電腦軟體的時候，有些選項會以灰色字體呈現，代表無法選擇。按照這個論點，是否代表從一開始，他就只能選擇我和小澤聖？

「與以下是我的假設……」池野內議員睜大眼睛說：「或許在這世上，只有某些特定的人才會在夢中怪獸交戰，並非所有人都會遇上此一現象。」

「優越感。」小澤聖五味雜陳地說道。

「發生金澤那場火災的時候，投宿飯店的旅客中，只有我們三人符合條件。」

「我們就像是夢中負責戰鬥的人員？」

「沒錯，就像是負責人員。當發生重大事件的時候，如果在周遭有戰鬥人員，就會進行夢中戰鬥。只要勝利，就會大事化小、小事化無。」

「原本可能會發生重大慘案，但相關人等中如果有夢境戰士，便可得到一次大逆轉的機會？」小澤聖笑著問。

小澤聖明明是在開玩笑，池野內議員卻心滿意足地深深點頭：「沒錯。」

我們無法確認這個假設到底是對是錯，只好再度沉默。

不知現在幾點，是不是差不多該散會？

「那頭巨大的熊，幾乎和大卡車一樣大……」小澤聖呢喃。

小澤聖的描述，跟當初浮現在我腦海的那頭猛衝過來的熊一模一樣。牠有一身美麗的毛，在風中微微搖曳。

池野內議員的話雖然令人難以置信，但我們做了相同的夢，這是不爭的事實。那該稱爲集團幻覺，還是集團做夢？

「我記得自己刺了牠一劍。那把劍非常巨大，簡直像一截原木，必須用雙手才握得住。後來我打不過，被牠幹掉了。那是輸了吧？按照池野內的說法，落敗之後事態應該不會好轉，不是嗎？感覺有點說不通？」

池野內議員聽到自己的論點受到質疑，恍若大夢初醒，以不再亢奮的冷靜表情說：「這部分的細節，我也還沒有全盤理解。」

相較於我從前對「議員」的刻板印象，池野內議員給我的感覺是個性溫和、不擺架子，而且身段低。但在這件事情上，他展現出頑固的一面，儼然是令人望而生畏的專制領導者。當然，這不見得是壞事。身爲政治家，某種程度的霸道和自信都是不可或缺的條件。

當天的交談，就在此畫下句點。我回到病房。雖然想對池野內議員那些話一笑置之，卻辦不到。我滿腦子都思索著八年前那場火災的事。

我和兩個大學時期的好友，計畫一趟只有三個男人的金澤之旅。

我們租車沿著千里濱海岸兜風，參觀了兼六園，後來在我的要求下前往法船寺。

這座寺院從江戶時代就流傳著「義貓殺巨鼠」的著名傳說。

「原來你這麼喜歡貓？」朋友問。

「其實我不喜歡也不討厭。」我回答。

據說，昔日法船寺裡住著一隻巨大的老鼠，僧侶相當害怕。後來僧侶飼養一隻貓，希望能對抗老鼠。沒想到過了許久，那隻貓一直沒採取行動。

「有一天，僧侶夢見了那隻貓。貓在夢裡告訴僧侶，『只憑我一隻貓，沒辦法對抗那隻巨鼠，我得找同伴來幫忙』。隔天那隻貓就不見了，不久之後，牠眞的帶回來一隻居住在能登的貓。」

「原來貓也講義氣。」

「現實中那隻貓眞的帶了另一隻貓回來，所以僧侶那個夢算是預知夢吧。」

「後來那兩隻貓眞的合力打倒了大老鼠？」

「打倒了，但戰況太過慘烈，最後兩隻貓也死去。」我說道。於是僧侶爲貓蓋了墳墓，每天供奉祭拜。

「僧侶不忘貓的恩情，眞是偉大。」朋友感慨地說道。「我也這麼覺得。」我回答。

當天晚上，我們就在飯店裡遇上火災。

在清醒之前，我做了一個夢。原本我將這件事忘得一乾二淨，直到現在才想起來。在一片紅土大地上，我面對一頭巨大的蜥蜴，手裡握著一種名爲「擲鏢」的武器。

我察覺火災的原因不是燒焦味或熱氣，而是聲音。多半是飯店裡的某處有類似木材的東西正在起火燃燒。

起初，我以爲那嗶嗶剝剝的聲音馬上就會停止。沒想到，不僅沒停止，而且越來越大聲，於是我醒了過來。那一瞬間，我驚覺房裡的溫度高得不尋常。

我花了一點時間，才想起自己不在家中，而是金澤的飯店。

我低頭看著雙掌，不知爲何，總覺得不久前緊緊握著什麼東西。我似乎握得非常用力，導致手掌隱隱發疼。我試著想從手掌上找出一些痕跡，但看來看去，什麼痕跡也沒發現。

不僅如此，我依稀記得做出投擲的動作。把某樣東西拋出去，再拉回來。

還在納悶，外頭傳來呼喊聲。原本以爲是喝醉的旅客通過走廊，但想躺下繼續睡的時候，我又聽見一道聲音。

失火了！

隱約有人這麼喊著。

就像腦袋被勾住，我跳了起來。兩個朋友仍在呼呼大睡，我趕緊喚醒他們。快起來！失火了！我的聲音微微顫抖，從沒想過人生中會有喊出這種話的時刻。

兩個朋友都睡迷糊了，我拚命解釋，他們依然搞不清狀況，反倒怪我睡迷糊了。我不管三七二十一地把他們拉起來。

接著我走向門口，透過門眼觀察走廊上的狀況，但什麼也看不見。

於是我鼓起勇氣打開門。兩個朋友跟著探向門外。下一秒，我連忙以浴衣的袖子掩住口鼻。走廊上煙霧瀰漫，彷彿大澡堂的水氣搭著電梯跑到樓上。煙霧中，還可看見倉皇逃竄的人影。

我忍不住劇烈咳嗽。

由此可知那不是水氣，而是濃煙。我吃了一驚，趕緊縮回房裡，差點與身後的朋友撞個正著，但不是在意這種事的時候，得盡快查看貼在門上的逃生路線圖。

「出去後右轉，筆直走到盡頭，會看見逃生口。」我故意大聲念出來。

眼角餘光瞥見兩個朋友頻頻點頭。

雖然搞不清狀況，但也只能闖一闖。

我們三人以浴衣的袖口摀住臉，一走出房門，便沿著右邊走廊前進。濃煙幾乎遮蔽視線，幸好不久就看到逃生口的標誌。

我們來到走廊盡頭，打開逃生口的門。

此時逃生梯上已有不少人，雖然不到人擠人的程度，卻形成長長的人龍。大多數的人都穿著浴衣，跟我們一樣以袖子掩住口鼻。

來到這裡，我頓時鬆了口氣。跟著隊伍下樓，應該就能平安獲救。

然而，隊伍不知爲何一直沒前進。

怎麼了？現在是什麼狀況？

每個人都在問，但誰也不曉得答案。

樓上有人在罵「到底在幹什麼」，樓下有人在喊「究竟是怎麼回事」。除此之外，還有人大叫「別推」、「危險」。要是引發恐慌，可能會釀成慘劇，當時已出現徵兆。

「大家冷靜點！」樓下有人呼籲。

沒錯，這種情況下更需要保持冷靜。

我做了一次深呼吸。兩個朋友見狀，跟著深吸一口氣。

不一會，樓下幾個嗓門較大的人，開始傳遞訊息。

「三樓以下的逃生梯壞了！」「到三樓就下不去！」

樓上的人聽見，繼續把消息往他們的樓上傳。

「只能下到三樓？」「怎會發生這種狀況？」「聽說是幾天前被車子撞壞。」「逃生梯也會壞掉？」

我們以連珠炮般的速度互相大喊，旅客們也都大聲說出自己的主張。

「還是往上逃？」「逃到屋頂嗎？」

說這些話的到底是我們還是別人，我也記不得了。我只記得後來大家馬上發現無法逃往屋頂。

因爲逃生梯根本沒通到屋頂。這次輪到樓上的人將這個訊息依序往下傳。

「還是進去吧？」朋友提議，我點點頭。在逃生梯上進退兩難，想想也很可怕。

於是，我拉開不久前才關上的逃生門。

不料，走廊上滿是濃煙，什麼也看不見，顯然走兩、三步就會呼吸困難。

我趕緊又關上門。

「走廊回不去，逃生梯又下不去。」「難道我們要一直待在這個地方？」

某人說出這句話。難道我們要一直待在架設於建築物外側的逃生梯上？

從樓上到樓下，我稍微數了數，約有五、六十人困在逃生梯上。雖然這家飯店的規模並不大，但人數未免太少。或許大部分的人都已逃走，留在這裡的都是逃得太慢的人。

我的腦海浮現「進退兩難」這個成語。

「現在該怎麼辦？」朋友問，我當然答不出來。

我抬起頭。

街道對面也是一整排建築，那些建築的後方可看見深邃的夜空。我們並未困在狹小封閉的地方，眼前有著一如往常的街景。我不禁心生疑問，爲什麼我們無法逃走？照理來說，遠離這個火災現場應該輕而易舉。

然而，我們卡在這裡動彈不得，這是不爭的事實。雖然離地面並不遠，道路就在眼皮底下，我們卻無法移動半分。

「如果從三樓跳下去，會受傷嗎？」

「很難毫髮無傷吧。」我說道。多半會斷幾根骨頭。不，只是斷幾根骨頭，應該算幸運了。

差不多就在這個時候，我才察覺下方的道路發生車禍。儘管打一開始就看到路上擠滿車子，但我一直以爲是發生火災，導致車子擠成一團。仔細一看，好幾輛車子都歪歪斜斜，顯然是發生追撞意外。

我感覺心跳越來越快，腦中的想法越來越灰暗。

焦躁與恐懼侵蝕著我的肉體。

我是在做夢吧？腦中突然閃過這樣的想法。這一瞬間，我彷彿看見一頭土黃色的詭異動物。周圍的景象，突然變成遼闊的紅土荒地。那體型平坦的巨大生物，就站在我的面前。我伸手拾起地上的某樣東西。

霎時，我聽見警笛聲。

巨大動物消失，紅土荒地也消失，我回到逃生梯上。

消防車正朝我們駛來。

那刺耳的聲音，彷彿攪拌著夜晚街道上的空氣，也彷彿在吶喊著「出事了、出事了」。

消防車終於來了！所有人都精神一振。我們滿心以爲，消防隊員一定會滅掉大火，把我們全救下去，只要乖乖等著就行。

雖然事態並未改變，但我們（或者該說是我）已放下心中的大石。儘管飯店內部還有熊熊火焰無情竄燒，還沒辦法完全安心，但得知消防車趕到，我有如吃了定心丸。

至於消防隊員如何滅火，過程中有哪些步驟，要花多少時間，我完全沒概念。我只是樂觀地認爲，消防隊一到，所有問題都不再是問題。這種容易過於樂觀，缺乏深思熟慮的性格，或許是我的缺點之一。

「稍後應該會有雲梯車過來接我們下去。」

大家都這麼說，但等了老半天，逃生梯上的隊伍依然沒有前進的跡象。「怎麼還沒來」的焦躁情緒迅速傳染，逐漸有人不耐煩地抱怨。

雲梯車進不來。

不久後，我們聽到這個消息。逃生梯面對一條小小的巷道，確實比外頭的大馬路狹窄。話雖如此，路寬仍足夠讓緊急救難車輛勉強通行，不應該發生雲梯車進不來的狀況。

偏偏底下的巷道發生車禍。由於那場追撞車禍的關係，雲梯車被擋在外頭的大馬路上，無法進入巷道。

「這下該怎麼辦？」朋友看著我。

「雲梯車居然進不來。」

「雲梯車進不來會怎樣？」

朋友問了個毫無意義的問題。

我焦急地湊向逃生梯扶手，探頭往下看。在路燈和遠處不斷旋轉的紅色警示燈照耀下，可清楚看見正下方路面的狀況。

確實沒有任何一輛消防車進入巷道。

不會吧？這是在開玩笑嗎？我的心中充滿絕望。消防車明明來了，我們卻無法得救，天底下怎會有這種事？

周圍的人開始鼓譟。原本消失的怒罵和抗議聲，又陸續傳出。

我再次轉頭望向逃生門。門板與牆壁的縫隙隱約冒出濃煙，顯然建築內部早已成爲充塞著濃煙的世界。

「如果眞的沒有其他辦法，只能從三樓往下跳。」不知是誰說出的話，宛如從樓梯滾落，逐漸往樓下傳遞。我感覺雙腿微微顫抖。

這個提議或許並沒有錯。從三樓往下跳，總好過活活燒死。

但我們不知道路面的詳細狀況。萬一盲目推擠，導致樓下的人被迫往下跳，後果不堪設想。

就在這時，路面出現一道人影。對方就站在逃生梯正下方。

逃生梯上突然有人朝著那道人影揮手，大喊「救命」。剩下的所有人，包含我在內，全跟著這麼做。那道人影原來是消防隊員。他來到逃生梯下方，抬頭看著我們。

接著又陸續來了好幾名消防隊員，對著我們大喊，但我聽不清到底在喊什麼。

既然消防隊員會走下消防車，徒步走到這裡，可見消防車進不來的傳聞是事實。

我的內心湧起一陣恐懼。如果消防隊員什麼也做不了，或許我們會在消防隊員的注視下活活燒死，或是因建築物崩塌而活活被壓死。

就在這時，消防隊員採取了行動。

逃生梯上的人龍慢慢往樓下移動。

我與朋友互望一眼。逃生梯不是到三樓就下不去了嗎？我暗自提醒自己不能高興得太早。雖然不曉得樓下發生什麼事，但人群往樓下移動，可見逃生梯上的人正在減少。

底下偶爾會傳來尖叫聲。那不是充滿絕望感的慘叫，而是驚訝與錯愕的叫聲。

難道底下的人不管三七二十一，從三樓往下跳？

隊伍逐漸往前推進。

我一心期盼著能趕緊逃離這個地方，希望盡快讓雙腳踏上地面。這時又有人呼籲「大家要保持冷靜」。

沒錯，這種時候更應該保持冷靜。

我依稀聽見水聲。嘩啦！嘩啦！那是水花濺起的聲音。不久後，終於輪到我。我站在逃生梯的三樓平台上，探頭往下看，忍不住發出「啊啊」的驚呼。啊啊，原來是這麼回事。

雖然頗高，但沒時間猶豫不決。於是，我鼓起勇氣跳下去。

P60

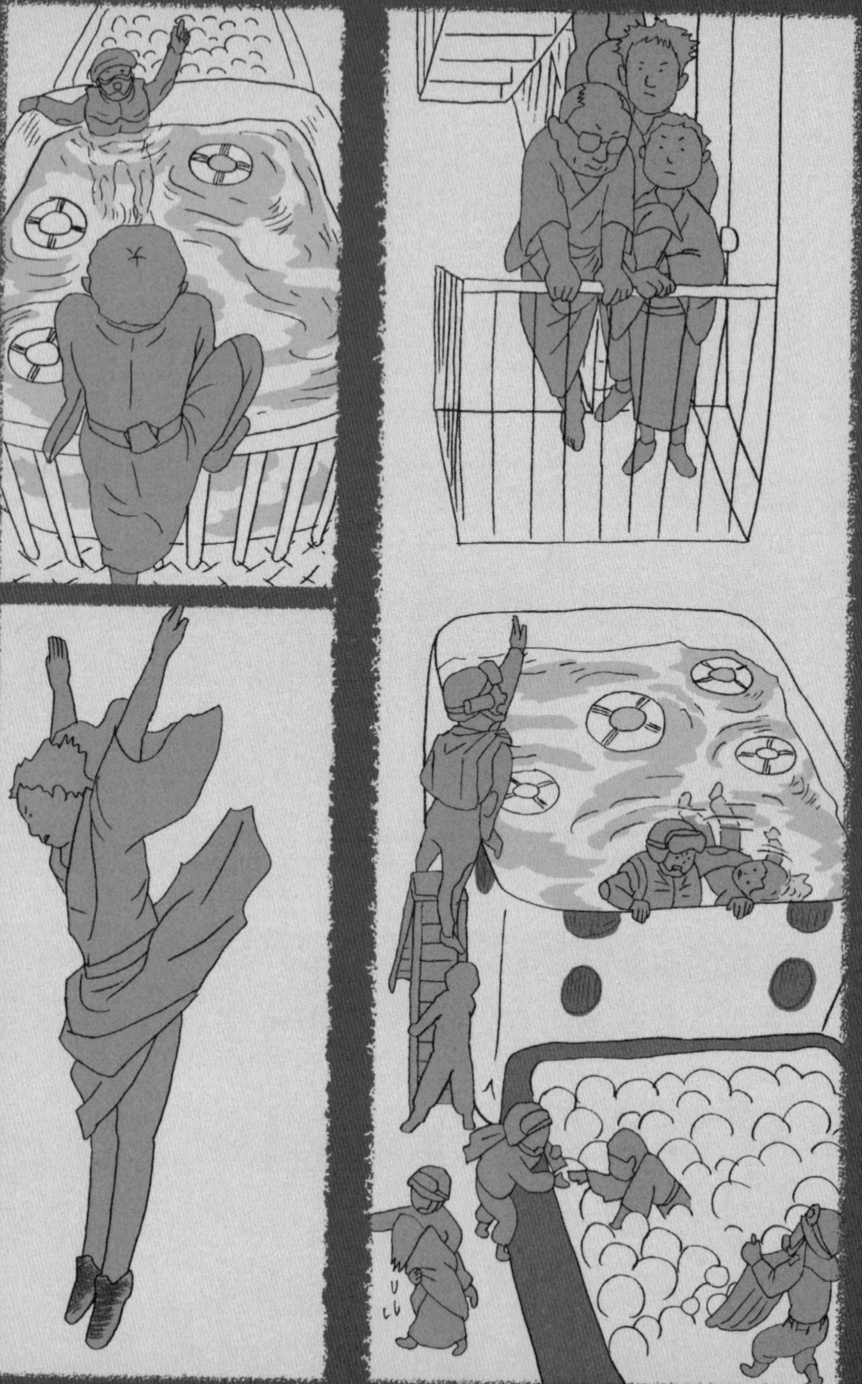

我把孩子放進事先買好的嬰兒床。明明是小巧的嬰兒床，但孩子上星期才剛出生，身體還太小，放在嬰兒床上竟像放在廣闊的土地上，我不禁心生不安。

「好想在周圍塞一些泡泡紙。」妻子開玩笑地說道。我完全贊同這句話。

從上星期起，我每天都到醫院照顧妻子，如今孩子終於出生，我將她和孩子一起接回家裡，忽然感覺家裡成爲某種神聖的地方。唯有最純潔善良的人，才能待在這個地方。

孩子哭了起來，家裡頓時變得熱鬧滾滾。妻子趕緊抱起孩子，邊搖邊哄，我在一旁乾瞪眼，不知該做什麼才好。妻子在哄孩子的時候，我只能當啦啦隊，在周圍像衛星一樣繞個不停。

我很想幫忙妻子，但不知能幫什麼忙，只好隨手翻閱父母送的繪本，讀起小蝸牛立大功的故事。

畢竟這是我們的第一個孩子，再加上妻子必須不分晝夜定時哺餵母奶，想必非常疲累。她的雙眼紅腫，看起來有些睡眠不足。

妻子坐在客廳沙發上，熟稔地餵起母奶。喝著母奶的孩子實在太可愛，我不禁看得入神，但我忽然覺得自己像湊熱鬧的圍觀群眾，訕訕走向一旁。

「幫我開電視好嗎？」妻子開口。

我彷彿接到聖旨，立即拿起遙控器。

電視上播放著新聞評論節目。主持人在攝影棚內，對身旁的特別來賓說話。

那個特別來賓，似乎在哪裡看過。

這個人到底是誰？我到底在哪裡見過他？畫面中的池野內議員簡直像變了一個人，我一時認不出來。

「那不是池野內議員嗎？」妻子這麼一說，我才認出來。「你們多久沒見了？」

仔細一想，發生聖若翰園地事件後，我和池野內議員在記者會上見過面，從那時算起，只過了兩個月左右。「他的臉比之前瘦削。等等，他的臉上有那麼多皺紋嗎？」

池野內議員外貌精悍，眉毛濃密，鼻梁高挺，眼神也很銳利。如今，他雙眉之間多了不少明顯的皺紋，變得更具威嚴。雖然不是什麼暴戾之氣，但我有些驚訝，一個人的長相怎會在短時間內出現這麼大的變化？

「他似乎離婚了。」妻子說道。

「嗯，他寫信跟我說了。」

「特地告訴你離婚的消息？簡直像朋友一樣。」

「如果是朋友，這種事反而會不好意思說吧。大概是考慮到之前發生的圖釘事件，他的妻子跟我們也算認識。」雖說是「也算認識」，其實幾乎不認識。發生聖若翰園地事件不久，他們就離婚了，池野內議員的婚外情曝光是原因之一。由於池野內議員的妻子本來個性就有些古怪，不僅容易感情用事，想法也比較具有攻擊性，周圍的人十分贊成他們離婚，還有人認爲池野內議員終於擺脫瘟神。當然，上述都是週刊雜誌的臆測。

「池野內最近風評不錯，還能在節目裡當特別來賓。」

「你不喜歡他這麼受歡迎？」

「倒也不是，只是覺得他的聲勢上漲得眞快。」

「身爲議員，製造及把握聲勢應該也是很重要的工作吧。」

電視節目裡不知在聊什麼話題，諧星出身的主持人忽然半開玩笑地說：「池野內先生，傳聞你打算朝中央發展，是眞的嗎？」

攝影機拍出池野內議員的臉部特寫。

「我當然有這個打算。」他沒有絲毫遲疑，也沒忘記露出微笑，在觀眾（選民）面前營造親切感。

夢中的戰鬥，會影響我們的現實生活。

在夢境裡獲得勝利，現實的局勢也會往好的方向發展。

我想起他說的這些話。當時，他的語氣非常堅定，目不轉睛地凝視著我，雙眸散發出一股熱情和使命感。

就在這時，門鈴忽然響起。由於聲音相當大，我擔心孩子會受到驚嚇，號啕大哭，所幸孩子並無特別的反應。

原來是快遞員送包裹來。我終於找到幫得上忙的事，於是趕緊拿著印章衝到門口。

拿著紙箱回到客廳，一看上頭的寄送單，我忍不住發出「啊」的輕呼。

址。

「怎麼了？」

「這是小澤聖寄來的，說是慶祝我們的孩子誕生。」回想起來，不久前小澤聖問過我住家地址。

於是，我撕下貼得齊整的膠帶。打開箱子一瞧，裡頭是嬰兒服。不僅色彩鮮豔，而且每一件都很可愛，只是現在還不能穿。我一件件拿出來，攤開放到坐在沙發上的妻子面前。

「這是小澤聖特地挑的？那可眞是不得了。」

「不愧是小澤聖，每件都很漂亮。」但衣服上的圖案有些是老虎，有些是黑熊，我頓時哭笑不得。「這讓我想起可怕的回憶。」

妻子也笑出來。

箱底放著一張便條紙，上頭寫著：「自從那件事之後，我就不再做夢了。岸，你呢？」趁妻子不注意，我將便條紙揉成一團，放進口袋。

所謂的做夢，指的應該是在夢中跟怪獸戰鬥吧。其實我也掛記著這一點。自從那天晚上在醫院裡聽池野內議員說了那些話，我漸漸在意起自己做了什麼夢。本來以爲會受到影響，眞的夢見自己跟怪獸戰鬥，但事實上我還是沒做那樣的夢。當然也可能其實我做了夢，只是忘記而已，至少我沒留下任何記憶。

我轉頭望向電視畫面。

池野內議員發言的時候，顯得精神奕奕，吸引著我的目光，但聽不清他說了些什麼話。我正想拿遙控器調高音量，孩子卻哭了起來。我沒心思再理會節目內容，於是關掉電視。

伴隨「咻」一聲輕響，電視螢幕變暗。在那之前，我彷彿聽見池野內議員提到「夢」這個字眼。或許他說的是「希望讓民眾重新懷抱夢想」之類的話吧。但唯獨「夢」這個字眼繚繞在我的耳畔，彷彿綻放著若有似無的光芒。

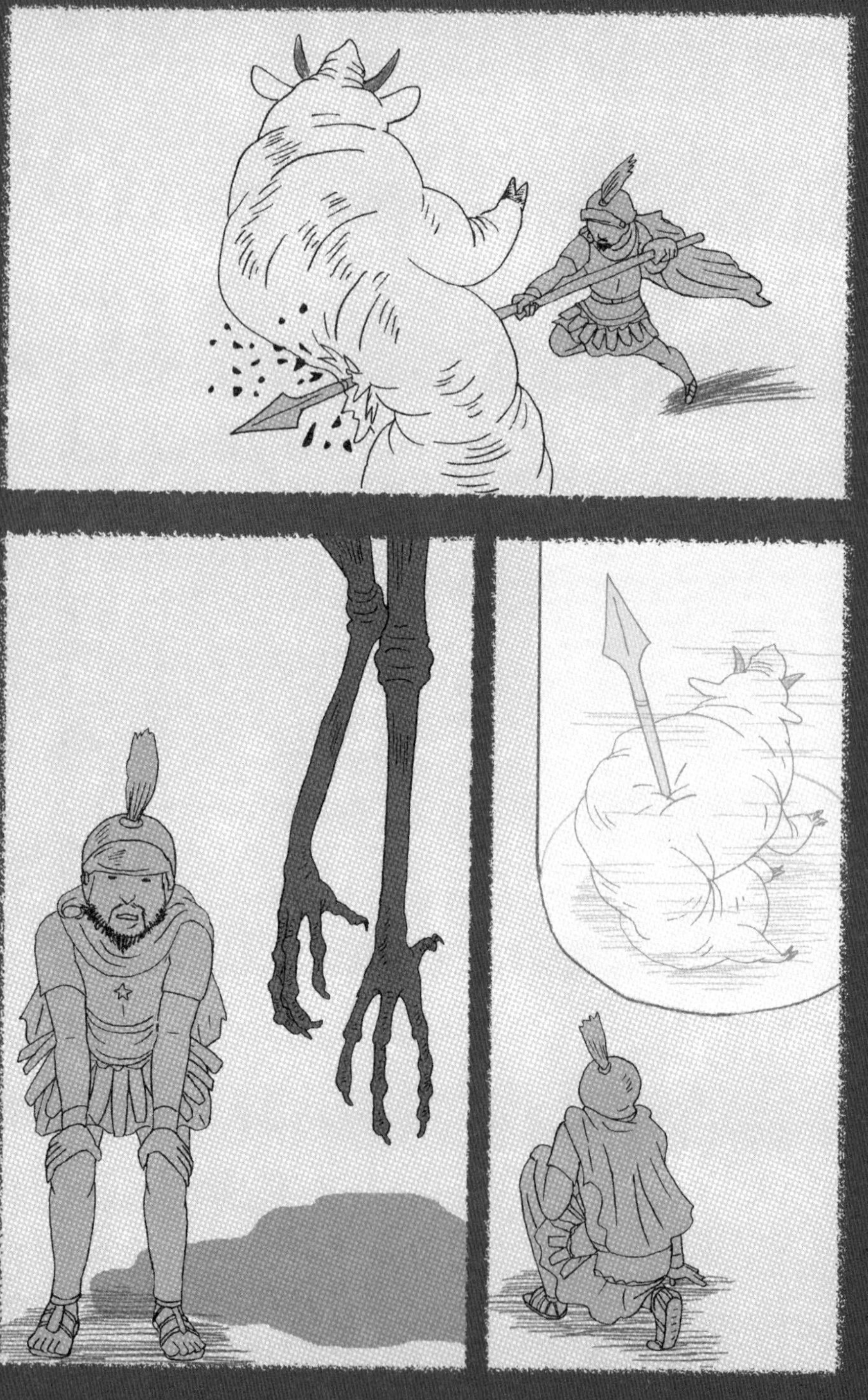

Chapter 4

微晶片與鳥

人群在商店街上排成長長的隊伍。今天有摸彩活動，隊伍的前端不斷傳來「恭喜獲得二獎」、「中大獎了」之類的吆喝聲，伴隨著叮叮噹噹的手搖鈴聲。

我凝視著大約排在中間位置的女兒，突然有股朝她揮手的衝動，又怕遭到責罵，便強忍下來。

幾個身材魁梧的男人走向擺著摸彩機的桌子。

這幾個男人顯然對摸彩一點興趣也沒有，他們感興趣的是操作摸彩機的少女。他們對少女說了幾句話，聲音並不大，卻充滿恫嚇之意。我聽不見他們的交談聲，但知道他們說的是「終於找到妳了」及「立刻跟我們走」。

坐在椅子上的美少女頓時臉色慘白，起身後裝出徬徨無助的表情。

不知何時，旁邊又來了一個男人，擋在美少女的前方。「呃，請問有什麼需要幫忙的事嗎？」

後來才出現的這個男人，年紀已接近四十歲，臉上卻殘留著少年的稚氣。我很久沒見到他了，久別重逢，依然覺得是耀眼奪目的大帥哥。而且隨著年紀增長，增加了一些成熟男人的韻味。體格雖然纖細，卻顯得精力充沛。

「你是幹什麼的？」「別管我們的閒事，乖乖摸你的彩吧。」男人們對著帥哥斥喝。

眞是了無新意的橋段。就算再往前回溯兩個年號，也能看見類似的戲碼。

就在這時，帥哥忽然從外套內側的口袋掏出一把手槍。男人們一看到槍，全嚇得後退。帥哥舉起槍，但槍口竟指著坐在摸彩機前的美少女。

美少女露出誇張的驚訝表情，目不轉睛地看著槍口。

下一秒，有人充滿氣勢地大喊一聲「ＯＫ」，好似擊掌聲般宏亮。

我頓時放鬆全身的力氣，長長吁了一口氣。原來我緊張得全身僵硬，連自己都沒發現。

等待摸彩的隊伍變得有些凌亂，一個看起來像工作人員的人奔上前，傳達一些指示。

「休息一下，稍後正式開拍。」另一人大聲告知，聲音響亮得宛如體育比賽中的吆喝聲。

終於要正式開拍了。光是剛剛練習的時候，我就緊張得不得了。但我的身分甚至不是臨時演員，只是參觀者。

我朝著穿高中制服、站在隊伍中間位置的女兒佳凜揮揮手，她似乎沒發現。她的身旁是一個同樣穿制服的男學生，明明是在拍攝現場才認識，兩人卻有說有笑，我看得一顆心七上八下。

電影裡的兩個臨時演員，拍攝時恰巧站在旁邊，加上年紀差不多，於是開始交往……只是想像著事態發展，我就不由得毛骨悚然。

我們這些電影拍攝現場的參觀者，說穿了就跟看熱鬧的圍觀群眾沒什麼不同。工作人員在前方拉起一道繩索，要求我們不得進入繩索的範圍內。除了揮手之外，我沒有任何辦法吸引佳凜的注意。因此，我挺直腰桿，盡量擴大身體的面積，朝她拚命揮手。

佳凜瞧也不瞧我一眼。正感到錯愕與沮喪，我視線一轉，恰好看見擺放摸彩機的桌子。剛剛那個掏出手槍的大帥哥小澤聖，就站在桌子旁對著我微笑，似乎認出我。

「岸，你一定很擔心佳凜吧？加油，即使被她嫌煩，也千萬別氣餒。」

「我無法說服自己不去擔心。」

「就像男人一到中年，不說冷笑話便渾身不對勁？」

「小澤，你將來若結了婚，就會明白我的心情。」話一出口，我立刻有些後悔。對演藝人員來說，結婚是敏感的話題，不應該隨便提起。

然而，小澤聖似乎一點也不介意，依然帶著爽朗、坦率、毫無心機的笑容，與十五年前如出一轍。

如今我們所在的地點，是東京都某地下街的居酒屋包廂裡。我想起第一次見面時，也是在類似的地方，不由得心生感慨。

「真的謝謝你幫忙，我女兒很感激你呢。」

多虧了小澤聖，我才得知這部電影在招募臨時演員。

「可惜今天沒有T的戲份，所以他並未出現。」

T是最近相當受歡迎的年輕男演員，與小澤聖同樣是這部電影的演出者。

「我女兒說，就算沒見到他本人，只要跟他出現在同一部電影裡，就心滿意足了。」我苦笑道。我想起剛剛在拍攝現場，女兒和身旁的男高中生開心聊天的景象。與其眼睜睜看女兒交男友，不如讓她繼續當T的忠實粉絲。

「小澤，從前的你也……」「從前的我也……」

我們不約而同地開口，相視一笑。十五年前，我們剛認識的時候，小澤還是舞蹈團體的成員。當時的他別說是跳舞，就算只是隨便搔搔頭，也會引來年輕女生的尖叫。

「你還是很受歡迎啦。」這絕不是客套話。現在的小澤聖依然帶著王子般的氛圍，平滑柔順的頭髮散發著足以讓女人心醉神迷的香氣。那夢幻的俊俏臉孔絲毫不比當年遜色，每次出現在電影銀幕上，都會給人一種怦然心動的感覺。

「我已是中年大叔。」跟以前比起來，他說起話更加謙虛客氣了。

「T有一天也會變成中年大叔。」

「搞不好不會。」小澤聖鬧彆扭般說道。

大約七年前，小澤聖以三十歲的年紀退出所屬的舞蹈團體，改行當演員。這個轉換跑道的決定獲得重大成功，如今他已是國際知名演員，在海內外許多電影中擔綱演出。

「岸，你這幾年也出人頭地了呢。你跟我不一樣，全心全意投入廣告宣傳工作。」

光聽全心全意這個形容詞，像是專注於同一份工作的菁英分子，但其實我只是沒有其他選擇而已。

「雖然是主管，但上頭什麼也不讓我管。不僅沒出人頭地，還不能領加班費。底下那些人只有遇上沒辦法應付的客人，才會來向我求救。」

岸課長，快來幫忙。我遇上一個奧客，不，簡直是奧客中的萬獸之王。啊，岸課長連老虎都對付過，這次應該也沒問題吧……甚至還有厚臉皮的年輕部下，以這種開玩笑的口氣把麻煩的客訴電話推給我。

「十五年前那些事，一般民眾都忘了，我們公司仍時常有人提起。」我聳聳肩。

「總好過你自己提起的時候，別人還不相信。」小澤聖瞇起眼睛，「現在的上班族，就算往上爬也沒有任何好處嗎？」

「不會有什麼特別的權限。」

「對了，你們公司的空中電視，下次務必用來替我打打廣告。」

我一聽，便知道他指的是設置於公司中間樓層的虛擬螢幕。

這種直接將影像投射在空中的廣告方式，近年來有逐漸增加的趨勢，我們公司算是這方面的先驅。虛擬螢幕上，除了會定期播放商品廣告之外，還會播放特別製作的短篇電影或舞蹈影像，引起不少話題。

「岸，請幫忙說情，用空中電視宣傳我們的電影。」

「像我這種小人物，出面說情也沒用，請直接找我們社長談吧。」

「我之前看到上面播放著你們公司創始人的紀錄片。」

「噢，那支影片在公司內部引發不小的熱潮，但社會大眾似乎不太感興趣。」

創始人白手起家，將鄉下的小零食店擴展成大型零食製造商，算是相當了不起的人物。但靠著勇氣和運氣度過重重難關的傳奇事蹟，總覺得太理想化。

「如果你們要將創始人的事蹟拍成電影，請務必找我當主角。」小澤聖笑道。

就在這時，服務生送上餐點。由於料理用了一些沒見過的食材，我十分感興趣，忍不住詢問服務生。接著，我們各自拿著小湯匙吃了起來，一會後，小澤聖忽然慢條斯理地說：「池野內最近過得不太好。」

我愣了一下，轉頭一看，才發現店內的牆上有一台電視，正在播放新聞影像。畫面中的記者將麥克風湊向滿頭白髮的池野內，但他板起臉，默默轉身離去。

「是啊，看來過得不太好。」我點點頭。

池野內厚生勞動大臣（註一）違法收受政治獻金的風波，這半個月來在社會上鬧得沸沸揚揚。新聞記者接著解釋，法人企業自接到補助金交付通知的一年內不應進行政治獻金，由於內容實在太難，我聽得似懂非懂。總之，就是池野內接受某藥廠提供的選舉資金。此外，三年前擔任國土交通大臣（註二）時，他曾接受某物流業者高額的政治獻金，這件事也跟著曝光。

起初，社會輿論認爲這不是什麼嚴重的弊案。池野內議員斬釘截鐵地聲稱「一切合法」，遭質疑用人不當的首相也信誓旦旦地主張「一切合法」，再加上大眾對這件事不怎麼感興趣，原本

註一：相當於台灣的衛福部兼勞動部長。

註二：相當於交通部長。

應該會安靜落幕。

沒想到一星期前，藥廠內的相關人士跳樓自殺，社會輿論的風向頓時有了一百八十度的轉變。

在這種節骨眼，藥廠的常務董事竟突然死亡，而且沒留下遺書，可見案情不單純。社會大眾會產生這樣的想法，也是合情合理。

「搞不好是遭到滅口，政治人物不都喜歡玩這一招？」某天早上妻子邊吃早餐邊看電視新聞時，也提出相同的推測。

「應該不會吧……」我說到一半，卻不知該怎麼接下去。我到底想表達什麼？就算是政治人物，也應該不會一天到晚殺人滅口？以池野內的爲人，應該不會做這種事？仔細想想，我對這兩個論點都沒有太大的自信。

「你最後一次跟池野內見面，是什麼時候？」

「我有點記不得了。」沒辦法說出明確的答案，是因爲我不太確定他指的是在現實生活中見面，還是在夢境世界中見面。「大約是三年前吧。有一次，我和他剛好都開完會，在大手町巧遇。」

那一天，我前往某大型網購平台的總公司，討論新商品的批貨數量及宣傳活動的細節。結束後正要回家，看見池野內議員從同一棟大樓走出來。他說也是來找那家網購公司討論事情，但我實在想不出當時身爲國土交通大臣的他，要找網購公司討論什麼事情。所以我暗自猜測，他前往那棟大樓不是爲了公事，而是爲了與情婦幽會。

「爸爸，你和政治人物是朋友？眞有你的。」當時佳凜考上理想的高中已超過半年，每天的生活跟其他十多歲年輕人沒什麼不同。那天她咬著白吐司，一邊這麼問我。

「倒也稱不上是朋友。」

「佳凜，我們跟妳提過嗎？妳還在媽媽肚子裡的時候，爸爸上班的公司發生一件事，就是大家口中的棉花糖圖釘事件。」

「我沒聽你們說過。那是什麼事件？把圖釘包在棉花糖裡當商品賣？會不會太勁爆？」

「下次有機會再告訴妳。」早晨大家趕著上班上學，沒時間閒聊。

「爸爸，該不會連你也被逮捕？」

「因爲違法政治獻金案？應該不會吧……」

「我也需要一點獻金。」

「不行，這麼做違反《政治獻金法》。」我苦笑道。

小澤聖聽完我的描述，笑著問：「你女兒聽完有什麼反應？」

「她露出錯愕又不屑的表情，後來就跑掉了。」

小澤聖哈哈大笑，接著斂起笑容：「池野內現在不承認也不否定，情況恐怕眞的不妙。」

「而且，不曉得是不是氣色變差，他的臉看起來有點陰險。」

出現在電視畫面上的池野內議員，一天比一天憔悴。或許有些內幕是基於他自身的判斷，決定不對外公布，但至少就我所知，幾乎沒有一個政治人物在陷入這樣的窘境後還能重獲民心。如同氣球，一旦下沉就不會再浮起，遲早會墜落地面並破裂。在我看來，與其淪落到那種地步，坦承一切並道歉，反而能夠將傷害降至最低。不過，或許政治人物有一些不爲人知的苦衷，或是信念、尊嚴之類的個人堅持。

「可能也是因爲池野內在政壇崛起的速度實在太快。」小澤聖說道。

我深深點頭同意。十五年前，他只是東京都議會的議員。後來，他出馬參選眾議院議員順利當選，短短幾年就進入政壇的權力中心。當然，情婦醜聞和聖若翰園地事件，確實間接打響了他的知名度，不可否認許多民眾是抱持好玩的心態才將選票投給他，但他能夠快速爬到今天這個地位，主要歸功於那誠懇務實的政治形象。

「爬得太快總是容易遭到嫉妒。」說出這句感想的時候，我的腦袋裡想的其實是公司裡幾次人事異動的例子。

「上次在那一邊見到池野內，是二十天前。」小澤聖取出智慧卡，點開行事曆。

我們拿著武器與猛獸戰鬥的每一場夢，他似乎都記錄下來了。他瞥了我一眼，略帶調侃地說：「岸，你眞的不記得夢裡的事？」

「我也很想記得。」

「自從池野內告訴我們這個祕密，已過十五年，你還不習慣嗎？」

「十五年前，你不也是半信半疑？」

夢境裡的戰鬥，會對我們的現實生活造成影響！十五年前池野內議員說得斬釘截鐵，我和小澤聖卻都露出尷尬的表情。除了開玩笑和陪笑之外，我們實在不知該如何反應。

但兩年後的某天，小澤聖突然與我聯絡，問我有沒有時間私下談談。

「那時候我以為你要找我商量的事情，跟你的醜聞有關，例如水面下的戀情曝光之類的。」小澤聖哈哈大笑，「如果是那種事情，我絕不會找你商量。」

池野內的那些話，搞不好並非全是胡思亂想。

十三年前的那天，小澤聖說出這句話時，雖然帶著苦笑，表情卻非常僵硬。那態度像是聽了荒唐可笑的鬼故事後，真的遇上類似的靈異現象，不相信也不行。

「三天前，我又在夢中進行戰鬥。」

我試著回溯三天前的記憶，卻什麼也想不起來。晚上當然有睡覺，但我不記得做過夢。

「這次不是團體戰，我沒遇見你。」小澤聖說道。

「個人戰？」

「應該吧。我獨自對抗一頭巨大的牛，後來輸了。」小澤聖比出雙手握著武器的動作。

「你輸了？」

「我記得很清楚，那雖然是一頭牛，卻長著翅膀，飛得非常快。我揮舞大劍想攻擊牠，牠卻趁我不注意，繞到我的後面。」

小澤聖的視線朝著上方左右飄移，彷彿那頭野獸正在頭頂上飛。

「牠朝我一撞，我就輸了。接著，突然一陣風把我吹走，我一邊旋轉，一邊被吸進一團東西裡。」

「你記得那麼清楚？」雖然我聽得有些模糊。

「醒來後仍記得一清二楚，我嚇一跳，想起池野內說過的那些話。既然輸了，我擔心會發生不好的事情。」

「後來呢？發生了嗎？」

「我的經紀公司……」

「啊，逃漏稅！」我猛然想起在電視新聞上看過這起案子。其實聽到SKYMIX這家經紀公司的當下，我並未聯想到是小澤聖的經紀公司，反而是身旁的妻子立即憂心忡忡地說：「不曉得聖會不會受到連累。」

「會發生這種事，正是因爲我輸給那頭巨牛。」

「你當眞？」

「時機實在太巧。」小澤聖聳聳肩，低頭凝視雙手。「而且戰鬥的感覺太眞實。」

那個時候，小澤聖還只是半信半疑。但之後每見一次面，他的信心就加深一分。我們每年會見面一至兩次，後來他甚至會不耐煩地問：「過了這麼多年，你怎麼還是一點也記不得？」

「不，其實我記得一點。」我是眞的記得一點，並不是場面話。好幾次早上起床時，依稀感覺剛剛有某種體積比我大數倍的動物撲來。「但我完全不記得曾跟你並肩作戰。」

「噢，其實在夢見我們對抗巨熊後，我也不曾在夢中遇見你。如果把並肩作戰形容成團體賽，我現在比的都是個人賽。」

「這又是什麼緣故？」

「或許是這些戰鬥影響的現實事件，都只與我一個人有關。」

「什麼意思？」嘴上這麼問，但我心裡大概有了底。

如果池野內議員的推論無誤，現實事件會受夢境裡戰鬥的勝負影響。遇上一起跟我和小澤聖雙方都有關的事件，我們就會共同參加那一次的戰鬥。至於經紀公司逃漏稅，與我毫無關係，所以我不會參與戰鬥。多半就是這樣的機制吧。

「世上只有我們在戰鬥嗎？」我忍不住問出這個從前提過的疑問。

人生不如意十常八九。有句話說「人生就是由一連串的問題組成」，聽起來像時代劇或晨間連續劇裡的台詞，卻是至理名言。

如果現實生活中的每個問題，都會與一場夢境裡的戰鬥互相呼應，勢必會有無數場戰鬥。光憑我們三人，當然不可能應付得完。

「嗯，應該不是吧。」小澤聖說得非常有自信。「因爲我曾跟你們以外的人並肩作戰。」

驀地，心頭莫名湧起一股妒意，我忍不住苦笑。這樣的心情，彷彿是少女在吃醋。

當初池野內議員描述時，提到垂掛著無數布告紙的廣場。小澤聖也曾夢到那樣的地方。或許戰鬥的人數非常多，但除了能夠組隊的對象之外，是無法挑選的。

「冷靜想想，如果世上只有你、我和池野內背負這麼重大的使命，未免太奇怪。」

「但實在很難想像，每個人都在夢中進行戰鬥。」這實在太匪夷所思，難道連妻子和佳凜也都曾在夢中與怪獸戰鬥？

「或許不是每個人吧。我想夢境裡的人數，與現實世界的人數應該也不一樣。」

「什麼意思？」此時我的心情，好似在向年輕人學習最新的流行文化。

「假設夢境裡的人，跟現實世界的人是互相連結的。就像以繩子綁在一起，夢境中的A先生與我相連，B先生與你相連。但現實世界的人口比夢境世界的人口多，繩子一定不夠，表示現實世界中有人並未與夢境世界的人相連。」

「那個A先生，不是夢中的我？」我問道。

「啊，跟你相連的是B先生。」

「A或B都無所謂。我想表達的是，我一直以爲在夢中戰鬥的人就是自己。」

「不無可能。」小澤聖點頭。「不過，我總覺得夢境世界和現實世界是兩碼子事，雖然互相連結，但並不相同。那個世界的人不等於這個世界的人，只是互相呼應而已。當然，這只是我的想像。」

「那麼，嚴格來說，我並未在夢境裡戰鬥？」依照小澤聖的假設，戰鬥的人是在夢中與我相連的B先生，我只是在旁邊觀望。

「唔……」小澤聖沉吟一會，忽然笑了起來，露出雪白的牙齒。「只是在旁邊看著，想起來實在很沒意思。如果可以，我希望是自己在夢中與怪獸大戰。這姑且不提，總之一定有其他人與夢境世界的人相連，才說得通。」

「嗯，確實。」嘴上這麼說，我已漸漸搞不清到底什麼說得通、什麼說不通。

「我想起金澤的法船寺。岸，你也去過，還記得嗎？」小澤聖問。

「貓的寺院！」

「沒錯，就是那座法船寺。仔細想想，那裡的傳說和夢境有關。貓不是出現在僧侶的夢中，告知想外出尋找同伴？」

而且現實中的貓，確實帶回另一隻貓，合力打倒大老鼠。

夢境與現實相連，以及打倒可怕的巨大生物這兩點，確實與我們的情況有幾分相似。

我不禁想像，或許和法船寺的義貓塚一樣，未來也會有人爲我們蓋「塚」。

於是我拜託小澤聖，今後如果又夢到與怪獸戰鬥，一定要告訴我。就算並非我與他並肩作戰，而是他一個人的戰鬥也一樣。我想確認夢中的戰鬥，是否眞的會與現實狀況互相呼應。

「好，沒問題。」小澤聖一口答應，讓我有些吃驚。他接著說：「岸，再過不久，你應該也會記得夢境裡的遭遇。當然，這只是我的推測。我認爲隨著做夢的次數增加，互相呼應的力量會變強。就像同一件事做了好幾次，會不知不覺記在心底。所以，你只要繼續做夢，記得的事情便會越來越多。」

「原來如此，聽起來挺有道理。」嘴上雖這麼說，我其實沒什麼把握。同樣是學後空翻，有些人稍微接受指點就能學會，有些人學了老半天還是學不會。

果然不出所料，又過了十三年，我仍無法清楚記得夢中的戰鬥。

「感覺比以前清楚一點。」現在的我，像是害怕遭老師放棄的駑鈍學生。我彷彿說著「我會加倍努力，請不要放棄我」。

我並沒有說謊。做了進行戰鬥的夢之後，我隱約感覺到「好像做了夢」。不管是怪獸的外貌、有沒有同伴、使用什麼武器，以及交戰過程中發生的狀況，都會模模糊糊地殘留在我的心底。

「岸，我建議你記錄下來。」小澤聖搖搖手上的智慧卡。「二十天前的那場戰鬥，你是同伴之一。」

「池野內和我都是嗎？」

「沒錯，我們三人很久沒在夢中齊聚了。」

接下來，我與小澤聖聊起無關緊要的事情。他還是很愛吃我們公司生產的零食，以消費者的身分針對新商品提供一些感想，和他個人的新點子。除此之外，由於我喜歡他數年前拍的某系列電影，他告訴我許多有趣的幕後花絮。

「岸，聊聊你自己吧。」

「我沒什麼特別的事情可說。」

「我最喜歡聽不特別的事情。你不妨談談家人，你太太最近好嗎？」

「以她的年紀來說，算是不錯吧。」妻子的年紀和我差不多，已四十五歲左右，逐漸出現更年期障礙的症狀，但不太嚴重。「話說回來，想想真是不可思議。」

「什麼不可思議？」

「那天要不是你救了我……」浮現在我腦海的，自然是十五年前在聖若翰園地的景象。

黑熊突然朝我撲來，我嚇得往後倒，內心早已放棄希望。當然，那不是黑熊的錯。我遇上的不是殺人魔，也不是狂暴的怪獸，只是努力想保護自己的動物。

當時小澤聖是前空翻還是後空翻，我已記不得。總之，若不是靠著他那充滿躍動感的動作嚇退黑熊，我大概早就沒命。

如今我能坐在這裡，還能與家人生活在一起，全多虧了他的救命之恩。

小澤聖搔搔太陽穴，靦腆地說：「後來你也救過我好幾次。」

我完全不記得救過小澤聖的性命。

正當我以爲那是一句了無新意的調侃，小澤聖接著又解釋：「在夢境裡。」

「在夢境裡？」

「有一次，我差點被一匹巨大的馬擄走，是你在危急中扔出光鏢。」

「光鏢？」

「那是一種飛鏢，拋向空中會發出閃光，具有干擾敵人的效果。那匹馬受到驚嚇，才放開了我。」

「我毫無印象。」

「除此之外，你還救過我好幾次。」

「請問……我在夢境裡使用的是什麼武器？」雖然池野內議員提過，但我實在記不住。

「一種稱爲『擲鏢』的武器。當然，這是夢境裡的稱呼。」小澤聖笑道。

「擲鏢？」

「你知道飛鏢嗎？大概就是類似的東西，只是上頭繫有繩子。刺中敵人之後，可拉繩子回收飛鏢。」

「爲什麼要回收飛鏢？」

「節省飛鏢。」

我心想，可能就像以繩子綁住的魚叉吧。當然，我無法想像自己使用那種武器的模樣。

「第一次失敗了，就再丟一次。」小澤聖笑道。不知為何，「失敗就再來一次」這句話帶給我一種說不上來的奇妙感覺。

「怎麼了嗎？」

「沒什麼。」我只能如此回答。

接著，話題又轉到完全不相關的近況上。聊到一半，牆上的電視從運動比賽轉播切換成新聞節目。

我瞥了一眼，字幕上寫著「亞洲某農村出現禽流感的人類感染者死亡案例」。

每隔一段時間，新型流感就會在社會上引發討論。尤其是「禽流感」對人類造成的影響，更被視為重大威脅。專家學者的結論大多是「雖然目前尚未傳出嚴重疫情，但不斷突變的流感病毒遲早會對人類造成嚴重危害」。大約在十天前，網路新聞刊登一則報導，聲稱「禽流感終於出現人傳人的現象」。跟過去的流感比起來，這次的症狀嚴重許多。不，豈止症狀嚴重，傳染力更強，致死率也飆高。

「眞可怕，有人死了。」我忍不住說道。

「嗯，不過這種事情經常發生，大家也見怪不怪吧。」見我面露憂慮，小澤聖有些驚訝。「每次出現新的疾病，起初都會人心惶惶，但後來也都沒什麼大不了。」

「過去幾次沒什麼大不了，可能只是運氣好，並不代表這次也會沒什麼大不了。」我說道。

我的腦海浮現一群醫生圍繞在病患身邊的景象。有些醫生來自政府機構，有些醫生來自不同的民間組織。過去幾次沒什麼大不了，絕不是運氣好，而是這群具有使命感的醫生，冒著他（她）們的生命危險治療病患，才成功防堵疫情擴大。

「搞不好，醫生在那一邊也要跟可怕的東西戰鬥。」小澤聖一臉認眞地說。

「跟可怕的東西戰鬥？什麼意思？」

「就像池野內說的，在那一邊跟巨大怪獸戰鬥，這一邊的現實便會受到影響。」

我在心裡默念著，那一邊指的是夢境，這一邊指的是現實。

「贏了，局面會好轉，但輸了就會很慘。所以，醫生在那邊的世界裡想必是奮不顧身地拚命戰鬥，說什麼也要贏得勝利，現實這邊才一直平安無事。」

「眞是太感謝他們了。」

「當然，戰鬥的人也可能是我或你。」小澤聖聳聳肩，「一輸就完蛋了。」

我感覺自己的表情一僵。傳染病的問題，絕不會是小問題。就算只是在夢中，我也不想背負這麼大的責任。

「岸，不必這麼害怕，反正只要打贏就行。雖然你不記得，但我們可是很強的。」

「不是很強就行……」小澤聖的說法完全沒辦法爲我帶來自信或安心感。

「放心吧。到目前爲止，我們不知已打敗多少怪獸。」

此時，我的心中又浮現最初的疑問。爲什麼我們要在夢境裡與怪獸交戰？爲了對現實世界的問題造成影響？爲了決定問題會造成「好結果」還是「壞結果」？我們等於是負責拋出硬幣的人？

或許夢境裡的那些人，也有他們自己的目的。我告訴小澤聖這個想法，他歪著頭說：「嗯，這確實是個謎。」

「我們連這一點也不知道，卻得在夢境裡戰鬥？」

「有一隻負責發號施令的鳥，就是那隻鯨頭鸛，每次都會對我們下達指示，例如『敵人就在那個方向』之類。我們就像是遵照牠的命令，執行討伐的任務。」

眨眼的瞬間，鯨頭鸛彷彿出現在面前。牠似乎凝視著我，令我不寒而慄。

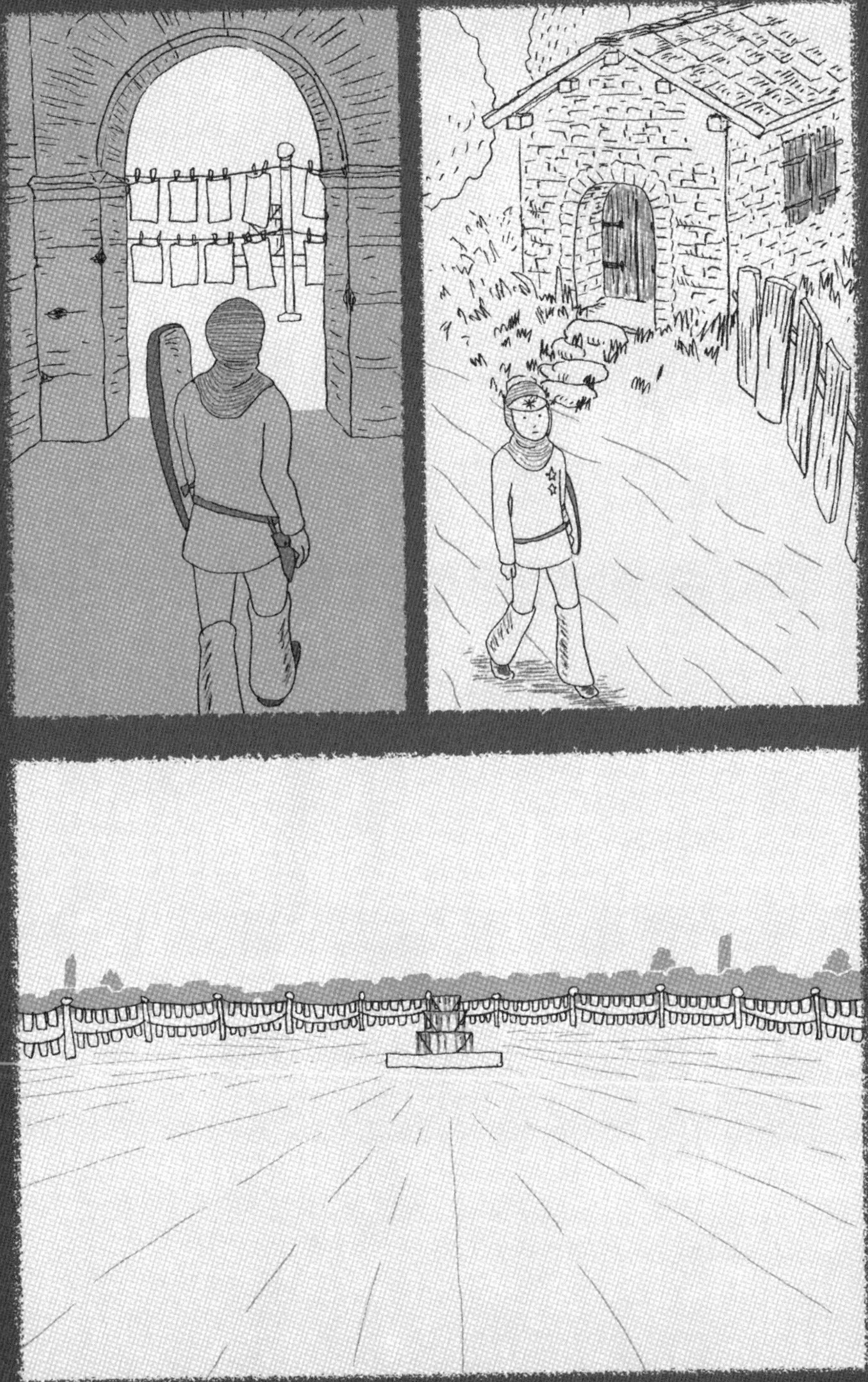

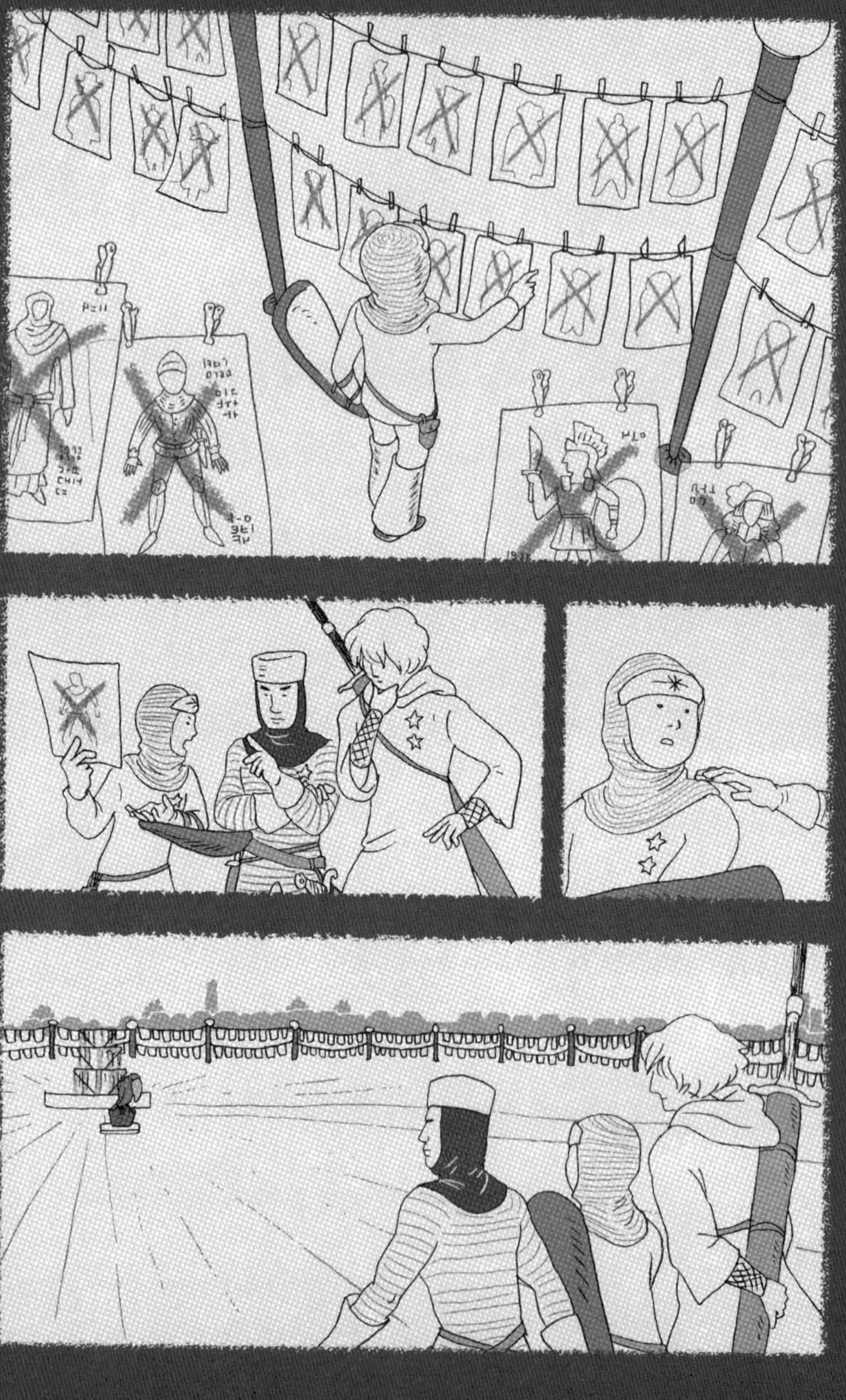

「怎麼了?」妻子的聲音，讓我驀然回神。

「我收到電視傳來的簡訊。」我舉起智慧卡說道。上頭顯示著有新的訊息。

「電視傳來的?」她也轉頭望向電視。

電視上正在播放早餐時間的資訊節目，目前是介紹社會事件的單元。出現在畫面上的人，赫然是池野內議員。

記者不斷將麥克風遞向前，池野內議員轉身快步離去。「池野內先生!你是不是心虛，所以不敢接受採訪?」記者的口氣，彷彿肩負維護世界正義的職責。不論任何時代的記者，似乎都是一副天不怕地不怕的態度。

「正確來說，是電視裡的人剛剛傳簡訊給我。」我低頭望著智慧卡。上頭顯示的訊息傳送者，正是池野內議員。

「電視上是預先錄好的影片吧。」妻子冷靜地應道。「他找你有什麼事?」

自從三年前在大手町巧遇，我就不曾與池野內議員見面，甚至沒傳過任何訊息。「或許是傳錯了吧。」

「多半是一時心急，不小心按錯。」

我當場點開訊息。

訊息的開頭寫著我的名字，顯然不會是操作錯誤或傳錯人。

明天（星期六）有沒有空，能不能出來見個面？

訊息只有短短一句話。我將文字畫面轉向妻子，她說道：

「你一赴約，搞不好檢察廳特搜部的人就在那裡等著你。」

「因爲零食製造商的違法政治獻金案？」我開著玩笑，內心確實有點發毛。儘管對方是舊識，但要見一個受媒體追逐的政治人物，仍需要相當大的勇氣。「怎麼辦？要不要赴約？」

「雖然有點可怕……」妻子轉頭望向電視，「但池野內現在肯定需要幫助。」

「問題是，我們不知道他到底是不是清白的。」

「還有一點可以確定，就是我們十五年前接受過他的幫助。」

「恩人有難，我們不能見死不救。」

「如果能救，當然最好，只是這次實在令人頭疼。」妻子猶豫不決，接著以半開玩笑的誇張動作，嘆了口氣說：「要是被捲進什麼要命的麻煩，就吃不完兜著走了。不管怎樣，我們得保護佳凜的安全。」

「可是，對恩人見死不救，似乎不太好。」

「眞難抉擇。」

此時我的心情，與妻子完全相同。我甚至有點遷怒池野內議員，暗暗怪他給我們出了這麼一個難題。

池野內議員指定的地點，是某公園運動場旁的長椅。那裡等間隔擺放著一些木製的長椅，由於長年受到風吹日曬，看起來相當老舊。我依照池野內議員的指示，挑了一張空的長椅，坐著等他。

正值十一月中旬，東京一帶已頗有寒意。出門前妻子勸我穿厚一點，不然在公園裡坐久了會感冒，我不禁佩服她的先見之明。雖然穿著羽絨外套，我還是感覺冷風刺骨，甚至後悔沒披上圍巾。

跟池野內議員見面是否爲正確的決定，我也說不上來。

或許我根本不該蹚渾水。

他雖然對我有恩，畢竟有將近十五年沒見面，只是每年互相寄賀年卡而已。

下定決心與他見面的最大理由，是女兒佳凜的一番話。

我不願帶給孩子無謂的擔憂，卻又覺得家人之間不應該有祕密，煩惱半晌，我決定向佳凜簡單說明目前的狀況。沒想到佳凜聽完，若無其事地拋出一句：「爸爸，你就去聽聽他要講什麼嘛。」

「不過，可能會捲入麻煩。」

「也可能不會，不是嗎？」

「話是沒錯，但要是眞的遇上麻煩怎麼辦？」

「遇上了再說吧。」

接著，女兒就出門上學去了。望著她的背影，我不禁羨慕起她這種不必背負任何責任的悠哉身分。仔細想想，倒也沒錯。事情尚未發生，就嚇得連見一面都不敢，實在有點可笑。

況且，我滿想知道池野內議員到底想說什麼。

「好久不見。」

我坐著發愣，身旁忽然傳來話聲。我詫異地抬頭，池野內議員就站在我的面前。他穿著黑色薄外套，腰桿挺得筆直。

「好久不見。」我立即起身打招呼。「池野內，或許你不記得了，三年前我們見過一面。」

身爲議員，他每天肯定要見許多人。要他記得數年前跟誰見過面，恐怕有點強人所難，何況對方與他沒有任何利害關係。沒想到，他不假思索地回答：「在大手町，那是我們最後一次見面。」我一聽，著實一驚。

「希望你跟我去一個地方。」池野內議員隨即轉身，邁開腳步，我只好趕緊跟上。

不知爲何，我完全不擔心他會帶我到預先停好的車旁，將我推上車載往可怕的地方。

就在這時，一群拿著足球的小學生經過我們面前。不一會，又有一群帶著籃球的國中生與我們擦身而過。我心想，或許公園的後頭有籃球場吧。

「我們要去哪裡？」

「岸，你應該知道，我最近被追得很緊。」

我愣了一下，才明白他指的是什麼。「這附近有記者？」

「追我追得最緊的，還不是記者。」

「檢調單位？」

「也可能是被雇來跟蹤我的人。」

難道檢調單位會雇用外人跟蹤嫌犯？聽起來很不可思議，但或許是我少見多怪。搞不好，眞的有一些水面下的調查行爲。

公園裡視野遼闊，我往身後瞥了一眼，沒看到什麼可疑人物。但怎樣的人才算是可疑人物，我一點頭緒也沒有。

「請問你今天找我出來，到底是……」

「球類運動的種類可眞多。」

他忽然說道。或許他是想起從剛剛到現在，看到的各種不同的球。停車場前方，幾個穿便服的年輕人在練習送球，動作頗爲純熟。

我本來以爲我們會進入停車場，坐上車子離開，沒想到池野內議員繼續帶著我走向公園的對面，穿過斑馬線，進入電子遊戲中心。門口擺著最近流行的西部槍戰遊戲機台，螢幕中的神槍手正朝著我們招手。

走進店內，放眼望去可見各種不同的遊戲機及虛擬夾娃娃機台。好幾個十多歲的女孩排成長長的隊伍，池野內議員毫不遲疑地走向隊伍的最尾端。

「岸，希望你跟我一起拍這個。」

「大頭貼？」

這種可將當場拍攝的照片製作成貼紙的機器，俗稱「大頭貼」，已有將近半個世紀的歷史，可說是一種相當傳統的娛樂機台。雖然歷史悠久，依舊受時下年輕人歡迎。不管在哪個時代，「大頭貼」都是爲了年輕人而存在的東西，因此，前方的年輕女孩頻頻轉頭窺望我們，儼然把我們當成詭異的生物。

爲了防止偷裝針孔攝影機，大部分的電子遊戲中心都會禁止無女伴的男性客人使用「大頭貼」機台，但這一家並未貼出類似的警語。

我尷尬得不得了，卻沒轉身離開。我的心裡有股說不上來的使命感，不允許我把池野內議員單獨留在這種地方。

排了一會隊，終於輪到我們。「大頭貼」機台內部有以門簾遮住的拍照空間，我們拉開門簾，走進機台裡。

池野內議員取出智慧卡付了錢，開始操作畫面。

我看著機台的螢幕，上頭顯示著站在我身旁的池野內議員上半身。

「你變胖了？」我說道。

「一天到晚中飽私囊，當然吃得腦滿腸肥。」他自嘲道。直到這一刻，我們才終於能夠好好交談。「眞抱歉，挑了這樣的地方。其實只要能夠跟你私下談一談，哪個地方都一樣。」

「眞的不會有問題嗎？」

「大頭貼機台那麼多，就算我們在這裡待久一點，那些女孩也不會生氣。」

「我說的不是排隊，是你的狀況。最近你常常出現在電視新聞上。」原本我有點猶豫該不該問得如此直截了當，但我跟他能見面的機會並不多，實在沒時間拐彎抹角。「違法收受政治獻金的事情是眞的嗎？你眞的拿了藥廠的錢？」

「是眞的。」

「唔……」

「抱歉，背叛了你的期待。」

「池野內，或許是你的外表看起來斯斯文文，再加上態度隨和不擺架子，大家很容易對你產生誤解。其實眞正的你，很喜歡顚覆常識。」我不由得回想起，眼前這個人曾在十五年前大方公開的婚外情。雖然有一半是逼不得已，但那不是一般人能做到的事情。我忍不住想補上一句「在道德常識方面，其實我對你並沒有那麼期待」。

接著，我又想起池野內議員的妻子。雖然從來未見過面，我還記得她的聲音。當年她打電話到我們公司客訴，大喊「零食裡怎會有圖釘」。後來眞相大白，原來一切都是她自導自演。我還記得當時有點同情池野內議員，竟娶了這樣的妻子。

「不，在政治的世界裡，拿政治獻金才是常識。」

「什麼意思？」

池野內議員從口袋取出智慧卡看了一眼，似乎是收到訊息。

「那些錢並不是我主動要求的。」他說道。

我心想，政治人物根本沒有必要直截了當地說出「給我錢」這種話。只要一點動作、一點表情，或是一點默契，對方就會主動將錢送上門。但池野內議員接著解釋：「我並沒有向對方做出任何要錢的暗示，但不排除對方可能誤解我的想法。畢竟在對方的觀念裡，這種事情是常識。」

由於池野內議員極力堅持他並沒有收受政治獻金的意圖，而且臉上帶著相當困擾的表情，我實在不忍心說出「那只是你的推託之詞」這種話。

「真的會發生對方擅自給錢這種事情？」

問出這句話的瞬間，我的眼前突然出現一道閃光。

原來是大頭貼機台擅自執行拍照的步驟。

「我想起來了。」池野內議員說道。

「你想起來了？」

「在我陷入危機的時候，你也會像這樣扔出帶有閃光的飛鏢。」

我一聽，頓時明白他說的是「那一邊」的事情。小澤聖說過，我的武器是「擲鏢」，有時會拋出具有擾敵效果的閃光飛鏢。當然，我根本不記得，而且無法想像自己能操控那種武器。

「你記得最近在那一邊發生什麼事嗎？不久前，我才跟小澤聖聊到這個話題。」

「啊，你說小澤嗎？」池野內議員的語氣中多了一絲興奮。

「池野內，你還是和以前一樣，經常在夢境裡戰鬥嗎？」

他輕輕一笑，「不止是我，你也一樣。」

「唔……但我完全不記得了。」我咕噥道。

接著，我提到與小澤聖討論時做出的假設。或許在夢境裡戰鬥的並不是我，而是另一個與我互相呼應的人。「確實有可能。夢中那個人或許不是我，我只是接收另一個人的感受和經驗。」

池野內議員點頭說道。

「在夢境裡獲勝，現實就會跟著改變……你現在仍抱持這樣的想法？」問出這句話，爲了避免他誤以爲我在調侃他，我趕緊補充：「小澤聖似乎也對此深信不疑。」

「唔……」池野內議員沉吟著，抬頭望向正前方。我受到影響，也不由得將視線投往相同的方向。藉由機台的螢幕畫面，我們看著對方的臉。「最近我的想法有點改變。」

「眞的嗎？」明明你曾那麼強烈地主張這一點？

但他並未進一步說明。「岸，很高興你今天願意來見我。除了你之外，我不知道該找誰商量。圍繞在我身邊的，都是政治人物、官員及支持者，幾乎找不到與我沒有利害關係的人。」

我心想，或許這就是所謂的政治人物吧。「你不是有情婦嗎？」這並非取笑，而是眞心的疑問。跟我比起來，情婦應該更值得信賴。

「就算是她們，跟我也不是毫無利害關係。」池野內議員瞇著眼說道。他的臉上增加不少明顯的皺紋，當年給人的爽朗印象早已消失無蹤，多出一種歷盡滄桑的韌性。然而，這麼一笑，又顯得年輕幾分。

「你今天找我出來，是想商量什麼事？」

就在這時，機台發出聲響。池野內議員彎下腰，拾起貼紙。上頭印著我們剛剛拍的照片。由於修圖效果的關係，我們的皮膚變得特別白，黑色瞳孔變得特別大。

他把貼紙撕成兩半，遞給我其中一半。

「請帶在身邊。」

「咦？」

「如果我有什麼萬一，請你拿出來這個，思索我想傳達的話。」

我接過貼紙，心情像是接下一份遺書。「你有話要傳達，爲什麼不直接對外公布？」

「除非手法非常高明，否則訊息馬上會遭到封鎖。若是從前的時代，還可直接在網路上公開，但這幾年網路的審核程式進化，想公開沒那麼容易。」

數年前，政府以預防犯罪、杜絕有害資訊及保護個人隱私等各種冠冕堂皇的理由，在網路系統中加入審核程式。雖然政府聲稱只是交給機器進行簡單的篩選，並非箝制言論自由，但社會上謠傳所有對政治人物不利的訊息也會遭到刪除。

「關於審核程式的謠言，是眞的嗎？」

「並不是不可能，畢竟人工智慧的研究日新月異。何況，就算沒刪除，也可設法在網路上帶風向，讓大家以爲我在網路上說的話，都是一個走投無路的政治人物胡言亂語。」

網路上的任何資訊，都可藉由各種譏諷、詭辯及投入網軍等手法，加以掩蓋或模糊焦點。過程中，甚至不需要任何理性的爭辯。類似的陰險手法每天都在進步，池野內議員這番話相當具有說服力。

「池野內，你想傳達的到底是什麼……」我還沒問完，他已掀開門簾走出去。

我急忙跟著走出機台，卻已看不到池野內議員的身影。眼前只有一群排隊等著使用大頭貼機台的年輕女孩，對我露出狐疑的眼神。

池野內議員到底跑到哪裡去了？我甚至不禁懷疑，這一切只是一場幻覺。

他約我出來見面，怎麼丟下我一個人不見蹤影？雖然有些生氣，也無可奈何。

我只好也趕緊離開現場。

走出電子遊戲中心不久，忽然有兩個穿西裝的男人叫住我。顯然我們一直遭到跟蹤。

「方便請教幾個問題嗎？」

其中一個年紀看來跟我差不多的男人問道。那男人理著一頭短髮，眼神相當銳利。

「你和國會議員池野內先生是什麼關係？」

「咦？」

「你們剛剛不是一起走進店裡嗎？」

在極短暫的時間裡，我做出了判斷。此時裝傻或說謊，對我沒有好處。最不會受人懷疑的做法，就是說眞話。「池野內先生以前幫助過我，他今天突然找我出來，我也是一頭霧水。」

「能不能請你告訴我，他從前怎麼幫助過你？」

男人的用字遣詞客氣，態度卻是高高在上。「怎麼幫助過你」這句話聽起來也有些彆扭，顯然他不習慣說客套話。

於是，我說出十五年前在聖若翰園地受池野內議員幫助的事情。

「噢，是當年聖若翰園地那件事？」兩個男人都露出打心底驚訝的表情，似乎沒料到我會提起此事。同時，他們對我的戒心彷彿也減少幾分。

「所以，池野內議員算是我的恩人，但我跟他並沒有什麼特別的交情。今天他突然找我出來，還帶我到這種地方，我也感到莫名其妙。」

「他對你說了些什麼？」「什麼也沒說。」「什麼也沒說？」

聽我這麼回答，兩人登時大起疑心。於是，我告訴他們，池野內議員和我在電子遊戲中心拍了大頭貼。

「貼紙能讓我看一下嗎？」

「噢……」我從背包裡取出貼紙遞過去。他們拿著貼紙仔細端詳，然後微微舉起，比較我和貼紙中的人物。由於施加了美白和瞳孔放大的修圖效果，對方這樣比對實在讓我很尷尬，但我強忍下來。我不禁有些佩服他們，居然能夠不笑出聲音。

大頭貼的背景是東京車站前的鐘塔，那是最近剛設置的東京新景點。

「這張大頭貼有什麼特別的意義嗎？」男人一邊問，一邊將貼紙遞還給我。

「我也很想問這個問題。」我老實說出心中的感想。「或許是一種紀念吧。」

兩個男人互望一眼，連句場面話也沒說，便轉身離開。

我心裡倒也沒有怒意。或許是太緊張，這時我才緩緩吐出憋在胸口的氣。

回到家，只見妻子坐在廚房的椅子上，目不轉睛地看著電視。她應該很擔心我今天與池野內議員見面的狀況，我趕緊向她大致說明今天發生的事。「我們去電子遊戲中心拍大頭貼。」

我滿心以爲，她會納悶地問「怎會去電子遊戲中心拍什麼大頭貼」，沒想到她一句話也沒說，一對眼睛依然直盯著電視。

難道是池野內議員的違法政治獻金案有重大進展？我趕緊望向電視螢幕，但似乎不是那麼回事。

電視新聞播報著禽流感的死亡案例持續增加的消息。

前幾天才公布發現一個死亡案例，到今天爲止，外國已有數十名病患死亡。死亡的案例中，包含一些醫療人員，益發加深民眾的恐懼。我想起小澤聖說的那句「搞不好醫生在那一邊也要跟可怕的東西戰鬥」。難道犧牲性命的醫生是在夢境世界敗北，所以在現實世界也丟了性命？一想到夢中的勝負甚至會影響現實中的死活，我不禁背脊發涼。

「接到最新消息。」畫面中的主播說著，從現場工作人員手中接過平板電腦。這場面一看就知道發生緊急狀況，我感覺到胃袋微微收縮了一下。

「居住在都內的某位男性，證實感染了禽流感。」

我忍不住發出驚呼。都內？指的是日本的東京都嗎？

我並非完全不把禽流感當一回事。我確實擔心過禽流感可能會傳入日本，讓我們再也無法置身事外。即使如此，我還是相當驚訝。至少在不久前，這僅僅是發生在國外的事情，並且只是亞洲某農村死了一個人的程度。我以爲就算會爆發大流行，也會有階段性的發展，不會突然風雲變色。

沒想到，這個傳染病突然來到我們的身邊。我想起十五年前發生在聖若翰園地的往事。從馬戲團逃脫的黑熊原本還在遠處，但一眨眼，牠的巨大身軀竟然已來到我的面前。

一瞬間就進入「火燒眉毛」的危急狀態，完全沒有緩衝的餘地。

隔天，我剛好要到福島出差三天兩夜，目的是爲了勘查明年要用來舉辦活動的場地。我和一名年輕部下坐在列車裡，旅程中我不斷在網路上搜尋相關的消息。

感染禽流感的男人到底是誰？網路上不斷有人放出「小道消息」，簡直像要揪出暗殺首相的凶手。但根據新聞報導，目前僅知感染者是「居住在東京的男人」，此外一無所悉。因此，網路上的這些小道消息，絕大部分（或者應該說，幾乎全部）是空穴來風，然而，每篇文章卻都寫得煞有其事。

有些人聲稱「這是機場檢疫人員告訴我的祕密」，有些人強調「我的親戚中剛好有傳染病學專家」。當然，越是這樣的說詞，內容越不足以採信，但還是令人忍不住懷疑「搞不好十篇中有一篇是眞的」。另外，有人直截了當地聲稱「其他人說的都是假的，只有我知道眞相」，讓人不禁信以爲眞。

至於一般的新聞網站，根本沒有將禽流感視爲重要新聞。頭條新聞是足球國家代表隊的選手與奧運銀牌體操選手的婚外情醜聞。或許是案情沒有進展，連池野內議員的違法收受政治獻金風波，也找不到相關報導。

「岸課長，我眞是頭大。」坐在身旁的年輕部下吃完便當，突然發起牢騷。

我以爲他接下來會抱怨「跟上司坐同一班列車實在太拘束，早知道就各自前往」，豈料完全不是那麼回事。「昨天我女兒在幼稚園忽然發燒，我們提早把她接回來。今天早上，女兒的燒退了，所以我們送她去幼稚園，沒想到其他家長竟一直盯著我們。」年輕部下說道。

「爲什麼盯著你們？」

「還不是那個禽流感的關係。」

「啊……」我一時之間也產生想掩住口鼻的衝動。「等等，如果眞的得了禽流感，不可能一天退燒吧？」

「聽說有些家長工作忙碌，就算孩子還在發燒，也會勉強送去幼稚園。因此，那些家長都不相信我女兒是眞的退燒。而且，她不巧又咳了幾聲，更是讓我們百口莫辯。」

「畢竟大家都很害怕。」

「全日本感冒咳嗽的人那麼多，我認爲應該直接公布感染者的身分。」

「要是公布，恐怕會鬧得一發不可收拾。」

「總比每個人都疑神疑鬼好得多。」

「那名感染者可能會變成過街老鼠。」我想起從前的一則新聞。引發問題的癥結，同樣是新型流感。不論任何時代，都會有所謂的新型流感出現。高中生到國外旅行，感染病毒回來，受到社會輿論撻伐。那所學校被當成將病毒帶進日本的罪魁禍首，最後導致校長自殺身亡。我告訴部下這件事，他驚訝地說「原來發生過這種情況」。不過，他的口氣除了三分驚訝之外，還帶著三分事不關己。當然，確實事不關己，況且是很久以前的事。

然而，我至今無法釋懷。

相隔十多年，我的腦海再度浮現當年那名向池野內議員申訴的年輕人。這是當年他對池野內議員說的話。

「也對，要是知道感染的是誰，一定會吵得天翻地覆。」年輕部下點點頭，似乎認同我的想法。

接著，我們的話題轉移到宣傳用的新周邊商品上。

「聽說以前有類似的企劃？」年輕部下打開公事包，取出一個大約三十公分高的塑膠擺飾。外觀是我們公司的產品中最具代表性的巧克力零食，由於是試作品，還沒塗上顏色。

「嗯，一樣是像這種火箭造型的周邊商品。」我點點頭，不禁感到有些懷念。「由於那陣子發生圖釘事件，爲了避免造成觀感不佳，企劃遭到否決。」

「圖釘和火箭根本不一樣。」

「是啊，但當時的宣傳部長堅持不肯採用。」我說道。年輕部下一聽，登時笑了出來。那個部長到頭來還是沒當上社長，最後以部長的身分退休，再也沒踏進公司的辦公大樓。不過，他給人的印象實在太強烈，連年輕部下都記得這號人物。

沒想到過了這麼多年，竟有年輕一輩提出類似的企劃，獲得公司內部的採用，我不禁感到五味雜陳。

「對了……」快吃完便當的時候，年輕部下話鋒一轉，問道：「要是禽流感爆發，不知會有何結果？」

「有何結果？什麼意思？」

「要是大家都不敢外出，每天窩在家裡吃零食，我們的商品銷售量是不是會增加？」

我趕緊張望四周。這種話要是被人聽見，肯定會引來非議。

後來列車抵達福島，我們參觀場地，與合作公司的人員一起吃飯。行程結束，我的智慧卡突然接到妻子傳來的簡訊。當時我正帶著年輕部下走回商務旅館。

我拿起智慧卡一看，簡訊裡竟寫著「那個感染者聽說是我們社區裡的居民」。

只是短短一句話，我卻花了一番工夫才理解。妻子一向樂觀，難得會傳給我這種充滿不安的訊息。

感染者是我們社區的人？

起先，我的腦袋一片空白，什麼也無法思考。下一瞬間，無數的疑問湧現腦海。

爲什麼會發生這種情況？這消息是哪來的？如果是事實，我們該採取什麼行動？

我趕緊以「禽流感」、「感染者」及我家所在的社區名稱爲關鍵字，在網路上進行搜尋，但沒找到任何線索。

「岸哥，怎麼了嗎？」或許是看我表情僵硬，年輕部下關心地問。

我隨口敷衍，感覺整個腦袋籠罩在一團黑霧中。驀然間，我想起當年在聖若翰園地看見的那團帶著閃電的烏雲。

一走進旅館房間，我立刻打電話給妻子。我猶豫著該打視訊電話還是單純的語音電話，下一秒妻子的臉已出現在智慧卡上。

即使是藉由視訊畫面，還是可明顯看出妻子眼中布滿血絲。「因爲我一直在上網搜尋。」她苦笑著解釋。

「完全沒有相關的新聞報導。」我連忙說道。

「我們家附近設有行人號誌燈的路口，不是有一棟透天厝嗎？就是那棟有點歷史的白色二世帶住宅（註）。」

「很氣派的那一棟？我記得那一家是不是姓久保？」

「對，我剛好路過，看見他們家門口停著救護車。而且不是一般的救護車，是比較大的箱形車。」

「這樣應該不能證明什麼吧？」

「嗯，但我還看見他們家有三個人走出來，坐上箱形車。」

「那也不見得……」

「他們的穿著可不得了，簡直像透明的太空裝，包得密不透風。就連在一旁引導的救護人員，身上也是相同的太空裝。」

「聽起來不太妙。」強烈的不安在我的心中激起一陣漩渦。

「你也覺得不太妙，對吧？」

「那一家人是做什麼的？」

「兒子是上班族，似乎常到國外出差。」

「一旦開始疑神疑鬼，就會沒完沒了。」

「後來，我又找時間去探看一次，發現來了一些業者，在房子內外噴灑藥劑，像是在消毒殺菌。」

我忍不住想解釋，引發流感的不是細菌，而是病毒。當然，這一點也不重要。

「住在他們家附近的人，也都察覺不對勁了嗎？」

「除了我之外，當時還有兩個人在遠處觀望，其中一個是藥局的伯伯。」

「那個伯伯啊……」他很愛說長道短，只要去買藥，隔天整個社區都知道你得什麼病。「愛聽八卦的人，多半也愛說八卦。」

「但應該不會說出給自己帶來困擾的八卦吧？」

「給自己帶來困擾？」

註：指可供兩個家庭（通常是父母和結婚後的子女）同住，卻又能保有雙方獨立生活空間的住宅型態，在日本十分普遍。

「住處附近有感染者，這種消息要是傳開，對他的生活也會造成困擾吧？」

「這麼說也有道理。」事實上，這正是最大的隱憂。「眞令人擔心。」我忍不住咕噥。

擔心？爲哪一點擔心？

擔心感染禽流感？

當然，這也是隱憂之一。但除此之外，還有一個隱憂，就是社會大眾可能會指著我們大喊「別靠近他們」。一想像有人瞪著我們大叫「快滾開」的景象，就有種五臟六腑都掉出體外的不安。

我再度想起小時候遭同學欺負的經驗。不過，這次的情況跟遭到欺負不盡相同。小孩子欺負同學不需要任何正當的理由，動機往往相當自私，可能只是爲了好玩，爲了打發時間，或是爲了沉浸在優越感中。相較之下，如今社會大眾排擠我們的動機，源自對禽流感的恐懼。他們會將我們與禽流感畫上等號，懷著厭惡想盡辦法躲避或攻擊我們。

「嗯，不過還不確定那一家人是不是眞的感染，搞不好是我想太多。我只是放心不下才趕緊通知你，跟你聊一聊，我的心情平靜不少。」妻子說道。

「那就好。」嘴上這麼說，但和妻子一聊，我反倒益發不安。

畫面上妻子的表情確實不再那麼緊繃。

住在那棟二世帶住宅的久保一家，我只見過幾次。此刻，我的心裡湧起一股不解與憤怒。明知沒有理由生他們的氣，但我就是無法克制自己。

當晚，我躺在商務旅館的床上，剛要入睡，又忍不住起身跪坐在棉被上，雙手合十祈禱：

「希望一切平安無事。」女兒在讀幼稚園的時候，有一次她長了水痘，全身癢得不停哭叫，我也是像這樣跪坐祈禱。如今女兒那麼大了，我沒很久做過這種事。

閉著雙眼，眼底竟浮現一隻鳥，我吃了一驚。那隻鳥有著碩大的頭部和碩大的鳥喙，正是鯨頭鸛。牠也凝視著我。

我趕緊睜開眼睛，鯨頭鸛自然跟著消失無蹤。我戰戰兢兢地再度閉上雙眼。

鯨頭鸛又出現了。

當然，很可能是我的幻覺。接下來有好一段時間，我試著集中注意力，與鯨頭鸛互望。鯨頭鸛面無表情，圓滾滾的眼珠卻彷彿在傳達著某種訊息。

就在那張撲克臉流露一絲霸氣的瞬間，我忍不住睜開眼。

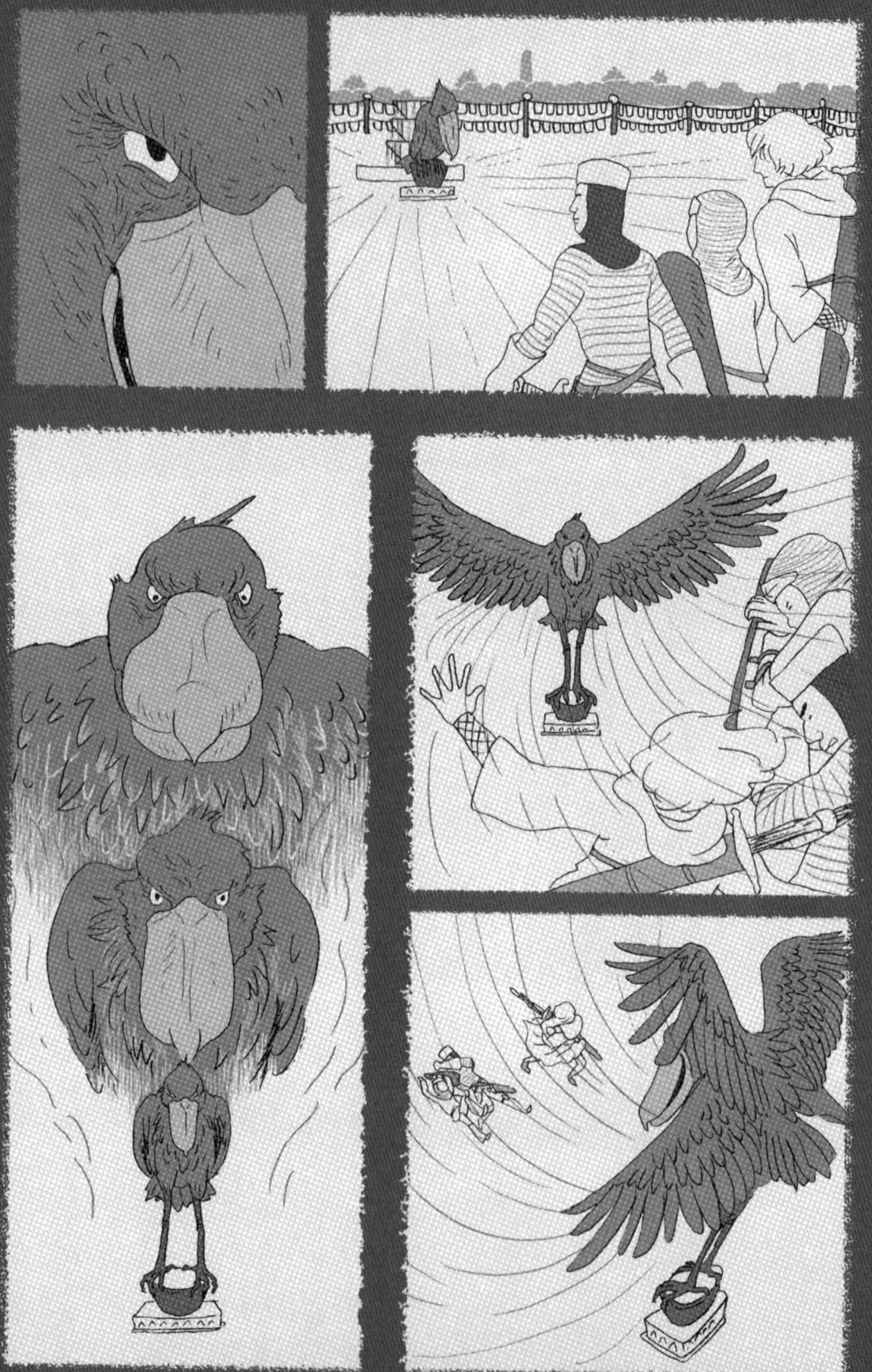

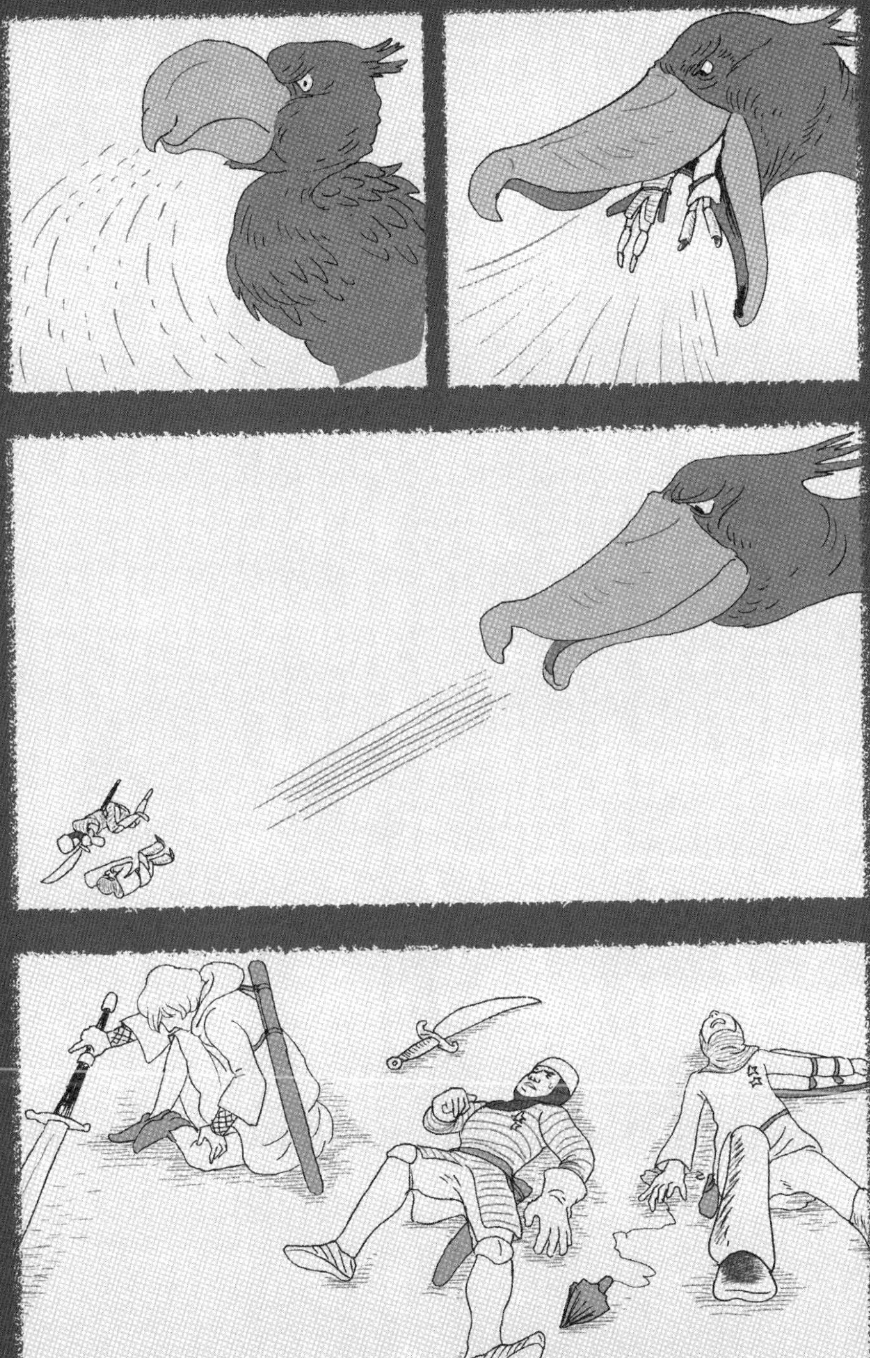

隔天清晨，我在旅館的床上醒來。拉開窗簾，或許是看見耀眼的晨曦，我心中的陰霾幾乎一掃而空。果然，夜晚有著將凡人的不安無限擴大的魔力。

此外，我拿出智慧卡上網搜尋，並未找到關於那名男性感染者的最新消息，也是原因之一。妻子看見的那輛救護車，或許跟禽流感一點關係也沒有。我越想越覺得這種可能性相當大。接著，我打開旅館房間內的電視，查看清晨的資訊節目，同樣沒看到任何令人在意的新聞。據說，古代的杞國人非常擔心天會塌下來，所以有了「杞人憂天」這句成語。沒錯，我簡直像是昔日的杞國人。

參觀完福島縣內的所有相關設施，結束一天的行程，我完全恢復冷靜。從福島返回東京的那一天，對我來說，禽流感已不是太值得擔憂的事情。

然而，回到東京車站，我發現車站裡超過一半的旅客都戴著口罩，心中的不安再度飆升。

「今天戴口罩的人怎麼變這麼多？」我忍不住問，年輕部下回答：「有變多嗎？最近不都是這麼多？」

「我現在要回公司，你如果擔心發燒的女兒，今天就先回去吧。」我告訴年輕部下。

他點點頭，但接著說：「沒關係，她退燒了。」

一回到辦公室，大量的例行工作早已在等著我。既不到忙不過來的程度，又可讓我忙到無法分神。對現在的我來說，這是求之不得的情況。越是閒得發慌的人，越容易胡思亂想。一旦忙起來，自然沒時間擔心天會不會塌下來。

然而，到了午休時間，我卻看到一則難以置信的可怕新聞。

我不禁對著電腦螢幕發出驚呼。

新聞報導池野內議員遭不名男子襲擊，身受重傷，陷入昏迷。

我在網路上搜尋，竟又找到案發當時的電視新聞畫面。在那段影片裡，池野內議員原本在接受電視台記者的採訪。

過往，池野內議員遇上記者總是快步離開，如今卻落落大方地面對麥克風，莫名有種新鮮感。

「我沒必要再煩惱了。或者應該說，沒時間讓我繼續煩惱下去。我要宣布一件非常重要的事情。」

池野內議員露出下定決心的嚴肅表情，令人心頭一震。

身旁的記者反倒有些驚惶失措。「咦，你要宣布事情？現在嗎？什麼事情？你真的願意說出來？」記者說得結結巴巴，或許是這意外的超級獨家新聞讓他一時過於激動吧。

池野內議員點點頭，「不久之後，恐怕會發生非常恐怖的事情。」

就在這個瞬間，事情發生了。

池野內議員的頭部突然彈了出去。正確來說，是有個男人從背後悄悄靠近，以宛如平底鍋的東西朝他的腦袋狠狠一敲。不，那凶器百分之百就是平底鍋。池野內議員的上半身劇烈搖擺，腦袋簡直像飛了出去。

我驚愕地張開嘴巴，好一陣子無法相信自己看到的景象。

手握麥克風的記者也嚇傻了，不斷發出驚叫。攝影師則忙著拍攝倒在地上的池野內議員。持平底鍋的男人穿著白色連帽外套，背影看起來猶如幽靈，卻又有些滑稽。他不慌不忙地大步離開，卻沒人追趕上去。

明知我看見的只是錄影畫面，還是有股想上前幫忙的衝動。不管是救人也好，抓人也罷，總之得趕快做點什麼。

新聞報導接著提到，受重傷的池野內議員被緊急送往醫院，一直處於昏迷狀態，下手的歹徒仍在逃亡。

「為什麼他會被殺？」身旁一名女職員問道。她似乎在看相同的新聞報導。

「他又沒死。」約莫是一時慌亂，我說得不太客氣。

「原來真的會有政治人物因遭到怨恨或知道太多祕密而被殺。」

遭到怨恨或知道太多祕密……或許這就是池野內議員遇害的原因。

剛剛的影像不斷在我的腦海裡重複播放。

池野內議員一臉嚴肅地走向麥克風，穿連帽外套的男人從背後躡手躡腳地靠近，舉起手中的平底鍋。

我不禁後悔前幾天與池野內議員見面。如果沒去見那一面，對我來說，充其量只是一個舊識遭遇不測。雖然會感到震驚，至少整件事情跟我毫無關係。就像得知從前認識的人發生意外。

然而，實際上，不久前我與他見了一面。不僅見了一面，在電子遊戲中心的大頭貼機台裡，他還提到「如果我有什麼萬一……」。

想到那天的事情，我不由得心跳加速。

所謂的「萬一」，難道指的就是今天這件事？

正當我想得入神，外出用餐的職員陸續回到辦公室。我趕緊將這些念頭拋在腦後，得趕快完成下午開會用的資料才行。然而，就在我的注意力回到電腦上，妻子忽然來電。這次是單純的語音通話。

多半是爲了池野內議員遇襲的新聞吧。於是我起身來到走廊上，按下通話鍵。

我暗忖著「這種事情倒也不必特地打電話」，沒想到妻子的第一句話就完全出乎我的意料。

「怎麼辦？」妻子說道。

「什麼怎麼辦？」我問。

「佳凜發高燒，今天提早回家休息。」

或許是不願面對現實，我的眼前突然一黑，宛如關掉電燈般伸手不見五指。但另一方面，我也安慰自己「只是發燒而已」，不見得是染上禽流感，不必大驚小怪。

「佳凜說前天和久保家的人接觸過。」妻子接著道。

「二世帶住宅那一家人？」

「嗯，她遇上的是那一家的奶奶。聽說那個奶奶走到我們家附近，忽然身體不舒服，佳凜偶然看見，攙扶她回去。」

「怎麼偏偏……」我沒再說下去。畢竟是在幫助別人，我沒有理由責備佳凜。

妻子接著向我描述，佳凜一邊呻吟，一邊解釋著「當時老奶奶似乎在發燒，不停打噴嚏，我看她不太能走，就幫了她一下」。

以時間的先後順序來看，佳凜幫助那個奶奶，不久後妻子就目睹救護車停在久保家門口。怎麼辦？

妻子在電話裡問我，聽起來十分徬徨。

怎麼辦才好？該不該帶她去看醫生？

我很清楚妻子猶豫不決的原因。要是去了醫院，檢查出確實是新型的禽流感，到時又該怎麼辦？

我的腦海浮現一群人對我們家指指點點，嘴裡說著「就是那一家人」的畫面。那些人站在遠處，投來冷漠的目光，彷彿把我們當成破壞和平的罪魁禍首。

我隨即強迫自己停止想像。佳凜正在承受高燒的痛苦，現在不是在意世人目光的時候。

妻子的結論與我相同。「嗯，總之我先打電話到醫院問問。」她堅定地說道。聽得出她不再迷惘，我趕緊表達贊成之意。

接著，我又補了一句「妳也戴上口罩吧」。絕大部分的人都對禽流感沒有免疫力，這正是最可怕的地方。如果妻子爲了照顧佳凜而感染，事態會更嚴重。

「我一直戴著口罩，只是……」

口罩能發揮多大的效果，仍是未知數。

我告訴妻子「我會盡快趕回家」，妻子卻回答：「萬一感染就糟了，你今天還是別回來吧。」由於我前幾天去福島出差，還沒與感染後的佳凜接觸過。「你回來我們當然比較安心，但要是全家都感染就慘了。」

我明白妻子的擔憂，可是沒見到妻子和女兒，我實在不放心一個人去住商務旅館。「總之，我會盡快回去。」說完，我便掛斷電話。

確認下午的工作計畫之後，我告訴剛好在附近的部下：「今天我家裡出了點狀況，要提早離開。」

到底該對公司的人吐出多少實情，我十分煩惱。如果什麼也不說，事後才遭到揭穿，公司的人可能會認爲我欺騙他們。因此，我使用較抽象的話語，雖然不明說，但暗示發生不太妙的事。

「岸課長，你家裡還好嗎？難道是你太太出了什麼事？」部下擔憂地問。我只含糊應一句「詳情我也不清楚」。事實上，我目前眞的不清楚詳情。

走出公司，小澤聖忽然來電。我詫異地接起電話，對方劈頭便以異常沉重的口吻問：「看到新聞了嗎？」

我心想，他多半是指池野內議員的事吧。雖然現在滿腦子擔心著佳凜，但池野內議員遇襲也讓我十分掛心。「眞是糟糕。」我應道。不管是池野內議員或佳凜，情況都很糟糕。

「岸，不要緊嗎？」

「咦？」

「我們昨天在那一邊輸了。昨天深夜我搭飛機回日本，就在飛機上輸了。」

「什麼輸了？」

「夢境裡的戰鬥。我記得非常清楚，你、我和池野內被打敗，對手居然是……」

「咦？」

「總之，這是我們輸得最慘的一次。」

因爲在夢中的戰鬥敗北？「抱歉，我在趕時間，下次再談好嗎？」我趕緊結束通話，但眞正的理由不是趕時間，而是恐懼。如果我可以氣得大罵「在這種節骨眼，沒空跟你談做夢的事」，不知該有多好。我們在夢境落敗的事實，帶給我強烈的絕望與恐懼。既然輸了，或許一切已無法挽回。我想起國外那些感染禽流感逝世的醫療人員。他們的死，會不會也跟夢境有關？

返家途中，我站在地下鐵的電車車廂裡，極度擔憂自己會害旁人感染病毒。我不敢抓住吊環，也不敢觸摸扶手。但就像妻子說的，如果眞的是久保家的奶奶將病毒傳染給佳凜，我這幾天一直在外頭出差，受到感染的機率非常低。我試著安慰自己，不必過於憂慮。

我在電車裡不斷上網搜尋相關資訊。就在電車抵達離我家最近的車站時，我赫然在網路上看見自家所在的社區名稱。

當時我剛步出剪票口，一邊走向腳踏車停放處，一邊以智慧卡查看網路上的資訊。驀然間，我在一個任何人都能自由瀏覽的留言板上，看見一篇標題爲「發現感染者」的留言。內容雜亂無章，但確實提到我居住的社區。

我家所在的社區名稱，在那篇留言裡簡直被當成殺人凶手的名字。

接著我又看到一則新聞，上頭寫著疑似感染禽流感的病患正在快速增加。包含「症狀惡化」、「死亡案例」等字眼的文章標題，在網路上宛若病毒般大量繁殖。

「我在發高燒，是不是受到感染了？」類似的提問在網路上如雨後春筍般湧現，搜尋關鍵字的熱門排行榜上全是預防感染的相關詞句。

或許是過度恐懼，我的腦袋拒絕接受眼前的事實。我無法掌握現在的處境。我無法理解車站附近的行人爲什麼沒驚聲尖叫，爲什麼沒倉皇逃竄、推擠。

解開腳踏車鎖的時候，我恨不得將鎖一把扯斷。我跨上腳踏車，拚命踩著踏板，朝著自家奔馳。

來到住家附近的十字路口，我忽然想到應該先打電話向妻子確認目前的狀況。自從那通電話之後，妻子就沒再跟我聯絡，我有些放心不下。於是我停下腳踏車，以智慧卡撥打電話。

呼叫鈴聲響了很久，妻子都沒接。就在我猜想她可能去醫院的時候，電話突然接通，傳來陌生男人的聲音。我不禁將智慧卡拿到眼前看了看，懷疑自己是不是打錯電話。

我再次將智慧卡放到耳邊，男人迅速向我說明他是傳染病防治中心的員工，在不久前抵達我家。

「你太太陪在女兒的身邊，她請我代接電話。」

或許是戴著口罩，男人的聲音模糊不清。

起初，我以爲是妻子打電話向醫院通報，仔細一問，才知道妻子根本還沒有打電話，他們就登門造訪。

「我們在這個社區裡進行新型流感傳染狀況的調查。藉由追蹤接觸者的方式，我們將你的女兒列入感染的高風險名單。」

我心想，多半是久保家的奶奶提到曾跟佳凜接觸吧。

「只有我女兒嗎？」我趕緊問道。「不，還有其他人。」對方回答。我一聽，稍微鬆一口氣。至少不會只有我們被當成壞人。

「我在附近，馬上會到家。」我說道。

「現在回來可能有點危險。」

「有點危險？」

我以爲對方指的是感染病毒的風險，沒想到對方的回答出乎我的意料之外。

「你家附近有一些媒體記者及圍觀群眾。」

「啊……」一股彷彿心臟被緊緊揪住的恐懼感，霎時傳遍全身。

「我們正要把你的女兒送往防治中心，或許你也一起來比較好。」

「好，我明白了。」我應一聲，便直接掛斷電話。反正防治中心的地址在網路上就查得到，不必特地詢問，但我還是放心不下妻子和女兒。雖然剛剛才受到警告，我仍忍不住騎著腳踏車往自家的方向前進。

來到住家附近，家門口停著一輛大型救護車。那大概就是妻子在久保家門口看見的救護車吧。大門恰巧在這時打開，一群穿防護衣的人推著一具擔架走出來。躺在擔架上的正是佳凜。我將腳踏車一推，立刻奔上前，然而，防護人員的動作非常迅速，不過一眨眼工夫，救護車已開走。

我愣愣地站在家門前，一時不知如何是好。妻子是否也受到感染？佳凜能痊癒嗎？當然能痊癒！一定沒問題！我在心裡如此告訴自己。總之，我得趕緊去找她們。

就在我取出智慧卡，想查出防治中心的位置時，突然出現兩個年輕人。我根本沒看到他們是從哪裡走來的，簡直像從地底下冒出。他們看起來才二十幾歲，甚至可能不到二十歲，兩個人都有著高䠷瘦削的體格。

「抱歉，請問你是岸先生嗎？」「你的家人是不是染患新型流感？」「你不覺得你們太不小心了嗎？」「岸先生，你聽見了嗎？」

兩個年輕人輪流以高亢尖銳的聲音對著我說話。他們都戴著眼鏡，多半是能夠收發聲音和影像的傳訊用眼鏡吧。這類器材經過多次改良，如今已十分容易操控。

就在他們提問的瞬間，聲音和影像都已傳送到網路上。

突然面對如此無禮的質問，我的表情肯定相當錯愕吧。網路上不知有多少人正在看著我這副表情。

我感覺腦袋糊塗了。

總之，現在該做的第一件事，就是立即離開這裡，別與他們糾纏不清。轉身想走回腳踏車放置地點的時候，背後又傳來他們的聲音。「你放心，我們會打上馬賽克。」「不過，如果是熟人，恐怕還是認得出來。」「等等，你該不會想帶著病毒到處跑吧？」

不要回應任何問題！我如此提醒自己，背對著他們快步遠離。沒想到，又出現一個扛著大型攝影機的女人，和手持麥克風的男人。

看著男人遞過來的麥克風，我心裡的第一個疑問竟是「就算是電視台的採訪，以現今的攝影儀器性能，根本不需要使用這麼大的攝影機」。從前我聽說，記者其實只要使用小型攝影機，便能一邊攝影一邊進行採訪。電視台依然頻繁使用大型攝影機，只是爲了保住攝影師的飯碗。當然，這僅僅是社會上的謠傳，眞假不得而知。驀地，我的腦中響起「比起全世界的利益，任何人都會以自身的利益爲優先」這句話，正是池野內議員當年秉持的論點。或許攝影機不算是典型的例子，總之，爲了某些理由，放棄追求更高的效率或更低的成本，並不罕見。

「你是這幢屋子的屋主嗎？」記者問道。

我一句話也說不出口。背後那兩個網路新聞記者似乎正要繞到前面來。明明是陽光燦爛的下午，我的世界卻一片灰暗。或許是天空出現烏雲吧，我如此告訴自己。我的視野越來越狹窄。

依稀能夠聽見記者的問話聲，但不敢肯定他們是不是在責罵我。「現階段你的長相和聲音都會經過自動模糊處理。」有個記者說了這麼一句。現階段？現階段是什麼意思？意思是未來我的長相和聲音，都可能會被公開嗎？我到底做了什麼？我明明過著循規蹈矩的生活，爲什麼要遭受這種對待？

「我要去找女兒。」我不禁呢喃，腦海浮現十年前佳凜發燒的模樣。那時她還在就讀幼稚園，額頭上貼著降溫貼布，不斷發出痛苦的呻吟。沒錯，我得趕快出發，不能繼續在這裡耗時間。

男記者的聲音不斷在我的腦中迴盪。那聲音實在太響，反倒讓我有種什麼也聽不見的感覺。視野迅速縮小，我甚至不確定自己是不是還好好站著。

對妻子和女兒的不安與焦慮，以及宛如被當成重刑犯的恐懼與憤慨，各種複雜的情緒混雜在一起。就在我無法繼續思考，也不想繼續思考的瞬間，我彷彿聽見「啪」一聲輕響，眼前一片黑暗，身體恍若被折成兩半。在那個當下，我甚至無法察覺自己已癱坐在地。

平常總是像守門人般傲然倨立的那隻鳥，忽然拍擊雙翅。強大的風壓讓每個人的心中一陣驚駭，下一瞬間，鳥的翅膀幾乎遮蔽整片天空。

鳥的身軀有如氣球，無聲無息地迅速膨脹，大到將整片天空擋在牠的背後。牠高高飛起，展開雙翅，滿臉凶殘暴戾之色，令人爲之震懾，不再是往昔氣定神閒的模樣。

連噴水池湧出的水流，也隱隱顫動。

「沒想到竟是牠。」穿紅色服裝的男人咕噥道。他握著大劍，在狂風中勉強維持著身體平衡。並肩作戰數次，我對他的個性已有一定程度的瞭解。即使在最危急的時刻，他還是一派輕鬆。

另一個穿黑色鎧甲的男人，單手舉劍，抬頭仰望天空。

我們腳下的石板地面微微搖晃，不斷有小碎石被捲上天空。其中一塊碎石在我的臉頰上劃出一道傷痕，消失在我的後方。

我握著飛鏢，完全無法維持身體平衡，更別提擺出應戰姿勢。

「你們最近做過夢嗎？」穿黑色鎧甲的男人不知何時來到我身旁。

「夢？現在我的夢，就是打到那隻鳥。」穿紅色服裝的男人也走過來。我們三人緊靠在一起。

「我指的不是夢想的夢，而是睡覺時做的夢。我常常會夢見跟這裡完全不同的世界。」

「你上次也提過這件事。另外一個世界的自己，遇上火災之類的。」

「沒錯，如今那個世界的我正拚了命地準備。」

「準備？準備什麼？」我一邊問，一邊試著回憶睡覺時做過的夢。

「準備對抗疾病。爲了遏止傳染病蔓延，努力製造治療藥劑。」

「這對我們有什麼特別的意義嗎？」

「我從以前就經常做這樣的夢。每次都是在戰鬥之前，而且夢中的自己都遇上麻煩。」

我不禁想苦笑。這種緊要關頭，實在不是談論做夢的好時機。這一瞬間，高空的大鳥張開幾乎跟身軀一樣巨大的鳥喙。

我立即提高警覺。從大鳥的口中，不知會噴出什麼東西，就像那頭會噴出火焰的巨大蜥蜴。狂風驟然止歇，我心想機不可失，馬上舉起手中的飛鏢。穿黑色鎧甲的男人也舉起長劍，隨時準備要躍向空中。

只要能夠先下手，或許就有勝算。

我將胳臂奮力拉向身後，看準角度。雖然沒事先溝通，但我們很有默契地打算在同一時間發動攻擊。

我心想「就是現在」，正要隨著動作吐出憋在胸中的一口氣，大鳥竟也猛然噴出一口氣。那氣息夾帶著強風和雨水，宛如一整團的暴風雨，朝我們疾撲而來。

我的身體忽然變得輕飄飄，彷彿沒有重量。就在我察覺自己正置身半空的瞬間，我已被捲入龍捲風中。下一秒，那展翼的大鳥張開巨大鳥喙，把我吸了過去。我的身體不斷旋轉，即將被大鳥吞入腹中。穿紅色服裝的男人卻忽然墜落，好似有一根看不見的巨大手指將他用力彈出去，令他狠狠摔在下方的地面。這時，我與穿黑色鎧甲的男人也被什麼東西拍了一下，朝著地面高速墜落，狼狽撞擊大地。一陣轟然聲響，我全身的關節好像都散開了。

醒來一陣子後，我仍不明白自己怎會坐在車子的副駕駛座上。即使意識逐漸恢復清晰，我還是無法理解自身的處境。

轉頭一看，手握方向盤的駕駛者戴著墨鏡和口罩，看不出長相，只知道應該是女性。

「原來一個人陷入極度恐慌時，會失去意識。」

等紅綠燈的時候，她忽然望著我說道。她到底是誰？我努力回想，卻實在想不起她的名字。

不過，我倒是想起十五年前在聖若翰園地，橋梁的升降機械遭雷擊故障的事件。我就像當時的升降機械，失去了意識。仔細想想，記者使用的閃光燈，確實與落雷伴隨的閃電有幾分相似。

然而，更讓我震驚的是清醒前看見的景象。在那陌生的國度裡，我拿著一支飛鏢，身旁的兩個男人分別穿著黑色鎧甲和紅色服裝。我的身上或許也穿著鎧甲。最重要的一點，是我們的頭頂上有一隻巨大的鳥，張開的翅膀幾乎覆蓋大地、遮蔽太陽。

我凝視著右手，奮力朝著前方高舉飛鏢時的觸感，還清晰地殘留在掌心。

「怎麼了？」開車的女人問道。那口氣似乎不是在關心我，流露一股焦躁感。

「我記得……剛剛做的夢……」我呢喃自語。

「你在說什麼啊？」

不，那不太像是我失去意識時做的夢。更像是我早就做過那樣的夢，只是在失去意識時想起。

「我終於看見連結那個世界的繩子。」

「看來你的神智還不清楚。」

就是這個嗎？當年池野內議員試圖形容的就是這種感覺嗎？那個夢不像只存在腦袋裡，更像是實際的體驗，因爲那種感覺仍殘留在我的全身肌肉中。

「請問……」我想詢問女人的身分，但她似乎誤會我的意思，回應：「你放心，剛剛那些媒體記者都跑光了。他們看到你暈倒，嚇得手足無措。我衝過去把你拖上車，他們居然完全沒幫忙。」

「請問……」

「那時候我正要去你家。一到你家門外，剛好看見你被攝影機和麥克風包圍。」

我說了第三次「請問」。

「你想問我，爲什麼知道你家嗎？只要輸入地址，接下來就交給汽車導航。」她指著螢幕顯示的地圖。

眼前的女人不僅身材苗條，而且隱約可看出五官頗爲秀麗。但仔細觀察，我發現她的年紀似乎不小了，雖然還不到我母親的年紀，至少已超過五十歲。她說起話神采奕奕，腰桿挺得筆直，散發出一種颯爽的氛圍。

「不，我想問的是……」

「啊，你想問我，爲什麼知道你家地址？是池野內告訴我的。」

「池野內？」我每年都會收到他寄來的賀年卡，他當然知道我家的地址。

「他曾交代我，如果他有什麼萬一，就來找你。」

如果有什麼萬一……這句話在我的腦海中迴盪。同樣的話，我也從池野內議員的口中聽過。紅燈終於切換成綠燈，車子開始前進的時候，我也終於問出心中最大的疑問。「請問……妳是哪位？」

「我是哪位？啊，對了，我忘記先道歉。」

「道歉？跟誰道歉？」

「跟你。以前那件事給你添了麻煩，眞是抱歉。」她向我微微低頭鞠躬。

我依然一頭霧水。「小女子是池野內的前妻。」她故意裝模作樣地說道。

沒想到，當年打客訴電話的女性顧客，十五年後竟出現在我的面前。我告訴你，要是繼續擺出這種態度，保證你會後悔。我本來不打算太刁難你們，只是要你們拿出誠意解決問題而已……當年錄音檔裡的這段話，我一直記得清清楚楚。

「原來是池野內夫人！」我說道。她一聽，故意重重嘆了口氣。

「我們離婚了，不要叫我池野內夫人。」

「啊，也對。呃，請問該怎麼稱呼？」我問道。不料，她卻回答：「爲什麼要告訴你？」我以爲她在開玩笑，可是她接下來沒有任何解釋。

既然她不自我介紹，我只能暫時認定她爲「前池野內夫人」。雖然這種稱呼彷彿認定女人是男人的附屬品，但若要給她取另一個綽號，也讓人不禁膽寒。

「抱歉，我有點無法理解……」我的腦袋仍亂成一團，只能愣愣看著窗外的建築物和交通號誌等景色不斷流向後方。

「雖然我們離了婚，但並非完全不聯絡。我們只是有時會故意裝出感情不好的樣子。你沒讀過坂口安吾的《不連續殺人事件》嗎？」

「不連續……那是什麼？妳的意思是，雖然你們離了婚，但感情很好？」

「怎麼可能感情很好？如果感情很好，又何必離婚？」她語帶戲謔，更是讓我有如丈二金剛摸不著腦袋，忍不住想深深嘆息。「別說這些了。我問你，你最近是不是跟池野內見過面？」

我暗暗告訴自己，就當她是打電話來客訴的顧客吧。「對，池野內忽然聯絡我，所以我們見了一面。」

「他有沒有告訴你，如果他有什麼萬一，就到東京車站的鐘塔？」

「咦？」我倒抽一口涼氣，感覺像被一根銳利的箭射中要害。但下一秒，我發現這根箭射偏了。池野內議員確實說過「如果我有什麼萬一」這種話，卻沒提到鐘塔。我隨即從口袋裡取出錢包，從中抽出和池野內議員合拍的大頭貼。

如果我有什麼萬一，就拿出這個來思索……當時他這麼告訴我。「這張大頭貼的背景，的確是鐘塔。」

池野內夫人……不，應該說是前池野內夫人，她故意誇張地嘆了口氣。

「我就說嘛，果然沒有我，你根本不會察覺池野內要託付給你的東西。」

我正想詢問「託付給我什麼」，但還沒問出口，她已絮絮叨叨地說起整件事情的來龍去脈。這種感覺就像是正要看一部電影，身旁卻有人說起結局。

「池野內大概是認爲，要是一見面就把東西交給你，肯定會被發現。畢竟媒體記者和特搜總部的人都在追著他跑。」

「那天我一走出電子遊戲中心，馬上就被叫住。」

「看吧。所以，他只交給你一個提示，就是剛剛的大頭貼。」

「意思是，要我去東京車站的鐘塔？」

「池野內認為，如果他發生什麼意外，你拿出大頭貼來看，應該會明白他是要你去這個地方。但在我看來，你根本不會察覺的機率太高了。」

「原來如此。」我一邊回答，一邊卻感覺胃部微微收縮。我眞的能夠完成池野內議員託付的使命嗎？如果只有我一個人，我眞的能夠依照他的想法，前往東京車站的鐘塔嗎？我實在沒自信。「那個地方到底有什麼？」

「說穿了，池野內只是想分散風險。倘若直接交到你手上，你的負擔太大，而且一旦被發現，就什麼都完了。」

「唔……」

「所以他才希望，如果有什麼萬一，你就去鐘塔。那裡有一家雜貨店，池野內委託店員，要是見到你，就把東西交給你。」

「什麼東西？」

「電影裡不是常這麼演嗎？隨時可能遇害的人，都會留下一個影片檔，例如一個存著影片檔的微晶片之類的。以前的懸疑電影，主角遭到追殺的理由。八成都跟微晶片有關。雖然我也不知道微晶片到底長什麼樣子，總之，大家都會因一些藏著國家機密的微晶片而遭到追殺。」

「我也對微晶片沒概念。如果是洋芋片，我們公司生產的零食裡倒是有一些。」

原本開著車子的她，忽然轉頭瞪著我，令我不由得冷汗直流。我指向前方，示意「開車要專心」。雖然現在的汽車都裝有自動駕駛的感應器，但開車的人不看前方，還是讓人膽戰心驚。

「不過，池野內委託店員轉交的不是微晶片，而是一串網址。池野內的影片檔，就存在那個網址裡。」她接著解釋。

我不禁心想，未免繞太多圈子。「這麼說來，我們現在要去鐘塔？」

得知目的地，感覺踏實不少，但想早點趕到佳凜身邊的心情仍十分強烈。

「爲什麼要去鐘塔？」

我一聽，霎時又糊塗了。「妳剛剛不是說池野內要我……」

「我都替你做完了。」

「我都替你做完了？」

「我這個人就是這樣，無法對池野內偷偷摸摸幹的事情視而不見。不管是信或訊息，我都會想辦法確認內容。」

她毫無愧疚之意，彷彿只是在說「我得了花粉症」，讓人忍不住想回一句「請保重」。不知該說是池野內議員在外頭有太多情婦，導致妻子變得疑神疑鬼，還是該說，是妻子的個性讓池野內議員喘不過氣，才想在外頭找情婦調劑身心。

「所以，池野內找你去電子遊戲中心，以及他在鐘塔的雜貨店與店員暗中交涉，我全查得一清二楚。我連影片檔都下載了，耗費不少工夫。」

「妳下載了影片檔？」

「當然，那影片檔要輸入密碼才能開啓。」

「怎樣的密碼？」「有提示。」「怎樣的提示？」「你印象深刻的商品名稱。」「什麼意思？」「這是專爲你設計的密碼，你一定知道提示的意思，照著輸入就行。」

「我印象深刻的商品名稱？」不一會，我便知道答案。那就是十五年前引發圖釘事件的棉花糖零食。池野內議員與我正是因那件事而結識。

「這也是我印象深刻的商品名稱。」她說道。

眞是敗給她了。

就在這時，她忽然向左轉動方向盤。由於幾乎沒減速，車子有點超出中線。對向的車子朝我們按一聲喇叭。

她咂了個嘴，不停咒罵，一邊遞來智慧卡。我猜她的意思應該是，池野內議員的影片檔已下載在裡頭，要我點開看看。

「岸，記得你以前提過的那個庫存疏失嗎？」池野內議員說道。

智慧卡的小螢幕上，出現池野內議員的臉。由於不久前才見過面，此時我的心情並非懷念，而是有種正在進行即時影像通話的錯覺。

「什麼庫存疏失？」我一開口，才想起這是錄影畫面。

「熱銷商品明明還有庫存，卻因爲放在寫著其他商品名稱的箱子裡，沒人發現。」

我不禁佩服池野內議員的記憶力，他居然還記得這種事。當時我們公司在核對商品外箱名稱和內容物的工作上，的確有値得改善之處。

「我幹了相同的事情，而且效果比預期中好。」

相同的事情？什麼事情？

我還在疑惑，正在開車的前池野內夫人忽然說：「池野內一直很在意流感這種傳染病，尤其是新型流感，比如禽流感或豬流感之類的。流感病毒不是很容易發生突變嗎？所以他常說，流感遲早會鬧出大問題。」

池野內議員確實提過「如何防杜傳染病，是相當重要的議題」，我的腦海浮現他說出這句話時的表情。

「他一直在準備疫苗和治療藥劑。」

「準備……」

我正拚了命地準備……

一道聲音在我的腦中迴響。

爲了遏止傳染病蔓延，努力製造治療藥劑……

是那個穿黑色鎧甲的男人。在夢境裡，當我們在對抗那隻大鳥的時候，他確實這麼對我說。

對我？那眞的是我嗎？還是跟我互相呼應的另一個人？

「我還記得。」我脫口而出。

「記得什麼？」

夢境裡發生的事……我幾乎要對她說出這句話。或許這意味著，我與夢境世界的連繫變強了。

那個穿黑色鎧甲的男人，是池野內議員嗎？

只要在夢境獲得勝利，現實的狀況就會好轉……

想到這裡，我心頭一驚。

如果眞的像池野內議員所說，夢境裡的戰鬥結果會對現實產生影響，那麼，當時我們在夢境裡落敗，正是造成今天這個局面的肇因？

池野內議員陷入昏迷，我的寶貝獨生女染患禽流感。

因爲輸了，才發生這種事？

我想嗤之以鼻，但做不到。

「請問……池野內會製造疫苗和治療藥劑嗎？」

「他是議員，不是研究人員。他不會做研究，但他能幫助研究人員做研究。例如，設法提供研究經費，或是修法廢除阻撓研究的法規。」

「這就是他與藥廠勾結的原因？」池野內議員被記者追著跑的景象，再度浮現在我的眼前。

「如果目的是爲了研發疫苗，而不是爲了自身利益，他大可光明正大地行事，何必偷偷摸摸？」

「你這是普通人的想法。」

「妳不也是普通人？」

「池野內常說，天底下很少有什麼事情能夠讓每個人都開心，比如有人製造出絕對不會破的玻璃……」

「絕對不會破的玻璃？」

「玻璃業者會不開心。」

「啊……」我恍然大悟，「研發出疫苗，醫生會不開心，是嗎？」

「沒錯，就是這麼回事。所以，池野內很害怕遭到阻撓。一旦研發出國產的疫苗和治療藥劑……」

「國外藥廠製造的就沒人買。」

或許現實中的狀況要複雜得多，但以利害關係而言，簡單來說就是這麼回事吧。所以研發的過程必須保密。既然必須保密，援助的行動當然就必須遊走於法律邊緣。

原本車子一直行駛在多線道的國道上，但我忽然感覺有一股力量將我的身體往外拉扯，車子向右轉了一個大彎，開進了一條巷道內。

「新型流感遲早會爆發大流行，這是可預見的事情。」

我又聽見池野內議員的聲音。智慧卡還在持續播放著影像檔。畫面中的池野內議員還在不停說著話。

「他一直想要解決這個問題。自從當上國會議員後，他滿腦子都在想著這件事。」正在開車的前池野內太太忽然又搶著開口說道。

丈夫還在說話，妻子卻搶著幫丈夫解釋，一副「我來說比較清楚」的態度。我不禁對智慧卡畫面上那小小的池野內議員感到一絲同情。

「過去的流感疫苗，研究人員會先針對每一年將會流行的流感病毒進行預測。如果預測得不準，效果就會大打折扣。但也有一些研究團隊，研究的是對任何病毒都具有效果的疫苗。我們就暫時把這種疫苗稱作Betamax疫苗吧。」

這讓我想起了從前池野內議員所提過的「ＶＨＳ跟Betamax」的例子。在錄影帶的規格競爭中，最終ＶＨＳ打敗了Betamax。畫面中的池野內議員果然將這個例子又提了一遍。開車的前池野內太太苦笑著說：「他真的很愛提ＶＨＳ跟Betamax。」

「他想表達的是優秀的東西不見得一定較受重視，也不見得一定能在競爭中獲勝？」我說道。

「其實在我看來，ＶＨＳ能獲勝單純是比較優秀。池野內太偏袒Betamax了。」

這樣的觀點也不無道理。

「Betamax疫苗要是順利研發，有些人會不開心。雖然能讓很多人受惠，卻也會讓少數人吃虧。如果這些少數人都是手握重權的人物，Betamax疫苗的研發就會受到阻擾。所以我只好偷偷摸摸……」

畫面裡的池野內議員還沒說完，前池野內太太已搶著說：「所以他只好偷偷摸摸地援助研發計畫。」

「藥廠怎麼會願意配合他偷偷摸摸地做這種事？」我問道。

「藥廠裡只要有幾個高層人物認同池野內的想法，自然就會想辦法配合他。否則，單靠池野內一個人什麼也做不了。當然只靠藥廠也是不行的，厚生勞動省之類的政府組織裡也必須有人從旁協助。」
「他有協助者？」
「總是會有派系鬥爭。」
「池野內派？」
「任何組織團體都會有派系，就算是家長會和棒球隊也一樣，甚至還有推動消除派系的派系。藥廠自然不例外，有些派系爲了對抗另一個派系，就有可能協助池野內，畢竟敵人的敵人就是朋友。當然，那些協助者也可能遭敵人反擊。」
「其他的議員呢？議員裡沒有協助者？」
「照理來說，應該會有人認同他的想法。或許他擔心遭到背叛，才選擇單獨行動。」
前池野內夫人說這些話的期間，智慧卡上的池野內的話語也零星傳入我的耳中。我隱約聽見「藥廠董事」、「丟掉性命」這些字眼。
「他擔心遭到妨礙，在媒體記者面前往往避重就輕。他原本只希望多爭取一些時間，把完成的疫苗和藥劑移到安全的地方，沒想到新型流感的感染狀況越來越嚴重……」說到這裡，她覷了我一眼。
雖然政府對外公布的感染人數不多，但傳染病的可怕之處，在於接下來會呈倍數成長，擴散速度越來越快。
「所以，他才會突然決定向新聞媒體公開一切吧。爲了強行推動計畫，他約莫幹了一些違法的事情，而且是明知故犯。」前池野內夫人毫不掩飾地說道。

於是，有人跳出來指控池野內議員與藥廠勾結。躲在此人背後的勢力，可能是池野內議員的政敵，可能是與外國藥廠關係密切的政治人物，可能是藥廠的競爭企業，可能是一些老謀深算的官員，也可能以上皆是。總之，出現一股想將他拉下政壇的力量。

我要宣布一件非常重要的事情。在遭到攻擊之前，池野內議員對著攝影機說出這句話。難道比你的性命重要？我忍不住想反問他。當然是帶著欽佩的口吻，而非譏諷。

「岸！」智慧卡上的池野內議員喊了我一聲。

如今在我眼前的他，不是現在的他。我有一種與過去通話的錯覺。

「如果我的推論沒錯，新型流感爆發之前，那一邊應該會發生戰鬥。只要能夠獲勝，事態就不會迅速惡化，萬一輸了……」

我的腦海浮現那隻展翅飛上天空的鯨頭鸛。我們被牠徹底打敗，毫無反抗的能力。

這到底是什麼時候做的夢？

「只有這一句，我實在聽不懂池野內在說什麼。『那一邊的戰鬥』是什麼意思？」前池野內夫人問道。

「啊，呃……可能沒什麼大不了……」我一時詞窮。她狐疑地歪著腦袋，似乎不滿意這個回答，於是我趕緊改口：「用關鍵字『那一邊的戰鬥』在網路上搜尋，或許能找到線索。」

「是嗎？」

我偷偷瞄了她一眼，只見她噘起嘴，太陽穴附近的肌肉微微跳動。或許是被當成局外人，她大感不滿吧。雖然她的外表給人一種溫和沉穩、豪爽大方的印象，然而，一旦有什麼事情不順她的意，她可能就會大發雷霆。否則，當年她也不會在明知對方無辜的情況下，打出那通客訴電話。

影像裡的池野內議員最後說：「不過，就算輸了一次，仍有挽回的餘地。」還有挽回的餘地？

「就算輸了第一次，只要第二次贏回來，便能避免現實中發生最壞的情況。」

什麼意思？

「我最近才逐漸明白這個機制。」

不知何時，車窗外的景色變得綠意盎然。原本道路兩旁大樓林立，如今遠處卻隱約可見農田和山丘。又過了一會，車子開上山路。

「我們要去哪裡？」

「影片看到最後，會提到一組電話號碼。」

「妳竟然破哏了。」我開了個玩笑，接著問：「那是誰的電話號碼？」

「藥廠的協助者。一個認同池野內的理念，而且充滿使命感的年輕勇者。」這句話的後半段明顯帶著的調侃。「你昏厥不久，我就主動跟他聯絡。」

「真虧妳能做到這種事。」「聯絡一個人很困難嗎？」「不是，我的意思是，真虧妳敢冒著危險做這種事。」

「如果想那麼多，就什麼都不用做了。畢竟一個人光是活著，便充滿危險。總之，當時你昏迷不醒，我認為事態緊急，直接打了電話。對方給我一組導航座標，聲音聽起來是年輕男人。」

這麼說來，我們正要前往那個男人所在的地點。「會不會有危險？」我問道。

「你實在太沒禮貌了。我開車從未發生事故，連刮傷都不曾有過。」她彷彿自尊心受損。

「我不是指開車，這會不會是陷阱？」

「陷阱？誰設的？目的是什麼？」

這兩個問題，我一個也答不出來。只是，回想遭人從背後偷襲的池野內議員，以及在新聞媒體上喧騰一時的藥廠董事自殺事件，我實在沒辦法將此行當成快樂的遠足。

「啊，對了，妳不用陪在池野內身邊嗎？」

她瞪我一眼，說道：「我跟他離婚了。」

「就算離婚了……」池野內議員畢竟沒再婚，前妻在醫院幫忙照顧似乎也不奇怪。

「一定有好幾個情婦在照顧他吧。他就是這樣的人。」

這樣的人，指的是怎樣的人？就在我煩惱著該不該追問的時候，車子放慢速度。

放眼望去盡是樹林。道路的兩旁，是一棵棵葉片落盡的光禿樹木。道路盡頭有一棟半圓形的巨大建築物，銀色外牆反射著略帶紅光的夕陽餘暉。

停車場的空間大約可停下五輛車，但只有角落停著一輛白色小型轎車。前池野內夫人將車子停在那輛白色小轎車的旁邊。她一句話也沒解釋，理所當然地開門下車。趁著這個空檔，我拿起自己的智慧卡瞥了一眼。妻子傳來簡訊，我正擔心佳凜與她的安危，迫不及待地點開來看。

上頭寫著，佳凜接受新型禽流感檢查，結果呈陽性反應。由於我對這一點早有覺悟，所以並沒有太震驚。不，或許我只是想這麼說服自己。此刻，我不僅雙手微微顫抖，而且心跳的速度越來越快。

更明顯的證據是，我的視野變得非常狹小。

不幸中的大幸是，妻子沒驗出潛伏期的反應。目前她投宿在傳染病防治中心附近的商務旅館。

至少妻子處在能夠自由傳送簡訊的環境裡，我試著這麼告訴自己。我的心情就像是在黑暗中拚命想找出小小的燈火。簡訊的最後一句話，再度讓我大驚失色。

「小澤聖的症狀似乎也很嚴重，我有些擔心。」

小澤聖怎麼了？我在心中吶喊著，匆忙以智慧卡開啓網路新聞的頁面。我很快找到相關的新聞。

光是一則標題爲〈大流行進入倒數階段〉的新聞報導，便充分說明了新型流感的感染者快速增加的現況，令人不寒而慄。在這篇文章的旁邊，還有一篇〈公眾人物也相繼感染〉的報導。報導裡寫著，剛從國外回來的小澤聖確診住院。我驚愕得闔不上嘴。

數個小時前，我才跟小澤聖通過電話。當時他確實提到，他剛從國外回來而且在飛機上做了夢，可惜戰鬥落敗。

我焦急萬分地繼續閱讀新聞內容。某國飛往日本的班機，乘客陸續檢查出感染新型流感。網路上甚至有人發起找出最初感染者的運動，簡直像要找出犯罪的凶手。然而，疫情擴散的速度，已到了就算找出最初感染者也沒有任何意義的地步。

數天前還只有一名感染者，如今感染人數已多得難以掌握。

報導中提到，住院的感染者大多症狀嚴重，不少人出現流感腦炎症狀，病情非常不樂觀。其中一人就是小澤聖。

我心想，他是在跟我講完電話後發病的嗎？才剛住院，就嚴重到出現流感腦炎症狀？事態惡化的速度，快到令人不敢置信。

因爲在夢境裡敗北？

這是我腦海浮現的第一個念頭。小澤聖在電話中也說過相同的話。

他說我們不僅在夢境中輸了，而且是「敗得最慘的一次」。

如今我也能想起夢境裡的情況。我親眼目睹穿黑色鎧甲的男人和穿紅色服裝的男人狼狽摔落在地，甚至聽見他們的身體摔爛的聲響。

那次的戰鬥，造成現在這個結果？

我拿掉心中的問號，這是毋庸置疑的事情。那次的戰鬥，造成現在這個結果。我接受此一事實。

或許是與夢境世界的聯繫變得緊密，夢境裡的戰鬥忽然給我一種熟悉的感覺。

戰鬥落敗之後，我們陷入極大的危機。池野內議員昏迷不醒，我的女兒和小澤聖感染新型流感住院。爲什麼是女兒感染，不是我感染？我從未思考過這個問題。對我來說，女兒感染比我自己感染更嚴重。

我感到極度不安。池野內議員重傷昏迷、小澤聖住院，我突然必須獨自面對這一切。

霎時，身旁的車門被人粗魯地拉開。握著智慧卡的我，嚇得差點跳起來。

「你在磨蹭什麼？快下車！」

前池野內夫人對著我大喊。這是我第一次看見她的正面。她有著纖細的身材，留著一頭長髮，鼻梁高挺，容貌頗爲清秀。但或許是一對眉毛往上吊的關係，整個人顯得十分潑辣。

我緊握手裡的智慧卡，拿起上班用的背包，走出車外。

就在這一瞬間，我有種剛從床上坐起的錯覺。

跳下床，尋找地圖。

地圖？什麼地圖？心中浮現這個疑問的時候，我又恢復剛下車的狀態。

約莫是來到陌生土地的關係，感覺像離開現實世界。

前池野內夫人正在跟另一個人交談。那是個戴眼鏡的男人，穿著樸素的運動夾克，但夾克的底下似乎是西裝。男人留著一頭短髮，臉色相當難看，似乎不是心情不好，而是太過緊張。

男人的背後是一扇大門，門上寫著設施的名稱。這是一座藥廠。

「初次見面，幸會。」我向穿運動夾克的男人低頭致意。身爲上班族，我忍不住想取出智慧卡與他交換電子名片。不過，他似乎對這種禮貌上的寒暄絲毫不感興趣，以犀利的口吻對我說：

「我等你很久了。還有，我們並不是第一次見面。」

「不是第一次見面？」

「我們以前見過一次面。」

「啊，眞的嗎？」前池野內夫人轉頭看著我，而我也有相同的疑問：「啊，眞的嗎？我們在哪裡見過面？」

「只有一次，你和池野內坐在一起，我走過去向你們搭話。」

他走過來向我們搭話？那是什麼時候的事？我朝著戴眼鏡的年輕人上下打量，實在想不起這號人物。「請問那是什麼時候的事？」

「當時我只是個沒禮貌的大學生。」

「啊！」

明知以手指人很失禮，我還是忍不住伸出食指。

「你是當年那個……」

「那時候眞是失禮了。」

直到現在我仍無法釋懷。沒人是自願感染流感，何況，把我們學校說得罪大惡極的那些人，後來也得了流感，不是嗎？

當年正是他向池野內議員提出這樣的質疑。雖然幾乎不記得他的長相，但我可以肯定眼前這個人就是當年的大學生。

「你們在說什麼啊？快跟我說明一下。」

一旁的前池野內夫人插嘴。「抱歉，現在不是聊這些的時候。池野內提醒過我，當這一刻到來，表示我們已沒有時間。」年輕人彷彿想激勵自己，露出微笑，接著轉身帶領我們走入門內。

想起剛剛前池野內夫人也爲圖釘事件道歉，我不禁苦笑。爲什麼十五年前，他們都沒辦法像這樣好好道歉？

「這是公司的儲備倉庫。」年輕人向我們解釋。「近年來，倉庫設施都是以ＡＩ操控監視器和感應器來執行看守工作，不再安排人類守衛。機器比人類勤勞，做事不會犯錯，而且完全沒有私下交涉的餘地。」

他取出感應卡，打開建築物的大門。門上就有一具監視器。他只是朝那監視器輕輕一瞥，便移開視線。「放心，監視系統上，正在反覆播放著其他日子的影像。」

「你可以輕易做到這種事？」我問。

走在前方的年輕人忽然停下腳步，轉頭凝視著我，面無表情地說：「並不輕易。」

言下之意是，雖然不是輕易能夠做到的事情，也只能硬著頭皮想辦法。

我不知該如何回應，他已邁步向前。這裡的牆壁、地板和天花板都是白色，除了顯得清潔之外，更給人一種冰冷的感覺。驀地，腳下傳來聲響，我發出一聲驚呼。低頭一看，原來是一具圓盤狀的清潔機器行經。

年輕人帶著我們穿過幾扇門，走進電梯內，按下按鈕。剛開始，我以爲電梯在上升，但仔細想想，電梯到底是上升還是下降，其實我也搞不清楚。

穿運動夾克的年輕人站在樓層顯示面板的前方。看著他的背影，我忍不住問：「這應該不是偶然，對吧？」

「指的是哪件事？」

「你進入藥廠工作這件事。」

「偶然的定義是什麼？」他背對著我反問。

當年發生那起流感騷動的時候，社會輿論對出國旅行的高中生大加撻伐。他畢業後進入藥廠工作，應該是爲了消解怨氣吧。

「不過，與池野內再次相遇，確實是一場偶然。他一直在尋找藥廠裡有沒有相同理念的人。」

這與前池野內夫人在車裡的描述不謀而合。既然如此，這一切並非偶然，而是必然的結果。

「簡單來說，那些疫苗和治療藥劑……」

「都在這裡。」

池野內議員與藥廠有過什麼約定，進行過什麼計畫，我們只能憑空想像。不，就算要想像，也想像不出來。

我們只知道有個藥廠董事丟了性命，池野內議員昏迷不醒，以及新型流感的國內感染者正在迅速增加。

電梯門開啓，我們來到一條寬大的走道上。眼前豁然開朗，突如其來的寬廣空間及太過刺眼的白色牆壁，讓我有種被強光照射的錯覺，一時無法動彈。

仔細一看，前方排列著許多平板螢幕，各標示著一些符號和數字，似乎代表保管區域或室內溫度等各種資訊。

「往這邊。」年輕人朝著右邊邁步，我趕緊跟上。

放眼望去，前方有好幾堆紙箱，各是不同種類的藥劑。畢竟是儲存醫療藥物的倉庫，內部一塵不染，而且溫度和濕度都受到嚴格控管。

「請問……我們到底來做什麼？」

雖然依池野內議員留下的訊息來到這裡，我還是不知道他希望我做什麼事。

「是不是要把那些藥搬走？」前池野內夫人問。

「搬走？搬去哪裡？」或許是心中焦慮，我的口氣變得有些粗魯。

「第一步，是對外公布這裡。」戴著眼鏡、穿運動夾克的前大學生邊走邊說。其實，若要以「前大學生」來形容一個人，我也符合條件。

「對外公布？」

「如果使用必須採取某些步驟或程序的方式，消息就會遭到封鎖。池野內當初使用了『絕對』這個字眼。絕對會遭到封鎖。所以，對外公布的時候，一定要採用能夠在社會上迅速傳開的手法。」

「那不是很簡單嗎？拍一段爆料的影片，放在網路上就好了。」前池野內夫人說道。

「恐怕沒那麼簡單，這年頭網路資訊的篩檢程式相當進步。」我說道。池野內議員正是擔心這一點，才選擇生活資訊節目的現場直播，做為對外公布的管道吧。沒想到就在那一刻，他遭人從背後偷襲，功虧一簣。

「不然要怎麼做？」

我們三人快步前進，終於來到樓層的最深處。這裡堆疊著大量白色紙箱，紙箱上印著某老牌綜合感冒藥的名稱。這大概就是他們事先準備好的藥劑吧。雖然比原本預期的量還多，但恐怕仍不足以醫治所有感染者。

「首先，最重要的是治療藥劑。天底下沒有比不治之症更可怕的東西。反過來說，只要讓大家知道傳染病有藥可治，恐懼就會大幅減輕。當務之急，我們必須讓社會大眾得知這些治療藥劑的存在。告訴大家就算染患新型流感，也不必擔心。」

「原來如此。」

「接下來，則是分發預防用的疫苗。只要在社會上獲得廣大迴響，藥廠就會因輿論壓力而開始大量生產。因此，我會負責說明這些藥劑和疫苗的來歷，以及池野內這些年來所做的事情。請你們錄影下來，設法對外公布。這些藥都已完成實驗，證實療效。只是，礙於一直沒有機會公開，並未獲得核可。」

「雖然並未獲得核可，但保證有效。」

「沒錯。」他頷首道。雖然只是輕輕點頭，卻看得出他的覺悟。這就像是在發表他和池野內議員投入畢生心血的努力成果。

「新型流感的威脅還不夠強烈的時候，根本不會有人在意，只會認爲這是某種惡作劇。如此一來，不希望這些藥問世的人，就有充分的機會從中作梗。因此，池野內議員一直在等待時機。直到最近，國內出現感染者，死亡人數的增加速度遠遠超過預期，而且接下來感染者會呈倍數成長……」

池野內議員想必十分焦急吧。我的腦海浮現他對鏡頭說著「我沒必要再煩惱，我要宣布一件非常重要的事情」時的表情。

「現在對外公布，是最好的時機。」

「萬一沒辦法使用網路，要怎麼公布這段影片？」話一出口，我靈光一閃。「原來如此，這麼做就行了。」

「怎麼做？」

「利用我們公司的辦公大樓。」

創始人那個「在大樓外牆裝大電視」的心願，已在數年前實現。嚴格說來，那並非電視，而是將影像投射在空中的虛擬螢幕。由於辦公大樓的前方，就是採用全向式行人號誌的巨大十字路口，能夠吸引不少行人的目光。

「噢，是指你們公司的虛擬螢幕？我看過，但任何人都可以使用嗎？」

「當然不是。」那座虛擬螢幕是由宣傳部負責管理，什麼時候播放什麼影像的排程表，應該早就大致決定。

「那我們就衝進控制室，強迫他們播放。」前池野內夫人說道。

根本沒有所謂的控制室。我暗暗想著，但並未特地向他們說明。

「有沒有什麼辦法？」穿深藍色運動夾克的男人問我。那副豁出一切的表情，跟十五年前一模一樣。

我想不出任何迷惘的理由。「或許有。」

「咦？」前池野內夫人露出意外的表情，「你有什麼妙計？」

「其實也稱不上什麼妙計，就是採取正攻法，直接說服有權力決定這件事的人。」我取出智慧卡，確認收得到電話訊號後，開啓公司內部的聯絡資訊，找出我心中所想的那個人物的號碼。

「有辦法說服嗎？」

「或許有可能。」

「你跟大人物很熟？」

「倒也稱不上很熟……」我將智慧卡移到耳邊，聽著不斷響起的呼叫鈴聲，接著說：「而且對方很忙，會不會接電話還很難講。」

「你打給誰？」

「社長。」我說道。「社長」這個詞的氣勢，甚至超越社長本人。

「社長？你跟社長有私交？」

倒也稱不上有私交。我正要這麼解釋，智慧卡已傳來對方的聲音。或許是根據電話號碼得知我的身分，對方劈頭就說：「岸，好久沒聯絡，找我有什麼事？」

「有件事想拜託社長幫忙。」我回答。如果是工作上的事，聯絡社長之前，照理應該先跟直屬上司商量。更何況，以我的職位，也不會有什麼工作必須請社長幫忙。

「你確定是我能做到的事嗎？岸，或許你不清楚，我們公司的社長一職，幾乎沒有任何實權。」

「我想拜託的事情，是關於公司大樓的虛擬螢幕。我想在上頭播放一段影片。」

「播放影片？那不是應該找宣傳部裡的負責單位嗎？」

「這件事情非常緊急，而且有點危險。」

「危險？」

「可能會惹怒很多人，但以結果而言，卻能救人。」

「岸，我實在聽不懂。」

「簡單來說，這是我們的恩人的委託。」

「恩人？你是指池野內先生嗎？」

「沒錯，這正是池野內議員拜託我做的事情。只是，如果我們幫他這個忙，不管是我、栩木社長妳，以及我們公司，都可能無法全身而退。」

「什麼意思？」栩木社長問道。她在短短十幾年內就坐上社長寶座的實蹟，在公司內引發熱烈討論。有人說這樣的升遷速度違反慣例，也有人說她確實有資格擔任社長。至於她本人，依然像以前一樣態度謙和，絲毫不擺架子。大約半年前，我在電梯裡偶然遇到她，她還苦笑著說：「有時眞想把公司的事情全部拋開，什麼也不管。相較之下，黑熊和老虎好應付得多。」

「岸，對你很不好意思，但我必須維護公司的利益。」

「這件事情眞的非常重要。」

「對誰非常重要？」

此時，我的眼角餘光瞥見穿深藍色運動夾克的男人在左顧右盼，一臉驚恐。身旁的前池野內夫人也像貓一樣豎耳朵細聽，視線在倉庫裡轉來轉去。

情況似乎不太對勁。

「抱歉，我晚點再跟妳聯絡。」說完，我立即結束通話。

「怎麼了嗎？」我湊向穿深藍色運動夾克的男人。

「有聲音。」

「有聲音？」我愣了一下。就算是乾淨清潔又完全機械化管理的倉庫，有一、兩隻老鼠也不奇怪。我正這麼想著，男人指著窗戶說：「有人從上面下來了。」

他似乎認爲，那是有人從窗戶進入內部的聲音。

倉庫裡的箱子都堆得非常高，並配備好幾輛堆高機。天花板當然更高，一部分的牆壁上還設有狹窄的高架通道。

就在我正集中精神與栩木社長對話的時候，他們懷疑有人從窗戶進入壁面上的高架通道。

「那會是誰？」我自然而然地壓低聲音。

「我不知道，不過……」

「不過什麼？」

「如果敵人得知治療藥劑存放在這裡，恐怕會派人來搞破壞。」

我想起當年存放藥物的倉庫遭大火焚毀的新聞。剛認識池野內議員的時候，還曾聊到這件事。

「敵人怎會知道藥物存放在這裡？」我心想，那些敵人肯定是千方百計想查出池野內議員的計畫。如今池野內議員昏迷不醒，不可能從他口中逼問出來，或許敵人是跟著我和前池野內夫人來到這裡。

「我們被跟蹤了？」

「不可能吧？我非常謹慎。」前池野內夫人說道。

「他們應該沒有能耐一直監視你們。」穿深藍色運動夾克的男人低喃。言下之意，敵對勢力並非警察組織，不可能動員那麼多人力，監視所有與池野內議員有關的人物。「最有可能的是，藥廠裡有他們的眼線。」

「就像池野內和你的關係一樣？」

他點點頭，臉色鐵青地說：「或許被跟蹤的是我。雖然我自認極爲小心……」

就在這時，地面傳來矯健的奔跑聲。聽起來，像是不斷以硬物敲打地板。雖然倉庫裡紙箱太多導致視野不佳，但顯然有人在不遠處奔跑。

我望向聲源處。

現在不是討論誰被跟蹤的好時機。

我們三人面面相覷。我第一個念頭是報警，但仔細一想，警察就算來了，眞的幫得上忙嗎？

前池野內太太提議：「我們趕快拍攝影片吧，趁入侵者放火燒掉這裡之前。」

「有道理。」我握緊智慧卡，附和道：「最好把入侵者放火的過程也拍下來，對我們更有利。」

一邊是想防止傳染病繼續蔓延的池野內議員，另一邊是想燒毀疫苗和治療藥劑的既得利益者。社會大眾會支持哪一邊，答案顯而易見。

「這種地方不是應該有消防灑水系統嗎？」

「有啊。」年輕人望向天花板。

「敵人在放火之前，會先關掉消防灑水系統吧。」

「這也是一種做法，不過……」

「不過什麼？」

穿深藍色運動夾克的男人皺起眉，「我突然想到，他們根本不必這麼麻煩。」

「什麼意思？」

「意思就是，他們只要一口氣毀掉一切就行了。」

「毀掉一切？」我恍然大悟，他們只要使用某種爆裂物，不管三七二十一地炸掉一切，省時又省力。

炸掉一切？一浮現這種可能性，我登時有種轉身逃走的衝動，好不容易壓抑下來。

我想起金澤那家飯店。我彷彿看見建築物遭烈焰和濃煙摧殘的景象。得知逃生梯壞掉時的恐懼感，重新湧上心頭，我怕得想蹲在地上逃避現實。

倉庫的另一側不斷傳來腳步聲，而且迅速往深處移動。

「現在該怎麼辦？」

「池野內夫人，總之請妳先到外頭去。」

「爲什麼？」她這麼一問，我也答不出個所以然。「因爲我是女人？都什麼時代了？還有，我只是前妻，不是池野內夫人。」她抱怨道。

看來，她有著越抱怨越有精神的性格。我不禁搖頭苦笑，卻也爲擁有可靠的夥伴感動。我忍不住想把這裡交給她，自己先到外頭去。

「先觀望對方在打什麼主意，設法化解危機就行了。」穿深藍色運動夾克的男人說：「何況，從腳步聲聽來，目前只有一個人。或許是我們誤觸感應器，吸引警衛過來查看。」

這幾句話說得非常樂觀，反倒證明他正感到驚惶失措。雖然想相信他的推測，但我實在不認爲那是警衛的腳步聲。

「我們分頭找出那個入侵者吧。」我從堆積如山的紙箱前，走向視野良好的地方。

忽然間，我的左側肩膀彈向後方。霎時，我以爲肩膀已碎裂，左臂和身體分開。我急著想低頭確認，身體卻仰天翻倒。花費很長的時間，我才明白自己的肩膀中槍了。

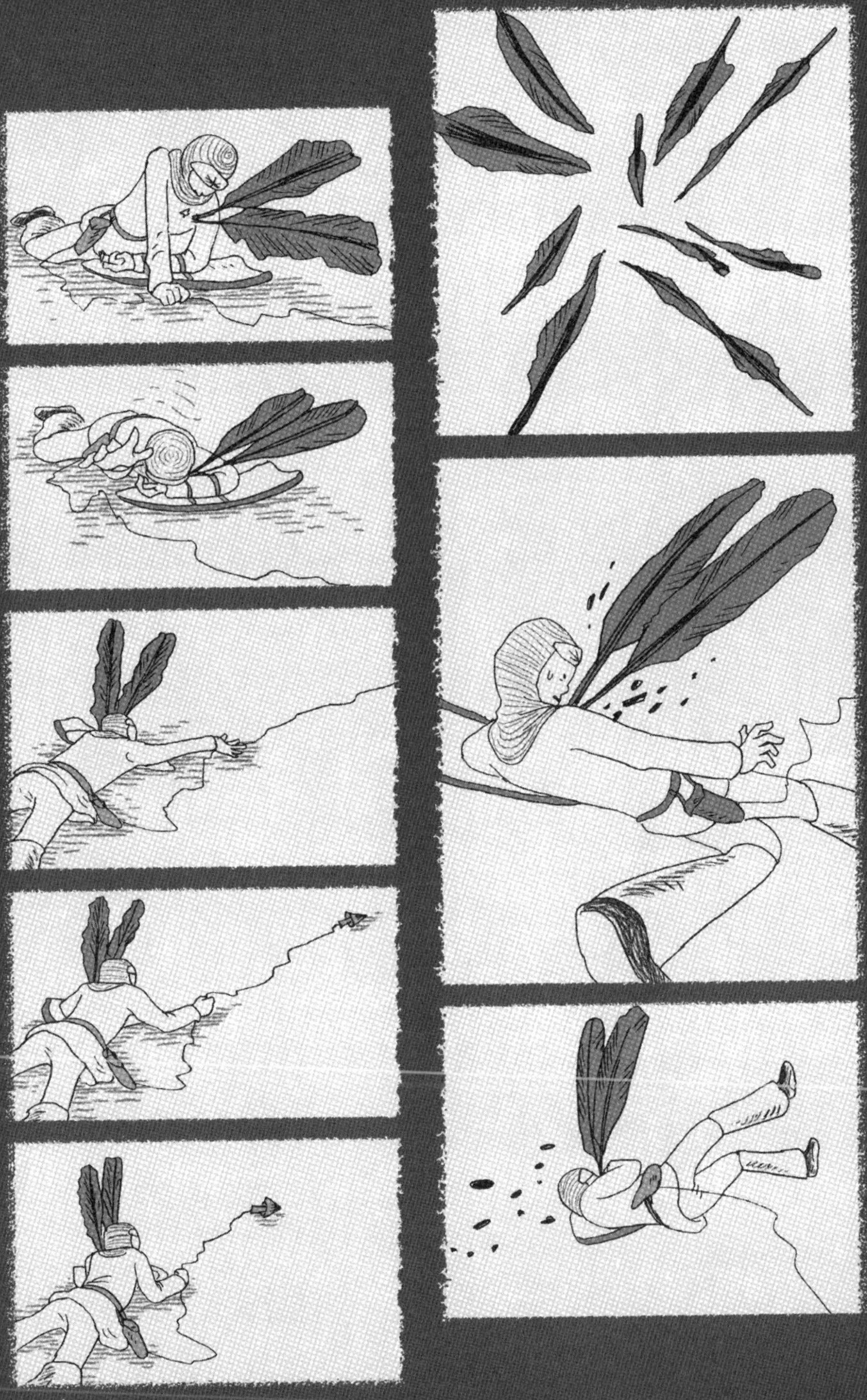

巨大的鳥影幾乎覆蓋整片天空。那碩大的鳥喙看起來一點也不滑稽，反倒散發出一種足以粉碎任何東西的懾人魄力。

穿黑色鎧甲的男人趴倒在右邊的噴水池附近。在他的身旁，穿紅色服裝的男人維持單膝跪立的姿勢，把大劍當成拐杖，勉強撐住上半身。

「最近人變少了。」不久前，穿黑色鎧甲的男人這麼對我說。「打上叉印的布告紙越來越多。」

「什麼意思？」

「意思是，這個世界正在改變。」

「變好，還是變壞？」

穿黑色鎧甲的男人沒回答，似乎不是不知道，而是不想說出答案。

「或許那一邊出了什麼事。」他應道。所謂的「那一邊」，指的是睡覺時的夢境世界。他提過，在夢境世界經常發生麻煩，必須自行設法解決，而結果會影響到這一邊的戰鬥。

大鳥拍動雙翅，我踩穩腳步，提防身體被狂風掀飛。只要一個不注意，可能就會向後翻滾好幾圈。

「這隻鳥眞是吃人不吐骨頭。」穿紅色服裝的男人不知何時來到我的身邊。他大概是指，這隻鳥非常狡猾難應付，而不是牠眞的會吃人。

「我以爲牠是我們的同伴。」我說道。至少在今天之前，一直是牠對我們下達各種指示。

「或許這是牠的詭計。」

「咦？」

「我們過去打倒的那些怪獸，眞的會危害世間嗎？」

「那是當然的吧？」

「搞不好是這隻鳥故意指示我們打倒牠的天敵。」

穿紅色服裝的男人說完，忽然縱身躍起，高舉他引以爲傲的大劍，但被大鳥的鳥喙一撞，又摔回地面，發出沉重的聲響。強大的衝擊力導致碎石飛散，甚至有一些撞在我的臉上。

故意引導我們打倒牠的天敵？

聽起來實在令人難以置信。

強風再度襲來。我承受不住強大的風壓，持盾牌的左手垂下。大鳥看準這一刻，射出銳利的羽毛，擊中我的左肩，害我往後摔倒。盾牌在地面有如車輪般滾動數圈，接著打橫翻倒，發出乒乓聲響。我想撐起身體，卻使不出半點力氣。

「岸，你還好嗎？」聽見呼喚聲，我睜開雙眼，這才驚覺自己不知何時閉上眼睛。

周圍的景色不斷向後流逝。所謂的景色，說穿了，就是一座又一座的紙箱山。這到底是哪裡？定睛一看，原來仍在藥廠的倉庫內。

遭受槍擊之後，似乎是穿深藍色運動夾克的男人奮力將我搬到堆高機上。一輛堆高機可乘坐兩個人，但乘坐者的周圍幾乎沒有任何遮蔽物。車體前方裝有搬運東西的臂桿，此時臂桿上什麼也沒放。

男人操縱著堆高機不斷逃竄。想保護自己，唯一的辦法就是別停下來。

我想坐起，身體卻劇痛不已，忍不住發出呻吟。低頭一看，左肩在流血。那傷口訴說著，左肩遭擊中並非僅是夢境裡發生的事情。我一時感覺到天旋地轉，甚至不敢觸摸鮮血濡濕的衣服。

「對方手裡有槍。」

男人駕駛著堆高機在倉庫內不斷蛇行。我不確定是驚慌與恐懼讓他無法維持一定的前進方向，還是他故意要讓敵人難以瞄準我們。

「請問……怎麼沒見到池野內夫人？」

「我請她去外頭報警。」

「入侵者只有一個嗎？」倘若不止一人，待在外頭也不見得安全。

此時突然傳來短促的沉重聲響，像是以某種硬物敲擊地面。我渾身一震，下一秒才驚覺那是槍聲，更是嚇得魂不附體。

「對方的目的應該只是要毀掉這些藥。做這件事不需要太多人手，而且爲了保守祕密，只派一個人是最妥當的做法。」

「以人數而言，我們占了上風。」

「但對方持有武器，而且恐怕是這方面的專家。」

「嗯……」

對方接到的指令，可能是一旦遇到干擾者，就毫不留情地排除。凡事以自身利益爲優先的人，什麼事情都做得出來。

現在該怎麼辦？

我想這麼問，但問不出口。堆高機加快速度，我不由得往後倒。我無法理解到底發生什麼事，只想乾脆閉上眼睛睡一覺。

「啊，對了。」

「你想到什麼？」男人抓著方向盤，目不轉睛地直視前方，似乎在尋找持有槍械的敵人。原來他不是四處逃竄，而是想與敵人正面對決。

在那一邊也得贏才行。

我的心中逐漸充滿這樣的念頭。

既然那一邊的輸贏會影響這一邊，在夢境的戰鬥中獲勝是最大的前提。打從十五年前，池野內議員就這麼主張。

贏了事態會好轉，輸了會惡化。

我們曾被那隻巨大的鯨頭鸛打得毫無招架之力，所以現實狀況才會這麼慘。

既然如此，只要夢境裡的戰鬥沒獲得勝利，我們的現實問題就不可能獲得解決。

「我得睡一覺。」

「你很不舒服嗎？」

不睡覺就沒辦法做夢，於是我用力閉上眼睛。「岸，你神智不清了嗎？振作一點！」身旁頻頻傳來的呼喚聲，不斷將我的意識拉回現實。

我激動得想大喊「別打擾我睡覺」。

「岸，快醒醒！」身旁的男人再度大喊。

想解決現實的困境，我必須睡一覺。我躺在左右搖擺的堆高機上，拚命思考怎麼讓自己睡著。

「找到了！在那裡！」

穿深藍色運動夾克的男人瞪著前方說道。或許是緊張，他壓低聲音。

一個全身漆黑的男人，從前方大量的紙箱後頭走出來。他穿著黑色的連身作業服，看起來有點像緊身衣。

我們駕駛堆高機猛撲過去，他卻一點也不害怕，一副氣定神閒的模樣。

我瞥了身旁駕駛堆高機的男人一眼，只見他惡狠狠地瞪著前方，雙掌用力按著方向盤，彷彿想將方向盤捏扁。是危險的事態讓他過於緊張，還是他想將從高中時期就累積的怨恨全發洩在眼前的男人身上？他的表情明顯失去了冷靜。

然而，我沒有多餘的心力提醒他保持冷靜。我只是不斷告訴自己「一定要趕快睡著才行」。我拚命想像著在那個世界手握飛鏢的自己。此時堆高機忽然發出刺耳的聲響，加速往前衝，彷彿故意不讓我睡。

穿得一身黑的男人，依然站在前方等著我們。

面對直撲過來的堆高機，難道他不會害怕嗎？腦海閃過這個疑問的瞬間，我們乘坐的堆高機浮上半空中。

原本往前衝的氣勢，突然遭一股來自前方的力量擋下。沒繫安全帶的我們，被拋出堆高機。霎時，我無法明白到底發生什麼事。眼前的景色上下翻轉，只能任憑轟隆聲與巨大的衝擊力擺布我的身體。

我以爲在那一邊的世界醒來了。我心裡想著，得趕快去打倒那隻鳥才行。

然而睜開雙眼，我看見的是打橫翻倒的堆高機。剛剛雖然整個人飛出堆高機外，但或許是恰巧摔在紙箱上，傷勢似乎並不嚴重。撇除左肩槍傷的劇痛及出血，此刻我的身體意外輕盈。我按著昏昏沉沉的腦袋，坐起上半身，接著發現穿深藍色運動夾克的男人倒在堆高機附近。

翻倒的堆高機旁，橫掛著一條繩索。堆高機就是被那條繩索勾住，所以才翻倒了吧。這顯然是黑衣男人觀察我們的行動之後，設下的陷阱。

我扶著身旁的柱子站起。

黑衣男人在哪裡？

要是他成功安裝炸藥，一切就完了。我們會跟治療藥劑一同化爲灰燼。這麼一來，妻子和佳凜會有什麼下場？

沒時間了。

明知這種時候更應該保持冷靜，我卻感覺心跳越來越快。

一定要在那一邊的世界獲勝才行。

我的腦海再度浮現這個想法。姑且不論夢境裡的那個人是不是我，如果沒辦法在夢境裡打倒大鳥，現實的狀況不會有轉圜的餘地。

這是否意味著，不管再怎麼掙扎也沒用？

我剩下的力氣，只夠勉強不癱坐在地上。

就在這時，前方數十公尺處又出現一輛堆高機。外觀和我們剛剛乘坐的堆高機一模一樣，但這一輛並未翻倒，而且黑衣男人就坐在上頭。

他大概是打算開著那堆高機來撞我們，讓我們動彈不得吧。

這樣下去，兩個人都會慘遭他的毒手。

得趕快逃走！我奔向穿深藍色夾克的男人，用力拉他的手，但他似乎失去意識，動也不動。

我大喊著「快起來」，卻無法確定他是否聽見。必須逃到堆高機撞不到的地點才行。

我更加用力拉扯，男人的身體只微微移動，根本不可能來得及逃走。遭槍擊的左肩越來越痛，我忍不住想停下腳步。

得趕快逃走！我的腦中再度響起警告聲。再這樣下去，兩個人會被撞個正著，到時候一切都完了。

是不是該丟下他？我凝視著腳邊穿深藍色運動夾克的男人。他一直趴在地上，連動也沒動。無數的思緒在我心中不斷盤旋、激盪，全身每一寸肌肉彷彿都大喊著「快逃」。連肩膀上的劇痛，也在阻礙我思考。

唯有再做一次夢，才是解決之道。

這樣的念頭越來越清晰。我必須想辦法逃離眼前的危機，然後找地方睡覺。只要在夢境裡獲勝，所有事情都會順利解決。

我決定獨自逃走。我幾乎已舉起腳。

但我沒踏出這一步。因爲我聽見有人大喊著：「你瘋了嗎？」那是我自己的聲音。

別再管做夢的事了！

那聲音既像鼓勵，又像嘆息。

只要在夢境裡戰勝怪獸，現實生活面臨的麻煩就會迎刃而解。

當初池野內議員確實是這麼說的。既然如此，今天要解決眼前這個麻煩，必須先在夢境裡獲得勝利。

你眞的相信那種說法？

雖然那聲音的語氣溫和平淡，我卻彷彿遭人摑了一巴掌。

你眞的相信夢境裡的勝敗能夠決定一切？眞正的問題發生在現實中，發生在你的眼前，不是嗎？

根本沒有什麼這一邊或那一邊的問題。

我的腦海浮現那個穿黑色鎧甲的男人。雖然他拿著長劍，但盾牌和鎧甲都還很乾淨，可見是戰鬥之前的景象。「只要那一邊的自己能夠解決麻煩，這一邊就能順利打倒敵人。」他以低沉的聲音說道。

「那一邊的自己？」我問道。此時我身上也穿著鎧甲，手中拿著飛鏢。

「沒錯，那是個違背現實常識的世界。沒有劍也沒有飛鏢，身上穿著古怪的服裝。我發現只要那個世界裡的自己順利化解危機，這邊的戰鬥就能贏得勝利。」他檢查劍鋒的狀況，接著說：「兩個世界是連在一起的。」

我甩了甩腦袋，想把這莫名其妙的幻影甩出腦外。沒想到身穿鎧甲、手持飛鏢的我也同樣甩了甩腦袋，還敲了敲頭。

下一瞬間，就讀小學時遭數名同學欺負的自己，驟然浮現腦海。每天垂頭喪氣，想到要上學就心情鬱悶。有一天，母親在準備晚餐的時候，我忍不住問：「我可以轉學嗎？」母親一臉擔憂地反問：「發生什麼事？」看見母親的表情，我的心臟彷彿遭人緊緊揪住，趕緊隨便找幾句話搪塞過去。

後來怎麼了？

有一次，我對著同學大喊「住手」，朝他一頭撞去。

接著浮現在腦海的是麥克風。不斷湊近的麥克風，以及電視台的攝影機。時間是十五年前，發生圖釘事件不久，地點是公司的大門口。「等等！你們一直逃避，社會大眾絕對不會原諒你們！」記者朝著我這麼斥罵。

我勃然大怒，忍不住回嘴。雖然不敢肯定那到底是不是正確的做法，總之當時我沒退縮，義正詞嚴地反駁。

如何？我心裡的聲音質問著。如何？挺身面對問題的是誰？

是另一個世界的我嗎？

下一秒，眼前的景色豁然開朗。每樣東西的輪廓都變得異常清晰，顏色也變得鮮豔。

如今我觸摸到、感受到的世界才是現實。真正的現實不存在於各種資訊中，更不存在於夢境裡。

仔細觀察四周，發現我的背包就在前方的地上。約莫是堆高機翻倒的時候，從上頭掉了下來。

遠處的堆高機朝我們逼近。輪胎的聲音迴盪在整個空間，彷彿纏繞在我們的身邊。

距離越來越近。堆高機在倉庫光滑地板上前進，只發出細微聲響，宛如幾乎沒發出聲音的獵豹，隨時可能撲到我的面前，令我不寒而慄。

發現某個周邊商品從背包裡掉出來的瞬間，我奔過去一手抓起。

那是一個伴隨促銷活動推出的試作品，有著火箭外型的塑膠裝飾物。爲了不讓抓著那個東西的觸感從手中滑走，我緊緊握住，掌心印出火箭的形狀。

我不曉得敵人的手中有沒有槍。

以滑行的方式猛撲過來的堆高機，就像張開翅膀、沿著地面飛行的巨鳥，臉上不帶絲毫情緒。

池野內議員與小澤聖都不在這裡。我唯一能夠仰賴的人，就是自己。

我的四肢自然而然地做出動作。

我將抓著火箭裝飾物的右手抬向身後，擺出投球的姿勢。

得了傳染病的女兒和小澤聖……昏迷不醒的池野內議員……在媒體圍攻下汗流浹背、說話結巴的校長……大喊「無法釋懷」的大學生……小學時欺負過我的同學……陷入火海的飯店……翅膀足以遮蔽天空又不時吐出狂風的怪鳥……我彷彿想要靠著這一擲，化解從以前到現在的所有難題。

一定要中！我如此祈禱著。那火箭裝飾品，以令人難以置信的氣勢筆直飛出。

強大的勁道，恍若要貫穿敵人的身體。

眼看幾乎就要擊中敵人，堆高機卻突然斜向滑動，改變角度。我擲出的塑膠火箭撞上堆高機的框架，彈向一旁。

我愣了一下，全身的力氣頓時散失。

塑膠火箭跌落在地板上，發出宣告著「一切都完了」的聲響。我眼睜睜地看著，一動也不能動。

我沒有第二支飛鏢。接下來，只能靜靜等待敵人的堆高機將我撞飛。腦海浮現身穿鎧甲的自己，看著地上的飛鏢茫然若失的模樣。

堆高機的速度更快了。在我的眼裡，那簡直是發出巨大咆哮聲的猛獸。

我依稀聽見有人大喊一聲「快避開」。我不敢肯定喊的人是自己，還是倒在地上那個穿深藍色運動夾克的男人。

但我沒辦法避開。

就在這一瞬間，我的身旁出現另一個男人。對方的輪廓模糊，難以清楚辨識，只知道身上穿著銀色鎧甲，手中抓著一根繩索。男人忽然奮力扭動身體，將胳臂往上抬。繩索另一端頓時回到他的面前，只見尾端綁著一支飛鏢。穿銀色鎧甲的男人一把抓住飛鏢，往前跨出一步，宛如投手全力投球，將飛鏢重新擲出。

我的腦袋還沒開始思考，身體已模仿起男人的動作。我用力拉扯繩索，取回屬於我的飛鏢。

塑膠火箭輕飄飄地回到面前，我拚命抓住，迅速朝著正前方再次擲出。

丟一次沒中，就丟兩次！

塑膠火箭飛向空中的過程，簡直就像是慢動作攝影，我彷彿看得見它的飛行軌道。

我擲出的塑膠火箭，以在空中畫出直線般的犀利勁道往前飛，不偏不倚地擊中駕駛堆高機的男人臉部。

我好似看見額頭插著飛鏢的怪鳥自空中墜落，發出足以撼動天空的尖銳鳴叫。我無法分辨那是憤怒、遺憾，還是喜悅。

堆高機在我們前方數公尺處忽然轉彎，翻倒在地，狼狽地撞進紙箱堆中。

我一臉茫然地站著。遭到槍擊的肩膀還在流血，但或許是情緒激動的關係，我竟絲毫不覺得疼痛。

「岸，你沒事吧？」

穿深藍色運動夾克的男人奔到我的身邊。他按著手臂和腰際，似乎是在被拋出堆高機時摔傷。

「我沒事，那個男人呢？」

「咦，你剛剛不是把他綁起來了嗎？」

根據他的描述，敵人駕駛的堆高機翻覆之後，我走過去，拿繩索將昏厥的敵人綁在柱子上。

一時之間，我以爲他在開玩笑。因爲我毫無記憶。我不記得自己做出綑綁敵人的舉動。

更令我百思不解的是，我如何成功擊中敵人？看見掉出背包的塑膠火箭，於是我撿起來扔向敵人，這部分沒問題。但我明明記得火箭丟偏了，並未擊中敵人。

「岸，後來你拉動繩子，讓那個東西回到你的手上，接著你又丟了一次。」

這個我也記得。可是，塑膠火箭上根本沒有繩子，我到底是拉了什麼？

「那傢伙爲了讓我們的堆高機翻覆，不是掛上一條繩子嗎？或許你丟的那個東西……那到底是什麼？」

「促銷活動用的周邊商品，類似小禮物……」我喃喃說著。

「噢，總之，可能是那個東西剛好勾在繩子上吧。」穿深藍色運動夾克的男人似乎也沒看清當時的狀況，只是如此推測而已。問題是，就算塑膠火箭剛好勾到繩子，我是怎麼拉動那條繩子的？繩子的另一端，又怎會剛好在我的手上？

雖然疑點重重，但我確實將塑膠火箭擲出兩次，第一次失敗，第二次成功命中，這是千眞萬確的事實。既然結果是確定的，也只能根據結果回推過程。就像看見地面濡濕，也只能推測剛剛應該下過一場雨。

「我們趕快趁現在拍攝影片吧。」

「影片？」

「你忘了嗎？我們得讓社會大眾知道，池野內在這裡儲備新型流感的治療藥劑和疫苗，卻有入侵者想暴力阻撓。」

對了，這正是我們來到這裡的目的。

我趕緊取出智慧卡，得先取得栩木社長的同意才行。

就在這時，背後突然傳來一陣腳步聲。我以爲還有其他入侵者，嚇得跳起來。轉頭一看，原來是前池野內夫人。

她似乎也相當驚惶失措，說話顛三倒四，上氣不接下氣。好一會之後，她才順利說出已報警及叫了救護車。「我口氣很兇，應該馬上就會到。」

一想到佳凜在醫院裡發著高燒，我就有種想癱坐在地上的絕望感。但在這種緊要關頭，我更應該把握時間，盡最大的努力。

「就算把這裡的事情告訴社會大眾，畢竟這些藥都是偷偷製造的，依規定應該沒辦法立刻使用在感染者身上吧？」

我們三人爲了拍攝影片，走回儲存治療藥劑和疫苗的地方。途中，我忍不住提出質疑。按常理來思考，醫生絕對不會同意使用這些藥劑。只是，如果依相關規定按部就班進行審核，等到可以施打的時候，包含佳凜和小澤聖在內的初期感染者可能早已喪命。

「或許我不該這麼說……」

「岸，你想說什麼？」穿深藍色運動夾克的男人也因受傷而腳步虛浮，走得搖搖擺擺。

「如果沒辦法救我的女兒、我的家人，一切都沒有意義。」雖然相當自私，這是我此刻最眞實的心聲。

「我也這麼認爲。」他說道。從這句話便可看出他是個心地善良的人。「逼不得已，就用生米煮成熟飯的方式。」

「生米煮成熟飯？」

「偷偷施打，不要告訴醫生，以行動證明藥效。等到生米煮成熟飯，社會大眾得知這些藥眞的有效……」

「或許會讚揚我們？」

當然，這只是一句玩笑話。我只是想爲自己增添一點勇氣而已。

「恐怕不會讚揚我們。」他苦笑一陣，接著說：「不過，至少能產生兩極化的評價。」

沒想到還挺會動，身旁的小澤聖低喃。

那隻灰中帶藍的大鳥，側著身子在我們面前傲然而立。身長超過一公尺，看起來有點像穿上布偶裝的小學生。腳比我想像中還長，若說牠是兩足步行類動物，似乎也沒什麼不對。除了頭部特別大之外，那宛如掛著一隻大皮靴的鳥喙，也有著令人忍不住多看幾眼的魅力。

原本以爲牠是一種文風不動的鳥，但觀察一會，我發現牠不時就會動一下身軀。

「越看越覺得不可思議。」坐在輪椅上的池野內議員感慨地說：「好像高高在上，又好像平易近人。好像充滿哲學智慧，又好像腦袋空空如也。外貌好像很老土，又好像很前衛。」

我們三個大男人，來到東京都內的動物園。我與池野內議員穿著西裝，小澤聖則穿著牛仔褲，顯得清爽隨和。我們在鯨頭鸛的前方不知停留了多久。

標示牌上寫著這種鳥的日文名稱、英文名稱，以及拉丁學名。聽說，拉丁學名的原意是「鯨魚頭的帝王」。

周圍不時可見攜家帶眷的遊客，每個人都發出帶有讚嘆意味的笑聲，然後轉身離去。唯獨我們三人一直站在這裡，從剛剛就沒離開過。

就在我將治療藥劑和疫苗從倉庫裡運出來的數天之後，池野內議員恢復意識。經過將近兩個月的治療與復健，他終於能夠坐著輪椅外出。而後，他邀請我和小澤聖到動物園一遊。

「我清醒後發現，這個世界同時對我發出掌聲和噓聲。」池野內議員如此形容。

在栩木社長的英明決斷下，我們錄製的影片順利在公司大樓的虛擬螢幕上對外播放。池野內議員醒來的時候，這件事情正好在社會上鬧得沸沸揚揚。栩木社長悄悄告訴我，她做出這個決定的最大理由，其實是兒子的一句話。

「什麼話？」

原來在我懇求她播放影片之後，她一直拿不定主意，於是找兒子瑛士商量。瑛士半開玩笑地說：「就算短時間內遭受批判也沒關係，只要從大局來看，能讓更多人得到幫助，一切就值得了。」這正是栩木社長的父親的口頭禪。

當年還是小學生的瑛士，如今竟會說出這種話，實在令我感觸良深。多虧這句話，栩木社長才下定決心。

掌聲與噓聲，確實兩邊都很熱烈。依我個人的感覺，掌聲比噓聲多了一點。池野內議員與藥廠合作偷偷研發藥物，做了不少違法的事情，這部分引來不小的批判聲浪。然而，畢竟新型流感即將進入大流行的階段，聽到有人準備好藥劑和疫苗，心懷感激的人還是較多。

後來我才得知，社會大眾對新型流感的警戒與恐慌，在國內各地引發不少亂象。例如，有人相信鄰居有人感染的謠言，竟跑到鄰居家縱火。還有人認爲自己已感染，抱著同歸於盡的心情，到鬧區的大街上惹事生非。至於爲了長期躲藏在家中而大量搶購、儲備糧食，甚至爲此大打出手的例子，更是時有所聞。

醫院擠滿懷疑自己感染的求診者，有人不滿現場太擁擠，出手毆打醫生。網路上流傳著「外國人故意來日本散播流感病毒」的假消息，引發數起外國觀光客遭日本人攻擊的事件。

在這種混亂的局勢中，「國內有疫苗和治療藥劑」的新聞就像投下一顆震撼彈，儼然成爲全日本人的救星。

常識或道理沒辦法讓世人採取行動，只有感受可以。兩個罪狀相同的犯罪者，只要在世人心中營造出的感受不同，受到的懲罰也會完全不同。世人總是先決定結果，才開始思考理由。

恐慌是感受的一種，對罪行睜一隻眼閉一隻眼的氛圍，也是感受的一種。

當時我和妻子商議，決定私下對佳凜使用治療藥劑。幸好那不是注射用藥，而是口服錠，在醫院裡讓她偷偷服下並不困難。

當然，我的行爲受到譴責。我的個資被挖出來，包含住家地址和任職公司都遭到公開。所幸沒人來找我麻煩，一家人蒙受的危害遠比預期中小。

「你在公司的處境還好嗎？」小澤聖問道。

「託福，還過得去。」我回答。

我的個人行爲導致公司名譽受損，若依照正常情況，很可能會受到懲處。但這次公司高層並未處罰我，只將我調離原單位。而且，新單位並不是什麼冷宮部門或鄉下的分部，是全公司最受重視的商品開發部門，我幾乎不敢相信自己的好運。

印象最深刻的事，發生在某天我正要搭電梯的時候。門一開，我看見電梯裡有許多人，他們都認出我的身分，氣氛變得極度尷尬。我彷彿聽見每個人都在心裡喊著「就是他」，但我總不能不搭電梯，只好縮起身子，默默擠進去。

電梯終於抵達目的樓層，我走出電梯外，背後突然傳來「多虧有你」、「謝謝」等寥寥數語，顯然出自擠在電梯裡的某些人之口，然而，當我吃驚地轉頭，電梯門剛好闔上，彷彿不願再發表任何意見。

就在這時，栩木社長出現，關切地問：「怎麼了？」

她似乎是到那個樓層開會，在電梯門口碰巧遇上我。我猶豫著不知該不該說出方才的遭遇，她突然又問：「岸，你想不想要社長獎？」

「咦？」我正想回答「求之不得」，驀地想起她當年說過的話，趕緊問：「獎品是創始人的自傳？」

「不想要，對吧？」

「如果可以的話……」我給了個模稜兩可的回答。「自傳裡寫些什麼？」

「關於吃苦的內容其實並不多。」

「哦？」我嘴上這麼回應，其實一點也不感興趣。

「大部分是如何解決問題，內容還算是令人感動。對了，還提到不少關於做夢的事。」

「做夢的事？」

「是啊，金澤有一座寺院，流傳著貓打敗妖怪老鼠的故事，你聽過嗎？」

「當然聽過。」我暗自驚訝，回答得有些粗魯。「兩隻貓合力打敗大老鼠。」

「哎呀，你居然知道。」栩木社長露出微笑。「我也去過，那麼有名嗎？」

「我也不清楚。」若說沒沒無聞，倒也不至於。「爲什麼會提到那座寺院？」

「自傳裡除了創業的祕辛之外，還穿插一些『自從去過那座寺院，晚上會做一些奇怪的夢』之類的話題，內容其實挺有趣。」

我一聽，不由得陷入沉思。栩木社長見我沒回應，又喊我一聲。

「栩木社長，妳剛剛說去過那座寺院？」我滿腹狐疑。

「是啊，以前去過。」

我取出智慧卡，上網找出那隻大鳥的照片，正想問栩木社長「是否見過這隻鳥」，不遠處忽然有人呼喚「社長」。

「岸，我先走了，以後再聊。」栩木社長說完，便轉身離去。

直到現在，我仍拿不定主意，不知該不該把這件事告訴池野內議員和小澤聖。

「小澤，我也得向你道謝。」池野內議員向小澤聖低頭鞠躬。「多虧有你，社會大眾對我的評價才逐漸好轉。」

當時佳凜吃了藥，同樣正在住院的小澤聖也跟著吃了藥，迅速恢復健康。後來，他上了很多電視和網路節目，向觀眾說明池野內議員的義行，並大表讚揚。

與外國藥廠暗中掛勾的政治人物，也因為企圖毀掉藥物的惡行曝光，導致與池野內議員處於敵對關係的政治勢力迅速弱化。

眼前的鯨頭鸛又宛若雕像動也不動，讓人聯想到羅丹的作品〈沉思者〉，只不過主角變成鳥，而且可能什麼也沒在想。

「看看那吃人不吐骨頭的表情。」我說道。

身旁的小澤聖一聽，詫異地轉頭望著我。坐在輪椅上的池野內議員也笑容滿面。

「我們差一點就被吃了。」

「是啊。」這當然是在夢境裡的遭遇，夢中的那隻大鳥，可以輕而易舉地用牠的鳥喙撕裂我們。

「最後我們贏了嗎？」

我隱約記得，當時我的飛鏢射中那隻大鳥，牠迅速朝地面墜落，宛如一團灰色的雲朵從天上掉下來。穿黑色鎧甲的男人和穿紅色服裝的男人早已等在地上，各自舉起手中的劍，刺入大鳥的要害。

在現實世界裡，池野內議員昏迷不醒，小澤聖也因為新型流感引發的高燒，陷入神智不清的狀態。但是在夢境的世界裡，他們雖然滿身瘡痍，仍咬緊牙關，與我並肩作戰。仔細想想，在倉庫裡的那場戰鬥，也算是「團體戰」。多虧前池野內夫人和穿深藍色運動夾克的男人出手相助，才沒演變成最糟糕的事態。

「爲什麼那隻鳥會……」小澤聖提出疑問。原本有如嚮導的鯨頭鸛，爲什麼會突然變成我們的敵人？

「這種事情就算想破頭，也不會明白。」我說出心中的眞實感受。畢竟是夢境世界的事情，沒辦法以常識推斷。

然而，穿紅色服裝的男人說的那句話，在我心底留下深刻的印象。他認爲，那隻大鳥是故意指引我們打敗牠的天敵。當然，所謂「深刻的印象」，可能只是我的胡思亂想。不過，若說牠是蓄意讓我們一一排除對牠不利的東西（好比是病毒眼中的抗體），接著才露出邪惡本性，出手攻擊我們，這樣的想像也是合情合理。

「岸，就像你所說的，這或許是蝴蝶一夢。」

池野內議員抬頭看著我說道。

這是堆高機迎面撞來時，閃過腦海的一個念頭。或許那一邊的世界才是現實，而這一邊的世界是睡眠時產生的幻覺。

「校長（註）一夢是什麼意思？」

小澤聖忽然問道。他似乎並非開玩笑，而是眞的沒聽懂。這一瞬間，前方的鯨頭鸛忽然展開雙翅，猛撲而來。

註：日文中「蝴蝶」與「校長」的發音近似，因此產生誤解。

由於速度實在太快，再加上激烈的振翅聲，雖然離我們頗遙遠，我仍嚇得大叫，連退好幾步，一屁股跌坐在地。

「你沒事吧？」小澤聖笑著伸手將我拉起。

池野內議員轉動輪椅，同樣對著我露出笑容。

就在這時，我的智慧卡收到訊息。取出一看，原來是母親傳來的。我的雙親不僅早已退休，這些年也過慣領年金的生活。這次我捲入風波，他們大為震驚，不過比起我的安危，他們似乎更關心孫女佳凜的康復狀況。父親雖然最近又閃到腰，但母親二話不說就趕來探望她。母親傳來的訊息，是告訴我最近她還會找時間過來。

「那一邊的戰鬥會繼續下去嗎？」我拋出偶然浮現腦海的疑問。既然打敗了怪鳥，照理應該已結束。事實上，從那天之後，我確實沒有再次做夢的記憶。但小澤聖與池野內議員只是互望一眼，各自露出「天知道」的表情。

就算想破頭，也不可能找出答案。要知道答案，除非等到某一天，在那一邊的小屋中醒來，整裝準備出戰。

我轉頭望向鯨頭鸛。牠再度恢復側身佇立的姿勢，彷彿剛剛的撲擊從未發生。

我仔細凝視著牠，竟發現牠的嘴角微微上揚。那圓滾滾的眼珠直視著我，彷彿在對我微笑。

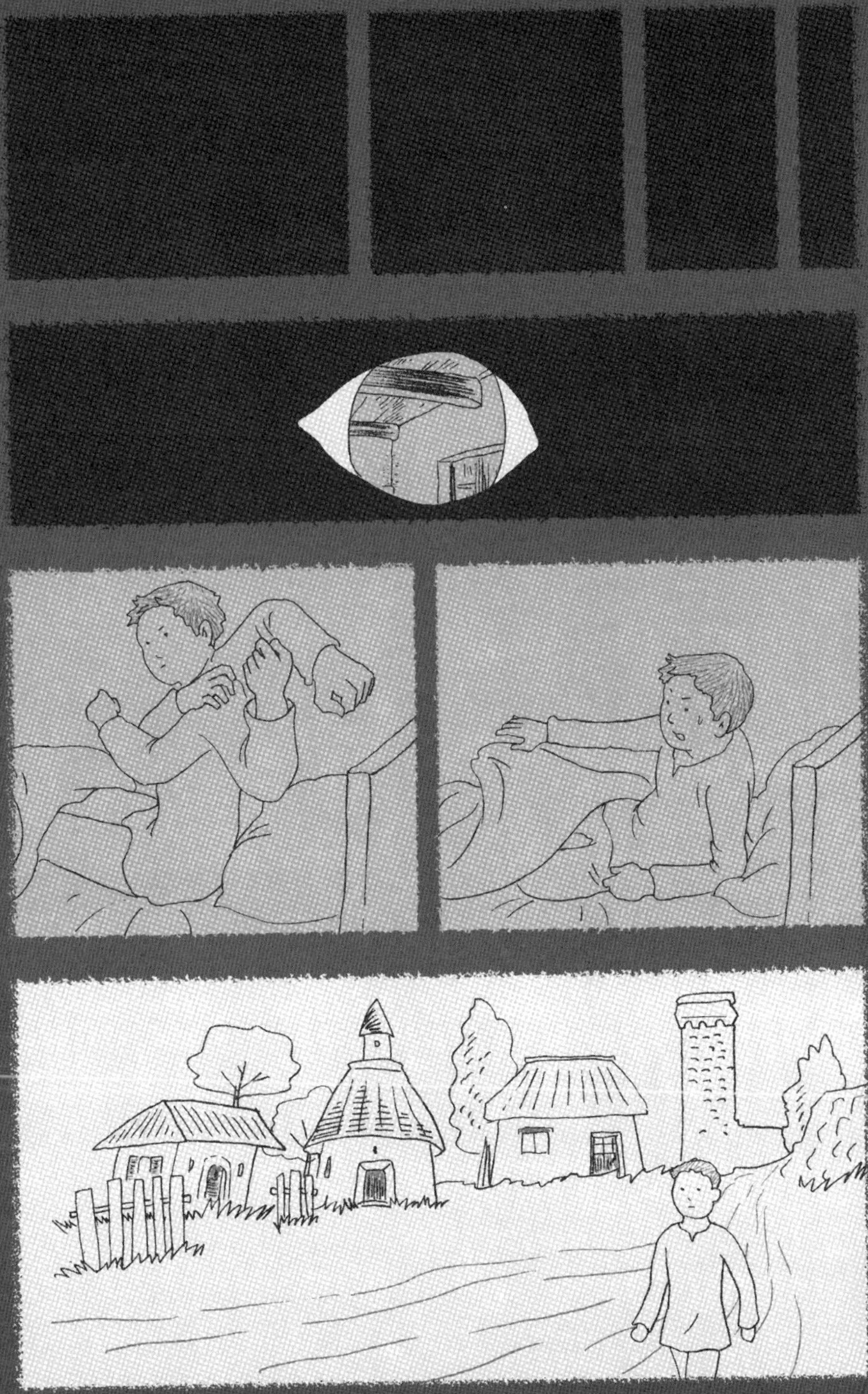

後記

我個人向來認爲打鬥場面的呈現是小說的弱項。雖然我們能夠把人物的動作寫成文字，但要表現出速度感和躍動感，還是電影或漫畫較占優勢。

因此，在描寫小說中的動作或打鬥場面時，我總想要加入一些只有文字才能表現的要素，而非單純將動作轉化爲文字。另一方面，我也希望在小說中加入以插畫或漫畫呈現的動作場面，於是懷著這樣的心願將近十年之久。

起初我想到的是比較正統派的劇情，例如「主角白天是普通的上班族，到了晚上就會變成角色扮演遊戲裡的勇者」。若能把晚上的部分以漫畫呈現，幻想世界中的打鬥橋段應該會更加生動有趣。

由於我完全不會畫圖，想實現這個心願，必須請其他人幫忙。但若與漫畫家合作，恐怕會跟我要的感覺有些不同。因爲我的理想是將小說的一部分以漫畫呈現，而不是「繪本裡的圖畫」或「連載小說中的插畫」那種感覺。如果可以選擇，我希望是美式漫畫或法語漫畫（bande dessinée）的風格，可是我並沒有具體的想法。儘管曾向好幾位編輯提議，卻從未被採納（或許編輯擔心讀者會把這種作品視爲「企劃產物」或「惡搞作品」吧）。

因此，這次能夠出版《鯨頭鸛之王》，可說是實現了我長年來的心願。只是，要找誰來繪製漫畫的部分，是一項重大的課題。編輯拿川口澄子小姐的插畫（當時川口小姐放在她的網站上的一張小小的圖畫）給我看時，我毫不猶豫地大喊：「就是這種感覺！」

漫畫部分的內容及大致的動作，是由我和編輯共同設計，再交給川口小姐繪製。川口小姐畫出來的成品，超越了我們的期待。不僅如此，川口小姐還對小說部分的細節提出建議，並指出一些問題（例如，道路寬度與車輛大小的矛盾，以及使用水的橋段的水壓問題等等），實在非常感謝。

以這樣的方式創作，並不是想譁眾取寵，也不是想惡搞。我只是認爲，唯有如此呈現，才能表現出這部作品最生動活潑的一面（當然，這也是藉助了川口小姐的力量）。如果各位讀者覺得有趣，將是我最開心的事。

主角的姓氏，取自我相當欣賞的樂天金鷲隊的岸孝之投手，打一開始就已決定。然而，小澤聖這個名字，跟我原本所取的名字完全不同。因爲聖澤諒選手在二〇一八年退役，令我十分感傷（那段謙虛又誠懇的退役感言讓我大受感動），所以我決定借用他名字的一部分。

本作中提到位於牡鹿半島附近的「聖若翰園地」、「鯨魚園地」等等，全是杜撰的地名。因爲我很喜歡「聖若翰洗者號樂園」（サン・ファン・バウティスタパーク，這裡有著江戶時代使節船聖若翰洗者號〔San Juan Bautista〕的復原船），以及在東北大地震後停止營運的「牡鹿鯨魚園地」（おしかホエールランド），所以取了類似的名稱，但不管是位置或設施內容都截然不同，特別在此澄清。

作者專訪

（本篇爲紀念《鯨頭鸛之王》出版，NHK編輯部與作者伊坂幸太郎進行的訪談，特別收錄於台灣版）

——本作加入了以漫畫呈現的新手法，您是第一次嘗試這麼做嗎？

其實我十多年前就想嘗試這麼做了。我在後記裡也提到，至今爲止，我都是以小說的型態來呈現帶有動作的場面，如果以漫畫來表現，會得到怎樣的成果？我想親自體驗小說與漫畫合而爲一的閱讀感受。

舉例來說，如果要把打鬥場面轉化爲文字，如何讓讀者感受到其中的趣味是很大的難題。車輛追逐戰是最好的例子，若以小說的方式呈現，坦白講絕對沒辦法像觀賞影片那樣精彩有趣。所以，我認爲小說必須使用更多比喻性的文字，以及採用更多不同角度的切入點。搭配漫畫之類的圖像畫面來呈現場景，也是我一直希望嘗試的做法。

——這樣的做法真的非常有創意。

這次漫畫部分沒有臺詞，卻醞釀出獨特的世界觀。多虧這種畫風，雖然是現實世界中的故事，整部小說卻帶有幻想作品的氛圍。

一看到插畫家川口澄子小姐的作品，我就覺得她的畫作與日本傳統漫畫不同，給人一種簡單又中性的印象。當下我就認爲正中紅心。川口小姐能夠完全以圖畫說故事，不需要任何台詞。多虧有她的畫作，這次的表現手法甚至超越了我的期待。

——在本作中，您是否刻意讓小說與漫畫有所區別？

我並未拘泥於表現出漫畫和小說的差異，反而是如何讓兩者相互產生影響，分寸上的拿捏相當困難，中間經過多次嘗試與修改。基本上是我和編輯討論出需要的畫面，再拜託川口小姐繪製。

對了，在這次的作品中，小說的部分是完全貼近現實生活的故事。沒有殺手，沒有黑道，也沒有死神。回顧我至今爲止的作品，完全沒有怪東西的作品其實不多。因此，這次的作品，可說是一部單純以現實要素建構而成的娛樂小說。至於幻想世界的要素，則交給漫畫負責，我認爲這樣的做法爲整部作品建立起良好的平衡。此外，在故事的中段，思考如何讓主角度過某個危機的時候，和以往不同，我意識到「這部分交給漫畫處理會更有趣」。如果是平常的我，爲了營造眞實感，會設想出比較貼近現實的劇情。但這一次，既然運用了漫畫，我認爲應該選擇能夠增添視覺樂趣的設定。這一點，也可說是本作的特色。

——您的作品中，似乎很少有主角是上班族？

剛開始構思這本小說的時候，首先想到的是道歉記者會的場景，但以此爲起點繼續發展，變得比預期中寫實。爲了貼近現實寫出娛樂性質的小說，我費了很大的苦心，也下了很多工夫。尤其是如何在上班族的故事裡製造高潮起伏，這一點我相當苦惱，還特地找池井戶潤的企業小說，以及專門寫給宣傳部門職員看的商業書籍來讀（笑）。

完全以不符合我的風格的現實要素來建構故事，又要讓作品呈現出我的風格，也算是這部作品與過去其他作品的不同之處吧。

——您下的這個工夫，讓這部作品散發著濃濃的伊坂味。

撰寫的過程中，我就感覺到這部作品裡偏離現實的部分，比以往的作品少。寫完之後，我發現只看主線劇情，偏離現實的部分豈止是少，根本幾乎沒有。原來不需要特別古怪的環節，我也能夠寫出一部作品。不過，雖然整體架構貼近現實，細節仍營造出童話故事般的幻想氛圍。

——企業內部的人際關係描繪得相當逼真。

眞的嗎？（笑）基層職員不停唉聲嘆氣，主管卻開開心心地下班喝酒，這種情況並不少見吧？或許正因討厭這樣的狀況，我才想寫出這樣的劇情。另一方面，我們也常看見一名職員愁眉苦臉地走出會議室，像是被交代了什麼天大的難題，對吧？我個人認爲這樣的對比畫面很有意思，便在作品裡很直接地呈現出來了。

一家企業爆發醜聞，召開記者會時，記者們的反應、社會上的輿論壓力，以及眼睛看不見的間接暴力等等，想起來就可怕，對吧？所以，這也是我想寫的內容。不過，畢竟是虛構的作品，到頭來我還是希望努力的人能夠獲得回報。

——有沒有特別中意故事裡的哪個人物？

川口小姐畫的鯨頭鸛好可愛！雖然不是人類（笑）。我十分喜歡那隻鯨頭鸛。

第一眼看見川口小姐畫的草稿時，我興奮得不得了，有一陣子隨身帶在身邊。她的圖都有著細緻的線條，要畫這麼多幅，想必很辛苦吧……雖然是現實的故事卻散發出幻想的氣息，可說是川口小姐那些畫的功勞。

——角色的名字有什麼特別的意義嗎？

替角色命名時，我的重點是第一要好分，第二要好記。這次主要的登場人物共三人，所以我故意使用一個字、兩個字、三個字來命名。

岸的名字，取自我支持的東北樂天金鷲隊的岸孝之投手。原本岸是埼玉西武獅隊的投手，我一直擔心會激怒西武的球迷（笑），但剛好是一個字，所以還是用了。由於岸這個名字太簡潔有力，我在構思三個字的池野內議員的名字時，故意選擇筆畫較多的名字。不過名字筆畫太多，選舉時恐怕會成爲不利的條件吧（笑）。小澤聖這個名字，最初其實是小澤浩克，可是恰巧遇上東北樂天金鷲隊的外野手聖澤諒引退，我覺得挺寂寞，就把「浩克」改成「聖」了（笑）。

啊，順帶一提，「歐洲藤原」是我很滿意的名字。我原本希望他能更加活躍一些（笑）。

——最後請對讀者們說句話吧！

這次雖然加入漫畫的新要素，但請把小說和漫畫當成同一部作品欣賞，不要分開來看。在故事上，這可說是一部正統的娛樂作品，沒有任何稀奇古怪的機關。啊，漫畫除外（笑）。

這是一部讀完會心情舒暢的作品，也是一部寫實卻又單純的娛樂作品，希望大家會喜歡。

解　說

這是一本否定預言的小說，也是一則意外成爲預言的故事

——談伊坂幸太郎的《鯨頭鸛之王》

Waiting

（本文涉及故事重要情節，未讀正文者請愼入）

伊坂幸太郎的《鯨頭鸛之王》是一部表現手法相當有趣的作品，以伊坂撰寫的小說，加上川口澄子協助繪製的漫畫，共同打造出一則在現實與夢境中來回穿梭的奇妙故事。其中漫畫部分並非通常那種插畫式的點綴存在，而是確實具有敘事上的意義，有些地方甚至還成了小說後段發展的伏筆，使這種作法就像是某些故事採取雙線交錯的精采小說那樣，讓人既沉迷於當下的情節，卻也在心中不斷期待每回故事交錯的瞬間。

就情節而言，《鯨頭鸛之王》有點讓人想起伊坂的早期風格，在看似日常的故事背景下，透過個性鮮明的有趣角色，以及某些異想天開的要素，帶給讀者未必那麼壯闊，卻保證有趣，於不知不覺間跳脫現實的一種奇特冒險感受。雖然這回《鯨頭鸛之王》中最爲鮮明的冒險特質，主要來自以漫畫呈現，從伊坂十分喜愛的電玩遊戲《魔物獵人》（モンスターハンター）中脫胎換骨

而來的「夢境」部分，但在故事的「現實」環節裡，伊坂則藉由更爲寫實的職場生態，使主角被迫解決公司問題的經過，成爲了一種彷彿職場打怪的過程，並在其後的發展中慢慢切入不同角度，讓他因故得要努力捍衛家人性命，甚至是試圖拯救日本，因此照樣讓人讀得興味盎然。

有趣的是，從故事主題來看，《鯨頭鸛之王》也同時具備了伊坂近年的風格，在關注社會的面相上更爲顯著，使本書巧妙呈現一種融合般的效果，既兼顧了微微溢出日常的奇幻特質，也在角色及情節方面更立基於現實，我們若是細心觀察，便能發現《鯨頭鸛之王》的三名主要角色，基本上其實都是由於工作所需，得從不同角度面對社會大眾的人物類型。

身爲主角的岸，是從客服中心調去宣傳部的零食公司員工。推動整個故事發展的池野內，則是一名個性奇特的東京都議會議員。至於第三個冒險要角的小澤聖，甚至還是當紅的偶像團體成員。這三名角色各自以不同身分面對社會大眾，也使得《鯨頭鸛之王》的主題之一，透過他們遭遇的事件巧妙地突顯出來。

從零食公司被捲入食安疑慮所引發的抗議事件，到公眾人物的醜聞或美談等情節，均藉由不同的角度表現出社會輿論那難以預測，隨時有可能改變風向的強大力量。而一些確實存在於當今社會，大眾可能在不明就裡的情況下便聯手發起的言語暴力，則在故事的「現實」段落中，成爲了雖說無形，卻最爲危險，促使角色只能避其鋒芒的存在，讓伊坂也刻意在本書中使「現實」中的反派徹底模糊化，透過這種輕描淡寫的方式，暗示著《鯨頭鸛之王》這部份的內在主題，以一種較爲迂迴的手法，讓我們思索究竟是哪一種力量，才是書中眞正橫擋在主角們面前，那個最接近於反派的存在。

不過，要是從《鯨頭鸛之王》中文版發行的時間點來看，那麼本書最能引起讀者注意，甚至是令人大感怵目驚心之處，自然還是那些與新型流感有關的情節。

在《鯨頭鸛之王》中，伊坂花了不少篇幅描述大眾對嚴重傳染性疾病的看法，以及相關事件可能會引發的恐慌等內容。就連像患者身分是否該被公布的爭執，以及相關人士所會遭受到的壓力等情節，都在我們實際經歷過新冠肺炎疫情的此刻看來，眞實到了一種令人詫異的地步。

從這點來看，伊坂在本書中展現的洞察力確實令人佩服不已，不僅在這本日文版於二〇一九年七月出版的小說裡預先指出了可能會發生的狀況，成功將相關情節與前述提及的主題扣在一起之外，甚至還用更加關懷的角度，透過主角因女兒感染新型流感的遭遇及心態，帶領讀者以當事人的角度去看待這些事情，展現出了他作品中越來越爲顯著的社會觀察角度。

值得注意的是，雖然從這個角度來看，《鯨頭鸛之王》確實意外成爲了一本具有明顯預言性質的小說，對於人性及大眾反應的描述也可謂極爲準確，但若是我們從故事的發展加以審視，可能會發現伊坂眞正想講述的事，其實正好與這種情況全然相反。

《鯨頭鸛之王》透過夢境與現實的相互關係，先是藉由角色之口不斷強調那些夢境預示了他們的現實遭遇。但隨著故事發展下去，全書也利用漫畫情節先行暗示的手法，使我們對這點甚至比角色們還早開始產生懷疑，並在其後的情節中，對於兩者間的因果關係投下更多問號，最終藉由主角的行爲告訴我們，與其將希望投注在並非自己掌握的夢境或預言裡，不如正視眼前的困境，以更加實際的作爲來扭轉乾坤，而非一味地仰賴預言指路。

這種難以分清因果，甚至哪邊是現實，哪邊又是夢境的開放式情節，也使得伊坂成功傳達了

「預言」究竟是什麼的相關思考。有時，預言之所以成眞，未必是那些內容眞能預見未來，更有可能是我們相信那樣的可能性，才在不知不覺中，依循著預言內容的方向前進，因此一切與我們相信什麼，又受到了怎樣的影響，暗藏著密不可分的關係。

以這點來說，故事中那頭巨大的鯨頭鸛，其實就像是一種「預言」的實體化象徵。牠看似領導著一切的發展，但眞正完成任務的，卻始終都是主角等人。因此從這樣的觀點看來，故事裡的鯨頭鸛既是一度令人信賴，代表著宿命的重要角色，但只要我們換個角度，卻也有可能發現，牠同時是我們得努力推翻的另一種相反存在。

這一切正有點像是現實與科幻創作間的關係。有些科幻小說或電影對於未來的想像，可能會在漫長時間以後，成爲後世生活中的普遍狀況。當這樣的情況發生時，也總是會被不少人稱之爲預言成眞，甚至還嘖嘖稱奇。其實換個角度來看，一切或許正是先有了那些創作，才使得醉心於這些豐沛想像，並深受影響的人們，日後努力地將那些假想化爲眞實，最終使其成爲了眾多實際出現在我們生活裡的各種事物。

於是，或許我們能說，許多預言之所以能夠實現，並非它們眞的透過什麼超自然力量窺見了未來發展。事實上，使得一切成眞的原因可能正是我們自己，而且在這樣的過程中，只有相信還未必足夠，我們必須更實際地加以推動及付出，才有機會眞正使那些想像被化爲眞實，又或者是成功推翻那些我們所不願成眞的駭人預言。

而這就是伊坂幸太郎的《鯨頭鸛之王》，既努力地否定著預言，卻也因爲伊坂的洞察力，使其意外地成爲了一種人性預言。

什麼是因？什麼是果？是預言成功預測了我們，還是我們在推動預言成眞？在讀完《鯨頭鸛之王》後，你的答案又會是什麼呢？

作者簡介

Waiting 本名劉韋廷，曾獲某文學獎，譯有某些小說，曾爲某流行媒體總編輯，近日常以「出前一廷」之名於部分媒體撰寫電影相關文章。個人ＦＢ粉絲頁：史蒂芬金銀銅鐵席格。

伊坂幸太郎作品集29

鯨頭鸛之王

原著書名　クジラアタマの王様
原出版社　NHK出版
作　　者　伊坂幸太郎
翻　　譯　李彥樺
責任編輯　陳盈竹
行銷業務部　徐慧芬、陳紫晴
版權部　吳玲緯
編輯總監　劉麗眞
總經理　陳逸瑛
榮譽社長　詹宏志
發行人　涂玉雲
出　　版　獨步文化
城邦文化事業股份有限公司
104台北市中山區民生東路二段141號5樓
電話：(02) 2500-7696　傳眞：(02) 2500-1967
發　　行　英屬蓋曼群島商家庭傳媒股份有限公司城邦分公司
104台北市中山區民生東路二段141號2樓
讀者服務專線：(02)2500-7718；2500-7719
24小時傳眞服務：(02)2500-1990；2500-1991
服務時間：週一至週五　上午09:00～12:00　下午13:00～17:00
讀者服務信箱E-mail：service@readingclub.com.tw
劃撥帳號：19863813　戶名：書虫股份有限公司
香港發行所　城邦（香港）出版集團有限公司
新址：香港灣仔駱克道193號東超商業中心1樓
電話：(852) 25086231　傳眞：(852) 25789337
E-mail：hkcite@biznetvigator.com
馬新發行所　城邦（馬新）出版集團　Cite(M)Sdn Bhd
41, Jalan Radin Anum, Bandar Baru Sri Petaling,
57000 Kuala Lumpur, Malaysia.
電話：(603) 90578822　傳眞：(603) 90576622
email:cite@cite.com.my

城邦讀書花園
www.cite.com.tw

封面設計　高偉哲
排　　版　游淑萍
印　　刷　中原造像股份有限公司

初　　版　2020年（民109）11月
定價　450元
ISBN 978-957-9447-89-8

國家圖書館出版品預行編目資料

鯨頭鸛之王／伊坂幸太郎著，李彥樺譯．初版．-- 台北市：
獨步文化：家庭傳媒城邦分公司發行，2020〔民109〕
面；　公分．--（伊坂幸太郎作品集：29）

譯自：クジラアタマの王様

ISBN 978-957-9447-89-8（平裝）

861.57　　109014704